Derek Meister

Stream

Gehst du offline, ist sie tot

Buch

Der Enddreißiger Frank Banta hat actionreiche Jahren mit vielen In- und Auslandseinsätzen für die *NATO Communications and Information Agency* hinter sich und wurde von einem Schicksalsschlag ereilt: Bei einem Einsatz gegen einen Mädchenhändler-Clan in Rumänien musste er mit ansehen, wie seine Freundin bei einem Autounfall verunglückte. Während einer Verfolgungsjagd riss Anna auf seinen Befehl den Wagen herum, verlor die Kontrolle und stürzte über die Leitplanke in eine tiefe Schlucht. Ihre Leiche wurde nie gefunden. Als sich Frank fünf Jahre später mit seinem Team verabredet, rufen seine Kollegen aus Spaß ein Online-Flirtportal auf, wo »Chat-Roulette« gespielt wird und man nie genau weiß, mit wem man als Nächstes per Videostream verbunden wird. Und genau auf einer solchen Plattform passiert es: Frank sieht seine totgeglaubte Freundin wieder! Schwer misshandelt sitzt sie vor einer Kamera und soll an den Meistbietenden versteigert werden. Für Frank beginnt damit ein gnadenloser Wettlauf gegen die Zeit, der es in sich hat …

Autor

Derek Meister wurde 1973 in Hannover geboren. Er studierte Film- und Fernsehdramaturgie an der Filmhochschule Potsdam-Babelsberg und schreibt erfolgreich Serien, abendfüllende Spielfilme fürs Fernsehen – und Romane. Er lebt mit seiner Familie in der Nähe des Steinhuder Meers.

Von Derek Meister bereits erschienen

Knut Jansen und Helen Henning ermitteln:
Der Jungfrauenmacher
Die Sandwitwe
Blutebbe

Die Fälle des Patriziers Rungholt:
Rungholts Ehre
Rungholts Sünde
Knochenwald
Todfracht
Flutgrab

DEREK MEISTER

STREAM

Gehst du offline, ist sie tot

Thriller

blanvalet

MIX
Papier aus verantwortungsvollen Quellen
FSC® C014496
FSC www.fsc.org

Verlagsgruppe Random House FSC® N001967

1. Auflage

Dieses Werk wurde vermittelt durch die Literarische Agentur
Thomas Schlück GmbH, 30827 Garbsen

Neumarkter Str. 28, 81673 München
Redaktion: Angela Kuepper
Umschlaggestaltung: www.buerosued.de
Umschlagmotiv: Philipp Dase/EyeEm/Getty Images
KW · Herstellung: sam
Satz: Vornehm Mediengestaltung GmbH, München
Druck und Bindung: GGP Media GmbH, Pößneck
Printed in Germany
ISBN 978-3-7341-0562-3

www.blanvalet.de

Für
Meikel.
Auf all die Jahre!

Die Realität ist perfekt,
sie hat nur ein Problem:
Man kann Vorstellungen und Träume
nicht real machen.

JARON LANIER,
in der TV-Show »Nightline«
(ABC News), 1993

1

»SIND DIE STREAMS online?«

Keine Antwort.

»Streams online?« Schweiß läuft Frank Banta in die Augen. Im Rückspiegel sieht er, wie ein schlaksiger Kerl den Schlagbaum zum Firmengelände schließt. Obwohl der Typ sein abgetragenes Rolling-Stones-Shirt drübergezogen hat, erkennt Banta, dass er eine Waffe im Jeansbund trägt.

»Avriel?« Der winzige Ohrstöpsel drückt. »Wo ist das Mädchen?«

Immer noch keine Antwort.

»Wir müssen endlich wissen, wo das Mädchen steckt. Was ist mit den Streams? Meld dich.«

»Sie ist ’ne Niete. Ich hab’s dir gesagt.« Hinten im Lieferwagen justiert Jan den letzten Klettverschluss seiner Kevlarweste und checkt die SFP9 Heckler & Koch. Bantas Freund, der wie er auf die vierzig zugeht, hat sich trotz der vielen Einsätze extrem gut gehalten. Seit sie sich vor fünfundzwanzig Jahren bei einem Undercovereinsatz für die NATO Communications and Information Agency das erste Mal trafen, sind bloß ein paar Lachfalten um die Augen und ein Dutzend Altersflecken hinzugekommen.

Banta antwortet nicht auf Jans Gefrotzel. Er steuert den nagelneuen Citroën Jumper an den fünfstöckigen Backsteinbauten der ehemaligen Gummifabrik vorbei. Über den Gebäuden flimmert die Luft, eine Handvoll Kondensstreifen zerschneidet den makellosen Himmel über dem Berliner Industriegebiet.

»Warum hast du mich bei Avriel nicht gefragt?« Der vorwurfsvolle Unterton in Jans Stimme ist nicht zu überhören. »Ausgerechnet 'ne verzogene Franzosengöre. Aus Strasbourg …«

»Der Zweite Weltkrieg ist vorbei, Jan.«

»Sehr lustig.« Angefressen schüttelt Jan den Kopf. »Sie erinnert dich an Anna, stimmt's?«

Banta beißt sich auf die Lippe. Jan hat ins Schwarze getroffen. Auch wenn Avriel seiner verstorbenen Frau vom Aussehen her kein bisschen gleicht, ihre Spontaneität und ihre schnoddrige Art haben Banta die letzten Wochen durchaus an Anna denken lassen.

»Was willst du damit sagen? Dass ich sie angeheuert habe, weil ich Anna in ihr sehe?«

»Ja. Tust du«, brummt Jan, besinnt sich dann eines Besseren und winkt ab. »'tschuldige, war nicht so gemeint.«

»Es gibt Tage, da vermiss ich sie. Ist aber nicht mehr so schlimm, wie du denkst«, antwortet Banta, obwohl er keine Lust hat, sich vor seinem besten Freund zu rechtfertigen. »Und meine Personalentscheidungen beeinflusst das sicher nicht.«

»War ja auch nur so ein Gefühl.«

»Kannst du dir verkneifen, das Gefühl. Du weißt

genau, dass nicht Avriel bei uns angeklopft hat, sondern wir bei ihr.«

»Ja, weil die Kleine unseren Server sabotiert hat.«

»Du meinst *gehackt*. Und das hat sie wirklich brillant gemacht.«

Jan bejaht abfällig. »Stimmt. Nur das Funkgerät bedienen kannse nich' ... Scheiße, die Kleine ...«

»Die Kleine hört mit«, unterbricht Avriel ihn. »Streams dauern noch.«

»Zeit?« Banta drückt sich den Empfänger fester ins Ohr.

»Halbe Minute oder so.«

»*Oder so?* Will die uns ... willst du uns verarschen?« Jan zieht eine der Pappschachteln von der Palette, die sie vor einer halben Stunde eingeladen haben. Über siebzig Antminer S9, schuhschachtelgroße Spezialrechner, die nur für einen Zweck in China gebaut wurden: um Bitcoins zu schürfen. Die spezielle Hardware der ASICs ermöglicht es, besonders kostengünstig mehr Kryptowährung herzustellen.

Die meisten Verpackungen sind fake. Banta sieht, wie Jan eine leere Schachtel seitlich aufschneidet und seine Pistole hineinlegt.

Aus dem Funk dringen Avriels Flüche. »Shit, immer noch kein Bild. Ich ... Ich warte auf ShadowThrow.«

Sie haben mit Avriel erst zwei Einsätze absolviert. Vor vier Wochen nahe Antalya hat sie die ganze Operation hindurch cool und sehr überlegt gehandelt, aber jetzt kann Banta ihre Nervosität spüren.

»Verstanden. Warten auf ShadowThrow«, gibt

er durch und parkt den Lieferwagen vor einer Stahltür, auf der eine fette »5« prangt. Vor zehn Minuten haben sie durch Avriels Drohnen und ihre Wärmebildkameras mindestens siebzehn Personen auf dem drei Hektar großen Gelände ausgemacht. Neben den Menschen und der Heizungsanlage gibt es vor allem eine gigantische Wärmequelle, und die liegt in der zweiten Etage von Gebäude 5. Ihr Ziel: die Bitcoin-Mining-Farm. Dutzende Regale voller Antminer, die Tag und Nacht die Kryptowährung schürfen. Irgendwo hier in Gebäude 5 ist das Mädchen. Yves Guigous hat sie stets bei sich. Sein protziger, goldweiß lackierter Hummer parkt keine zehn Meter entfernt.

Alles ist bereit.

Bloß die verdammte Technik nicht.

»Sind an Punkt Alpha«, gibt Banta an Avriel durch.

»Hab euch im Bild.«

Irgendwo über ihnen kreist die Drohne und schickt Bilder vom Areal auf einem sicheren Kanal zu Avriel.

»ShadowThrow aktiv?«, will Banta wissen.

»Ähm … nein. Streams noch immer offline.«

Avriel hat sich die letzten Tage um die Ohren geschlagen, um ihren ShadowThrow-Code auf Guigous' Truppe zuzuschneiden. Das Programm nutzt einen Exploit in Guigous' Handybrowser, um unbemerkt Herr über sein Smartphone zu werden. Sie wissen, dass er gern persönlich auf seiner Website nach dem Rechten sieht. Und als er die Site heute Morgen aufgerufen hat, wurde sein Handy infiziert. ShadowThrow hat sich durch sein

Adressbuch gewühlt und jedem seiner Kontakte eine Blind-SMS geschickt. Eine heimtückische Nachricht, die weder klingelt noch sich anders bemerkbar macht. Alle mit dem richtigen Handy-Betriebssystem wurden daraufhin infiziert und senden jede Sekunde ihre GPS-Daten an Avriel. Außerdem streamen sie unbemerkt ihre Kamerabilder. *Sollten* streamen.

»Wäre schön, mal ’n paar Daten zu bekommen, bevor wir unsere Ärsche da reinbewegen!«, mischt sich Jan ein.

»Is’ klar, Mann«, knurrt Avriel. »In … ähm, zehn Sekunden.«

»Verstanden.« Länger hier rumzustehen würde nur das Interesse von Guigous’ Männern wecken. Banta nickt Jan zu, der sich genervt jeden Kommentar erspart.

Die beiden steigen aus. Jeder schnappt sich ein paar der Kartons, dann gehen sie zur Tür rüber.

Sie müssen nicht klingeln oder klopfen, ihre Ankunft wurde längst per Überwachungskamera angekündigt. Ein kaugummikauender Typ mit Akne und Basecap öffnet. Banta schlagen warme Luft und der Geruch von Plastik und Computerteilen entgegen. Der Mann hat ein altes Gewehr in der Rechten, eine Simonow 45. Zehn Schuss. Recht unprofessionell, wie der Typ das Gewehr hält, stellt Banta fest.

Skeptisch mustert der Mann die Ankömmlinge und zückt sein Handy.

»Hier sind zwei mit ’er Lieferung. Ich kenn die nich’ … Was? … Ja, verstanden.« Er horcht wartend.

»Das Zeug is' schwer, Alter«, mault Jan. »Sag deinen Jungs, die soll'n ma helfen.«

Der Mann bedeutet ihm, still zu sein.

»Und ab die Post! Ssssshriiiing! ShadowThrow voll da«, meldet sich Avriel endlich und reichlich schnodderig bei Banta. An ihrem Funkgebahren müssen sie noch arbeiten. »ShadowThrow aktiv. Da sind vier GPS im Gebäude – und alle senden Audio und Video. Zwei Streams sichtbar.«

Zwei der infizierten Handys liefern Livebilder und stecken nicht in irgendwelchen Hosentaschen. Trotzdem sieht Avriel vermutlich bloß irgendwelche Etagendecken, weil die Handys abgelegt wurden.

Banta wendet sich von dem Typen ab und befiehlt flüsternd: »Guigous anwählen.«

Avriel streicht sich nervös die neongrünen Haare aus dem gepiercten Gesicht, denn ihr ist klar, dass sie nur wenige Sekunden aufzeichnen kann – so lange, wie Guigous telefoniert und sein Handy am Ohr hat. Wenn es wieder in seiner Hemd- oder Hosentasche verschwindet, ist es aus mit der Bildübertragung. Und sie wissen noch immer nicht, wo genau im Gebäude das Mädchen festgehalten wird.

Avriel wählt einen Kontakt, den Guigous in den letzten Wochen über sechsundfünfzig Mal angerufen und den Banta als seinen Schweizer Finanzier identifiziert hat. Bis die beiden mitbekommen, dass sie eigentlich nichts voneinander wollen, hat sie Zeit.

Das Live-Videobild des gehackten Smartphones ist

extrem verwackelt, als Guigous das Gespräch annimmt und das Handy ans Ohr hält.

Gebannt starrt Avriel auf die Monitore, versucht, sich bei Guigous zurechtzufinden, versucht, das Mädchen zu erkennen …

Da! Eine Gestalt.

Sie checkt schnell, ob es sich nicht um einen ihrer GPS-Punkte handelt. Nein, die Gestalt ist nicht markiert. Kaum war der Schatten im Bild – verwischt und verschwommen –, ist er wieder raus, weil Guigous sich dreht.

»Komm schon …« Angespannt spielt Avriel mit einem ihrer Nasenpiercings.

Da dreht sich Guigous zurück.

>> stop

>> rewind

>> screenshot

Stefanie. Eindeutig.

Das Mädchen gefriert in der Bewegung. Die Liveübertragung von Guigous' Smartphone-Kamera läuft auf einem zweiten Monitor weiter, während Guigous sich mit dem Finanzier bespricht und durch den Raum tigert. Das neunjährige Mädchen sitzt gefesselt auf dem Boden, wurde an eine der Hallensäulen gebunden. Sie blutet an der Stirn, ihr Gesicht ist geschwollen von Tränen und Schlägen.

»Dieser Wichser«, zischt Avriel, reißt sich aber sofort wieder zusammen. »Sichtkontakt«, bestätigt sie. »Wiederhole. Sichtkontakt. Sie ist bei Guigous in Etage drei. Etage drei.«

Avriels Finger fliegen über die Tastatur.

```
>> send
```

»Banta? Standort ist markiert«, gibt sie durch. »Dritte Etage.«

»O. k.«, bestätigt Banta kaum hörbar.

»Wichser ist 'ne Untertreibung.« Cordt Simoneit lehnt sich zu Avriel vor, streicht sich über die tätowierte Glatze und mustert Stefanie auf den Monitoren. »Kleine Mädchen als Druckmittel benutzen ...«

»Ja, dieser Guigous kotzt mich an.« Avriel atmet durch. Ihr Gesicht glüht, und ihre türkisfarbenen Augen tränen, weil sie seit letzter Nacht in der Zweizimmerwohnung vor den Monitoren hockt. Banta hat das Apartment in Berlin-Siemensstadt letzte Woche allein für diese Aktion angemietet. Eine Airbnb-Unterkunft, die er durch einen Strohmann bar bezahlen ließ, um möglichst wenig Spuren zu hinterlassen.

»Wirst noch Schlimmere kennenlernen«, brummt Cordt, trinkt eine Plastikflasche Milch auf ex und wischt sich rustikal den Mund mit dem Handrücken ab. Etwas von der Milch bleibt trotzdem in seinem Schnauzer hängen. Avriels stämmiger Kollege ist für die Beschaffung der Hardware zuständig und passt auf ihre Waffen auf. Und auf Stefanies Vater, der sie angeheuert hat.

»Haben ... Haben Sie Stefanie? Ja?« Der schmächtige Mann springt von der Couch auf und will zu ihnen an die Monitorbank eilen. Loschinski war Programmierer bei Guigous und hat ihn um einige Hundert Bitcoins erleichtert. Der digitale Diebstahl flog schnell auf. Noch bevor sich Loschinski absetzen konnte, griff sich sein Arbeitgeber einfach seine Tochter. Loschinski, der einen Teil der Bitcoins bereits zu Geld gemacht und ausgegeben hatte, konnte nicht alles zurückzahlen. Nun will Guigous den Mann selbst.

»Stopp!« Cordt stellt sich ihm in den Weg. »Alles gut. Wir holen Ihre Tochter raus. Alles gut.«

»Ich ... Ich will Stefanie sehen! Sofort!« Fahrig streicht Loschinski sich über die zerzausten Haare. »Ich ... Ich muss meine Tochter ... Ich ...«

Cordt, seine beindicken Arme sind komplett tätowiert, hält ihn sanft bei der Schulter fest. »Versteh ich, Mann«, meint er mit rauer Stimme. »Trotzdem. Setzen. Bitte, Loschinski.«

»Nein! Ich ... Das ... Ihr habt sie gesehen! Stefanie ...«

»Ihr geht's gut. Wir holen sie raus.« Cordt schiebt den vor Sorge bebenden Mann zurück.

»Ich muss sie sehen. Ich ... Ich halt das nicht mehr aus! Sie ist schon so lange weg. Es geht ihr gut. Geht ihr gut, ja?« Stefanies Vater läuft der Schweiß in Bahnen runter, sein Pferdeschwanz zittert, die Brille ist zerkratzt. Er schluckt und fährt stockend, aber keineswegs leiser fort: »W-w-wissen Sie, wie das ist? Im Ungewissen leben? Nicht zu wissen, ob Ihre Tochter lebt oder tot ist ...?«

»Hab keine Kinder ... Auch 'ne Milch?« Cordt hält ihm eine neue Flasche Milch hin.

»Nein, verflucht! Ich will keine ... keine Scheißmilch!« Loschinskis Stimme überschlägt sich. »Es reißt einem das Herz raus! Es ist schlimmer als sterben.« Er will erneut an Cordt vorbei und seine Tochter sehen, aber Cordt verstellt ihm nach wie vor den Weg.

»Setzen. Sofort.«

»Sie können mich! Sie …« Stefanies Vater beißt sich auf die Lippen und zuckt mit den Armen, tigert hin und her. Cordt ahnt, dass ihm gleich die Nerven durchgehen. Und tatsächlich, im nächsten Moment stürzt Stefanies Vater vor, will mit Gewalt zu den Monitoren.

Cordt packt Loschinski am Hals, drängt ihn zurück und zischt: »Du hast Pause. Wir müssen uns konzentrieren! Verstanden?« Er wartet nicht auf eine Antwort, sondern schubst Stefanies Vater auf die Couch. Schwitzend hockt er da, hadert, kurz davor, ein weiteres Mal aufzuspringen. Aber plötzlich verliert er komplett die Nerven und beginnt hemmungslos zu weinen.

Cordt reicht ihm ein Taschentuch, fragt wenig einfühlsam: »Haben wir uns verstanden?«

Eingeschüchtert nickt der Mann.

»Gut. Sie sehen Ihre Tochter bald wieder.«

»Ich …«, setzt er an, aber Cordt legt den Finger an die Lippen. Ruhe jetzt.

Kleinlaut nickt Loschinski und tastet nach seiner Brille, die er bei seinem sinnlosen Angriff verloren hat. Cordt liest sie vom Teppich auf und wirft sie ihm zu.

»Alles fit dahinten?« Avriel nimmt eine ihrer Mentholzigaretten aus dem übervollen Ascher und zieht dran, ohne den Blick von den Screens zu nehmen.

»Verlustangst«, brummt Cordt und droht Stefanies Vater noch einmal, sich ja nicht zu rühren. »Ist nur Vaterliebe.«

»Halt diesen drittklassigen Coder bloß von meinen Rechnern fern«, meint Avriel gereizt, inhaliert tief und haucht den Qualm gegen ihre Monitore.

Verdeckt zeigt Banta Jan die Etagennummer 3. Die beiden warten noch immer, dass der Typ mit dem Gewehr sie durchlässt. Dank Stefanies Vater war es Avriel in den letzten Tagen ein Leichtes, Guigous' Antminer-Computer reihenweise zu grillen, sodass er gezwungen war, neue zu bestellen.

Endlich kommt Bewegung in den Türsteher. »Ja … Ja, okay … Verstanden«, spricht er ins Handy, wendet sich dann seinen angeblichen Lieferanten zu. »Ihr könnt rein. Zweite Etage. Es kommen gleich zwei und helfen.«

Banta nickt, und der Mann gibt den Weg frei.

Sie sind kaum an ihm vorbei, als Jan ihm eine Ladung mit dem Elektroschocker verpasst. Ein gedämpfter Aufschrei, ein Zucken. Der Typ sackt bewusstlos zusammen. Banta stellt die Kisten kurz ab, entfernt das Magazin der Simonow und steckt es zusammen mit dem Handy des Mannes ein.

Ein kurzer Blick aufs GPS. Avriels Markierung von Stefanies Standort und die von Guigous' Handy wandern auseinander. Guigous bewegt sich.

»Position?« Banta klaubt die Kisten wieder auf.

»Sichtkontakt zu Alpha verloren«, bestätigt Avriel. Guigous hat also aufgelegt und sein Handy weggesteckt. Stefanie ist nicht mehr zu sehen.

Gemeinsam eilen sie die Treppe zum ersten Stock hoch.

»Einschätzung?«, fragt Banta.

»Alpha-Ziel Position unverändert. Fünfundneunzig Prozent.« Avriel glaubt, Stefanie ist noch immer im dritten Stock.

Gut, denkt Banta und ruft sich den Lageplan des Gebäudes erneut ins Gedächtnis. Die dritte Etage war einmal das Büro der Firma. Viele Flure, dünne Rigipswände, unübersichtlich.

Sie gelangen in die zweite Etage, als mit einem Mal vor ihnen die Tür aufgeht.

Eine rothaarige Frau mit Stupsnase tritt heraus. Warme Computerluft weht Banta entgegen. Das Surren Hunderter Lüfter. Es riecht nach Plastik und Bytes. Hinter ihr kann er einen Teil der einstigen Werkhalle sehen. Computerregs reihen sich scheinbar endlos auf, Regal an Regal. Alle voller Mining-Computer. Es sind Tausende.

»Ich soll euch helfen.« Die Frau ist wenig begeistert. Ihre dunklen Augen mustern Banta kritisch.

»Wir haben ’ne ganze Palette voll.« Banta lächelt. »Wäre nett, wenn wer mit runterkommt.«

»Voll nett«, mosert Jan.

»Kein Problem.« Die Frau tritt näher an Banta heran, allerdings auf der falschen Seite, sodass Jan seinen Elektroschocker nicht einsetzen kann. »Gib mir die Dinger«, sagt sie, und Banta weiß, dass ihre Scharade auffliegt, wenn sie die leeren Schachteln bemerkt. Auffordernd beugt sie sich zu ihm. In diesem Moment bricht die Hölle los.

Cordt ist noch einmal zu Avriel an die Monitore getreten, hat Loschinski nur eine Sekunde aus den Augen gelassen – doch das reicht dem besorgten Vater. Plötzlich springt er hinter Avriel, reißt ihr das Headset vom Kopf. »Banta! Banta! Stefanie! Ist sie da? Stefanie!«

Weiter kommt er nicht, denn Cordt zerrt ihn zurück, während Avriel hektisch versucht, ihm das Headset zu entwenden.

2

KAUM EINEN KOPF breit von Banta entfernt, hält die Frau inne. Loschinskis Ruf war nicht zu überhören. Sie sieht den winzigen Knopf in Bantas Ohr. Blitzschnell reißt sie ihre Pistole hoch. Banta bleibt nichts, als sämtliche Kisten fallen zu lassen, gleichzeitig vorzutreten, bevor sie abdrücken kann, und …

Mit einem hundertmal geübten Schlag bricht er ihr das Handgelenk, ein Schuss löst sich, die Waffe fällt zu Boden. Schreiend taumelt die Frau zurück, Banta will ihr nachsetzen, doch sie ist schnell.

»Shit!«, keucht Jan gepresst. Im Augenwinkel registriert Banta, dass sich Jan das rechte Bein hält, er blutet. Im nächsten Moment kracht die Stahltür vor Banta zu.

»Aufgeflogen. Wir sind aufgeflogen«, meldet er per Funk, klaubt die Pistole auf, schnalzt die Patrone aus dem Lauf und steckt das Magazin ein.

»Alles okay?«

»Geht schon.« Jan versucht ein Lächeln. »Streifschuss. Oberschenkel … Los-los-los!« Mit schmerzverzerrtem Gesicht eilt er die Stufen zum dritten Stock hoch.

Die Stahltür mit der gelben »3« steht stumm vor ihnen.

»Avriel? Etage drei – wie viele Gegner?«, will Banta wissen, hört sie aber nur fluchen und dann ein Rascheln.

»Entschuldigt«, meint Avriel.

»Nicht angenommen«, knurrt Jan und drückt sich weiter die Wunde ab. »Die is' zu blöd zum Funken, ich hab's dir gesagt, Frank.«

Banta funkt weiter: »Avriel? Ist er allein mit Stefanie? Bitte kommen.«

»GPS-Signale überlappen sich, schwer zu sagen.« Die GPS Punkte enthalten keine Höhen, sodass die Stockwerke nicht zugeordnet werden können. »Immer noch vier Signale im Gebäude. Videostreams sind offline. Vielleicht kann ich die Höhendaten aus den Handys …«

Plötzlich bricht die codierte Funkverbindung zu Avriel ab. Banta checkt sein GPS, auf dem sämtliche Punkte registriert sind. Niemand mehr da. Die Signale sind weg. Sie sind von der Außenwelt digital abgeschnitten.

»Offline«, flüstert Banta Jan zu. Er mag es nicht, keine digitalen Helfer auf seiner Seite zu wissen. Er fühlt sich ohne seine Daten blind, als würde ihm ein Sinnesorgan fehlen – mehr als eins.

Er umfasst seine Glock fester, ihm schmeckt es gar nicht, dass sie hier im Trüben fischen müssen. Er gibt Jan ein Zeichen und zählt runter: Fünf … vier …

Drei … Banta greift nach dem Türgriff. Er ist kühl.

Zwei … eins! Auf eins reißt er die Tür auf, und Jan stürmt in den Raum. Schüsse peitschen, treffen die Tür, lassen Putz spritzen. Banta rennt Jan nach, reißt ihn zu Boden. Die beiden gehen hinter einer der Säulen in Deckung.

Guigous ist nicht alleine. Den Schüssen nach zu urteilen, hat er mindestens eine, wenn nicht zwei weitere Personen auf seiner Seite.

»Drei Mündungsfeuer!«, ruft Jan gegen die Schüsse an. »Hat Avriel nicht gesagt, es sind nur vier im Gebäude? Was für 'ne Scheiße!«

Der Mann mit der Simanow unten im Treppenhaus, die Frau auf Etage zwei. Bleiben nur ein weiterer Mann und Guigous.

»Wer ist der Dritte?«, will Jan fluchend wissen.

Banta weiß es nicht. Wahrscheinlich hat Avriel einfach eines der Handys nicht infizieren können und der Gegner deswegen keine GPS-Standortmarkierung erhalten. Er hat keine Zeit, drüber nachzugrübeln.

Vorsichtig wagt er einen Blick um den Pfeiler, sofort spritzen ihm Schrapnelle um die Ohren.

Sie sind in einen Empfangsraum vorgedrungen. Vor ihnen befindet sich ein Tresen, hinter der hüfthohen Mauer hält sich einer der Schützen versteckt. Ein anderer steht verdeckt hinter der Ecke zum Flur, der sich zu den Büros hin verzweigt.

Banta zieht noch einmal das Feuer auf sich, indem er sich ein wenig bewegt, und erkennt, woher das dritte Mündungsfeuer kommt. Von einigen Möbeln, die noch aus der alten Firma stammen und an der Seite des Empfangs zusammengeschoben wurden. Sofort bedeutet er Jan, sich um den Kerl zu kümmern. Banta atmet durch.

Das Ganze ist ein Albtraum. Ihr Plan bestand darin, nicht einen einzigen Schuss abgeben zu müssen, und nun sind sie in eine ausgewachsene Schießerei verwickelt.

Inständig hofft er, dass es keine Toten gibt. Stress mit Richard kann er beileibe nicht gebrauchen.

Zufrieden sieht er, wie Jan mit zwei gezielten Schüssen den Mann hinter den Möbeln außer Gefecht setzt. Wimmernd geht der Typ zu Boden, als Jan ihm die rechte Kniescheibe zerfetzt und einen zweiten Schuss in seine Schulter setzt.

Banta fixiert den gut sechs Meter entfernten Tresen. Trockenbauplatten. Kein wirkliches Hindernis für Projektile. Er gibt zwei Schüsse in schneller Folge ab, direkt durch die Tresenwand, hört Schreie und Fluchen.

Sofort wendet er sich dem dritten Schützen zu, da nimmt er im Flur hinter dem Tresen kurz ein Gesicht wahr: Guigous!

Er trägt einen dunklen Anzug, und seine langen grauen Haare kleben ihm im wettergegerbten Gesicht. Der Fünfzigjährige starrt ihn für eine Millisekunde an, bevor er jäh ins Innere des Gebäudes eilt.

Banta und Jan zögern nicht, geben ihre Deckung auf. Jan entwaffnet den Mann hinter den Möbeln, während Banta Guigous nachsetzt. Als er am Tresen vorbeiläuft, sieht er die Rothaarige von Etage 2 am Boden liegen. Sie hält die Augen geschlossen, atmet aber. Sie muss einen zweiten Aufgang benutzt haben. Deswegen also so viele Gegner.

Jan schließt zu ihm auf.

Kurz testet Banta den Funk. Vergeblich. Sie sind noch immer offline.

Bereits nach ein paar Metern führt rechts eine Tür in ein Büro. Banta und Jan checken es. Guigous hat sich hier mit seiner »Firma« eingerichtet. Zig Laptops überwachen das Mining der Kryptowährung und die internationalen Börsen. Kurs-Charts flackern auf XXL-Screens, ein paar Aktenberge. Niemand hier.

Langsam gehen sie weiter. Der Flur endet in einer Werkhalle, die man durch Stellwände vor Jahrzehnten parzelliert hat, um separate Fertigungsräume zu schaffen. Extrem unübersichtlich.

Banta spürt, wie sein Puls sich erhöht, das Adrenalin durch den Körper pumpt. Er versucht, sich auf seine Atmung zu konzentrieren, indem er sich auf seine Meditationsübungen besinnt. Er weiß, dass es nicht gut ist, einen Entführer in die Enge zu treiben, aber ihr Undercover-Spielchen ist einfach zu schnell aufgeflogen. Kein Zurück.

Mit Avriels Unterstützung und den GPS-Koordinaten wäre es ein Leichtes, Guigous aufzuspüren – so müssen sie es wie früher machen: per Hand und zu Fuß.

Banta und Jan erreichen den ersten Verschlag. Mit erhobener Waffe geht Banta voraus. Ein Werkraum, verlassen. Durch verstaubte und teils blinde Fenster fällt Berliner Sommerlicht. In der Ferne kann Banta den Funkturm erkennen. Mit einem Mal hält er inne und bedeutet Jan, still zu sein.

Angestrengt horchen sie in die Stille.

Entfernt sind Schritte zu hören, ein Wimmern, das

schleifende Quietschen von Schuhen über Linoleum. Guigous hat die Kleine gepackt.

Banta ist klar, ihm bleiben nur wenige Minuten, bis Guigous' Verstärkung eintrifft. Sie haben so verdammt viele Leute auf dem Gelände ausgemacht, und sicherlich gehören einige davon zu Guigous' Gang. Ihnen läuft die Zeit davon.

Fragend sieht Jan ihn an. Noch tiefer in das Labyrinth der Werkstätten? Oder zurück, Richtung Foyer?

Die Entscheidung fällt Banta leicht: »Weiter rein!«, befiehlt er.

Sie checken die nächsten zwei Werkbereiche, dringen noch tiefer in die einstige Gummifabrik vor. Plötzlich ein metallisches Klirren.

Banta beschleunigt seine Schritte.

»Ein Aufzug?«, fragt Jan.

»Los!«

Das Geräusch wird lauter, ist nicht mehr weit entfernt. Banta stößt eine Tür auf. Mit einem Mal steht er vor Guigous und Stefanie.

Der Mann hält sie umklammert. Dem Mädchen rollen stille Tränen über die geschwollenen Wangen, das Klebeband über ihrem Mund schneidet in die Haut. Stefanie wimmert leise. Guigous setzt ihr eine Pistole an die Schläfe.

»Keinen Schritt näher!«

Sofort bleibt Banta stehen. Kühl wägt er ihre Chancen ab. Auch Jan verhält sich defensiv und hebt seine Pistole.

»Auf den Boden damit! Dann schiebt sie mit dem

Fuß her«, befiehlt Guigous. Seine Stimme klingt trocken, als bekäme er nicht genug Spucke. Hinter ihm stoppt scheppernd ein Lastenaufzug. Banta kann sich nicht erinnern, ihn in den Gebäudeplänen gesehen zu haben.

»Machen Sie es nicht noch schlimmer, Guigous.« Banta legt seine Pistole auf den Boden, schiebt sie Richtung Guigous. »Wir wollen nur das Mädchen. Ihre Firma ist uns egal. Geben Sie uns das Mädchen, und kein weiteres Blut wird vergossen.« Auch Jan schiebt seine Pistole rüber.

Guigous lacht und presst das Mädchen fester an sich. »Ich glaube nicht, dass Sie hier in der Position sind zu verhandeln.«

Banta beschließt, aufs Ganze zu gehen. »Das sehe ich anders«, beginnt er. »Wir haben Ihnen ein paar Pakete geliefert. In Etage zwei. Zu Ihrer schönen Mining-Farm. Jetzt ist natürlich die Frage, was in den Paketen ist? ASICs sicher nicht.«

Einen Sekundenbruchteil lang stutzt Guigous, und es ist dieser Augenblick, der Banta hoffen lässt, dass sie Stefanie hier lebend herausbekommen. »Glauben Sie etwa, wir haben uns nicht abgesichert?«

»Der Funkverkehr ist blockiert. Ihr könnt nicht fernzünden.«

»Da wäre ich mir an Ihrer Stelle nicht so sicher, Guigous. Schon mal etwas von Ultraschallzündung gehört?« Banta dreht sich langsam zu seinem Begleiter um. »Jan«, meint er auffordernd.

Ohne zu zögern, zückt Jan einen fingerlangen Stab

mit Metallkappe. »Die Sache is' so, wenn ich 'n Zünder loslasse, dann fliegt Ihre Scheiß-Mining-Farm in die Luft. Wollen Sie das?« Provokant streckt Jan seine Faust mit dem Zünder in die Luft.

Guigous' Blick springt von Banta zu Jan und von Jan auf den Zünder. Er ist sich unsicher. Extrem unsicher. Seine ganze Körperhaltung ist ein einziger Schrei nach Sicherheit. Er presst Stefanie die Pistole fester an die Schläfe. Das Mädchen zittert vor Angst. Banta tritt einen Schritt zurück, um Guigous mehr Platz zum Atmen zu lassen.

»Wir wollen nur das Mädchen. Kommen Sie«, bekräftigt er. »Wir können das hier sehr unschön beenden oder aber schnell und simpel. Wir sind in weniger als fünf Minuten weg, und Loschinski transferiert alle Bitcoins zurück. Sie geben uns Stefanie und können Ihren Geschäften wieder ungestört nachgehen. Entweder das, oder Sie können Ihre Mining-Farm vergessen.«

Guigous' linkes Auge beginnt zu zittern. Banta sieht es, genauso, wie er wahrnimmt, dass Guigous' schlanke Finger immer unruhiger über den Griff seiner Pistole rutschen. Das sind alles keine guten Zeichen.

Gib ihm mehr Raum, überlegt Banta und hebt behutsam die Hände. »Sie sind Geschäftsmann, richtig? Nun, Guigous, es ist ein Deal. Nur ein Deal. Mehr nicht.«

»Ein Deal?« Guigous muss schlucken, so trocken ist sein Hals.

»Keine Emotionen. Nur eine Abwägung.« Banta bemerkt, dass der Mann sich kein bisschen entspannt.

Sein Augenzittern wird immer heftiger. Eine andere Strategie muss her. Bantas Blick fällt auf den Zünder, den Jan artig in die Luft streckt, und er entschließt sich für eine etwas konfrontativere Vorgehensweise: »Ich gebe Ihnen zehn Sekunden, Guigous, mir das Mädchen auszuhändigen. Zehn … neun … acht …« Beherzt zählt er runter. »Sieben … sechs …«

Endlich kommt Leben in Guigous. Auch wenn er Jan und Banta weiterhin mit zitternden Lidern anstarrt, spürt Banta, dass es in ihm gehörig arbeitet. Es gibt Männer, die nur unter Stress Entscheidungen treffen können. Guigous scheint so einer zu sein. »Vier … drei … zwei …«

»Ich will«, brüllt er mit einem Mal, »dass er herkommt. Loschinski. Der Wichser soll herkommen!«

»Dann heben Sie die Blocker auf. Wir müssen ihn kontaktieren. Er ist bei uns und überwacht, dass wir seine Tochter holen. Wir brauchen wieder Funk, Guigous.« Unbemerkt wirft Banta seinem Partner einen Blick zu.

Jan versteht sofort.

Umständlich drückt Guigous das Mädchen an sich, hält die Pistole und greift gleichzeitig nach seinem Handy, um die Radio-, Funk- und Internetblocker aufzuheben. Er fingert bloß eine Sekunde nach dem Handy …

Der Moment reicht. Banta und Jan springen vor.

Blitzschnell schlägt Banta zu. Er weiß, dass Geschwindigkeit und Masse den perfekten Knock-out ausmachen, also dreht er sich mustergültig weg, holt aus und trifft Guigous seitlich mit voller Wucht am Kiefer. Ein Schlag, wie er ihn mit Jan und Anna oft beim Krav Maga geübt hat. Der Hieb verdreht den Kopf seines Gegners. Die viel zu plötzliche Torsion führt zur Bewusstlosigkeit. Ehe Guigous es sich versieht, geht er vor dem Lastenaufzug zu Boden.

Banta tritt ihm die Waffe aus der Hand.

»Ultraschallzünder?«, fragt Jan grinsend und wirft Banta den *Zünder* zu. Ein schlichtes Ein-Euro-Feuerzeug.

»Gut geschaltet«, lobt Banta und befiehlt dann den Rückzug. Er sieht, wie Jan vorsichtig der weinenden Stefanie das Klebeband wegreißt.

»Dein Vater schickt uns«, meint Banta. »Du musst mit uns kommen, okay?«

Ihr Nicken ist ein einziges verschüchtertes Zucken. Banta zwinkert ihr aufmunternd zu, dann nimmt er sie auf den Arm. »Los geht's«, meint er und sieht kurz zu Jan, der bereits ihre Waffen aufliest.

Wenige Augenblicke später hat das Tageslicht sie wieder.

3

BANTA LÄSST STEFANIES Hand los. Kaum hat sie ihren Vater in der Wohnung gesehen, hält sie nichts mehr. Sie wischt an Cordt vorbei, der die Apartmenttür aufhält, und fällt Loschinski in die Arme.

Zufrieden betritt Banta mit Jan ihren Hide-out.

Banta verliert keine Zeit, will Vater und Tochter so schnell es geht nach Werneuchen bringen, einem ehemaligen Flugplatz der Sowjetarmee, auf dem ausschließlich Leichtflugzeuge starten und landen dürfen. Sie sollen mit einer angemieteten Piper Cherokee nach Hamburg fliegen und lieber erst dort in eine Linienmaschine steigen anstatt in Tegel. Nur schnell raus aus Berlin. Die Manöverkritik zum Fiasko muss warten. Er eilt zu den Klappkisten, in die Avriel bereits einen Großteil des Equipments verladen hat, als Jan an ihm vorbeischießt und Avriel anfährt.

»Verdammte Scheiße! Wir sind fast draufgegangen wegen dir!« Er ist so laut geworden, dass Avriel für einen Moment keine Antwort einfällt. Hilfesuchend blickt sie sich zu Banta um.

Wütend kramt Jan neben Avriel in den Boxen, fischt einen Erste-Hilfe-Kasten raus. Der Streifschuss hat seine Jeans zerfetzt, Jan reißt sie auf. Sein Bein ist rot vor Blut, die Wunde ist fingerlang und sieht dreckig aus. »Fuck! Das geht auf dich. Verflucht noch mal!« Er reißt die Kompresse auf und beginnt, die Wunde unter Schmerzen abzutupfen. »Zu blöd zum Funken.«

»Muss getackert werden«, brummt Cordt und hilft ihm, indem er erst einmal Desinfektionsspray draufsprüht. »Avriel kann da nichts für.«

»Die glaubt, das is' hier 'n Videospiel. Oder so 'ne Scheiße.«

Avriel tritt zu ihm, sie mustert Jan, dann schüttelt sie den Kopf und findet zu ihrer alten Stärke zurück. »Du kannst mich, Jan.«

»Du kannst mich!« Trotz der Schmerzen springt Jan auf und geht Avriel an die Gurgel, drückt sie hart zurück an ihren Arbeitstisch. »Das is' kein Spiel, kapiert! Wir hätten da draußen draufgehen können.«

Aus großen Augen starrt Avriel ihn an, selbst Cordt ist von der Attacke überrascht.

Mit einem Mal packt Banta Jans Kinn und dreht sein Gesicht zu ihm. »Es reicht«, stellt er streng fest. Sein Blick lässt keine Widerrede zu. »Krieg dich wieder ein!«

Endlich lässt Jan Avriel los. »Blöde Kuh«, zischt er. Sauer stapft er zur Couch. Cordt wirft Banta einen genervten Blick zu und folgt ihm mit dem Erste-Hilfe-Kasten.

»Alles okay?«

Avriel gibt sich nicht die Blöße, ihren Hals zu kneten, obwohl deutliche Spuren von Jans Wut daran zu sehen sind. Provozierend kaut sie ihren Kaugummi. »Nee. Absolut nichts okay. Was für 'n Arschloch.«

»Wir klären das heute Abend. Ich will, dass du einräumst. Der Job ist noch nicht zu Ende.«

Sie wirft Jan einen zornigen Blick zu, den er gleichermaßen erwidert, dann meint sie zu Banta: »Tut mir leid, dass ihr so schnell aufgeflogen seid.«

»Wie gesagt, wir klären das nachher. Ladet das Equipment ein und macht die Wohnung sauber. Du und Cordt. Ich fahr Stefanie und ihren Vater mit Jan zum Flughafen. Wir treffen uns dann wie gehabt im Polygon.«

Avriel nickt zwar, aber Banta hat das Gefühl, sie hat ihm nicht zugehört. Er fasst sie sanft bei der Schulter, um ihre Aufmerksamkeit zu erlangen.

»Zieht das volle Programm durch. Die ganze Wohnung muss komplett gewischt werden. Ich möchte keine Spuren hinterlassen. Verstanden? … Avriel? Verstanden?«

»Ja.«

»Gut.« Banta will keine weitere Zeit verschwenden und instruiert Cordt, der mittlerweile Jans Wunde notdürftig versorgt hat. Er weiß, dass er sich auf Cordt zu hundert Prozent verlassen kann. Banta glaubt nicht, dass sie zurückverfolgt werden können, will aber, dass Cordt und Avriel sich um jedes Haar und jeden Fingerabdruck kümmern. Das Apartment soll clean sein.

Eine Stunde später verabschiedet Banta Vater und Tochter an der Startbahn. Die Sonne steht tief am Himmel, rot und schwer, und lässt die tausend Solarmodule an der Seite der Piste wie ein riesiges Feuer glimmen.

Immerhin ist hier, außerhalb Berlins, die Hitze nicht mehr so drückend. Ein leichter Wind ist aufgekommen und weht kühlend über den teilweise aufgeplatzten Beton der Fahrbahn. Stefanie wirft ihm noch einen letzten Blick zu und winkt schüchtern, bevor sie mit ihrem Vater zum Piloten in die einmotorige Maschine steigt.

Banta hebt die Hand zum Abschied. Es tut gut, das Mädchen in Freiheit zu sehen. Er atmet durch und schmeckt die Sommerluft. Es sind Momente wie dieser, weswegen er seinen Job liebt. Nicht das Adrenalin, nicht die Waffen oder das Stellen irgendeines Monstrums. Es ist das Lächeln der Befreiten, das ihn beflügelt. Auch wenn er Stefanie nur kurz gesehen hat – er kennt ihre Geschichte.

Und die Sicherheit, dass ihre Geschichte weitergeht, das ist es, was ihn erfüllt.

Einen Moment steht er nur da und blickt zu der Maschine in der Sonne, dann wendet er sich zum Wagen um.

Jan steht rauchend in der offenen Wagentür und lässt sich die Sonne ins Gesicht scheinen. Er sieht schon wesentlich besser aus als im Apartment.

Banta setzt sich hinters Steuer, startet den Wagen jedoch nicht. »Ich werde das nicht weiter tolerieren, Jan.« Er ist selbst unzufrieden mit dem Einsatz – eigentlich ist so gut wie alles schiefgelaufen –, doch das ist keine Entschuldigung für Jans Verhalten.

»Was?« Jan wirft seine Zigarette raus.

»Du weißt ganz genau, was ich meine.«

Jan brummt. »Wegen deiner Kleinen wäre ich fast draufgegangen.« Trotzig packt er seine Packung Gauloises auf das Armaturenbrett.

Die Piper lässt den Motor aufheulen, dreht sich zum Start, gewinnt an Speed. Der Motorenlärm nimmt stetig zu.

»Du hast allen Grund, auf Avriel sauer zu sein. Das verstehe ich. Aber wenn du sie noch einmal in den Senkel stellst, dann gehe ich dazwischen. Verstanden? Du kannst dich gerne beschweren, doch du tust das bei mir. Und ich werde mit ihr reden.«

Kopfschüttelnd atmet Jan durch, fischt seine Sonnenbrille von der Ablage und setzt sie auf.

Banta wird laut. »Du gehst Avriel nicht vor Cordt und einem Kunden an den Hals. Haben wir uns verstanden?«

Geduldig wartet Banta, dass Jan endlich eine Reaktion zeigt. Aber der ist nicht der Typ, der wegen ein paar harschen Worten eingeschüchtert dreinblickt. Seelenruhig sieht Jan der Piper beim Abflug zu. Erst als die Maschine einschwenkt und über ihren Köpfen davongeflogen ist, murrt er endlich ein »Ja« und lächelt.

»Gut.« Das reicht Banta schon. Er kennt Jan lange genug, um zu wissen, dass seine Gardinenpredigt angekommen ist.

»So. Und heute feiern wir.« Zufrieden startet Banta den Motor. Er weiß, dass auf Jan immer Verlass ist.

Der steckt Arme und Kopf aus dem Fenster, während sie die Piste entlangbrettern. Er lässt einen triumphierenden Schrei los.

4

BANTA HÄLT VOR dem Eingabefeld und gibt routiniert seinen Code am Zehnerblock ein. Beinahe geräuschlos schwenkt das drei Meter hohe, gusseiserne Tor auf und gibt die Einfahrt zu seiner Villa am Wannsee frei.

Mehrere Videokameras verfolgen seinen Weg die Kieseinfahrt hinauf bis zum aufwendig renovierten Backsteinhaus. Er lässt den Wagen auf der Zufahrt zur Tiefgarage ausrollen und muss abermals eine Zahlenkombination in ein altmodisches Bedienfeld eingeben.

Beim Umbau der alten Villa hat er sich bewusst gegen Iris- oder Fingerabdruck-Scanner entschieden, weil er weiß, wie simpel man die Technik austricksen kann. Eine Zahlenkombination ist altmodisch, aber narrensicher. Sich Zahlen zu merken, ist für Banta kein Problem. Gewöhnlich wendet er das Major-System an. Bei vierzehn Stellen reicht ein einziges langes Wort.

Das Rolltor zur Tiefgarage öffnet sich.

Er parkt den Wagen neben seinem 1985er-Mondial-Coupé und seiner Norton Commando Café Racer. Beides lang gehegte Jugendträume, die er sich nach den ersten Aufträgen seiner Agentur zugelegt hat.

Banta nimmt einen Hartschalenkoffer vom Beifahrersitz, steigt aus und steuert einen Raum an, der mit einer Eisentür verschlossen ist. Ein drittes Mal gibt er seinen Code ein. Stahlbolzen werden zurückgefahren, die Tür öffnet sich einen Spalt breit.

Im Raum riecht es nach Eisen und Beton. Die Beleuchtung geht automatisch an. Zwei Werkbänke voller Elektronik werden in LED-Arbeitslicht getaucht, mehrere abschließbare Spinde säumen die Wand, ein halbes Dutzend Monitore wartet geduldig. Banta legt den Koffer auf die Werkbank und öffnet ihn.

Ihre Smartphones, Tablets und die Laptops, die sie für die Operation benutzt haben, sind fein säuberlich in Schaumstoff eingeschlossen. Routiniert entfernt Banta sämtliche SIM-Karten und steckt sie in *Mister Shrriiing*, wie Cordt seinen selbst gebauten Kartenlöscher getauft hat. Die Metalldose mit Motor macht alle Karten unlesbar, schlicht indem *Mister Shrriiing* sie in Sekunden zu feinsten Splitterchen verarbeitet.

Banta wartet das Geräusch ab, das an das Kreischen einer Kaffeemühle erinnert, und schließt dann alle Handys und Tablets an einen PC an. Mit wenigen Anschlägen startet er in der Shell ein Programm, das er vor zwei Jahren gecoded und das Avriel vor wenigen Tagen verbessert hat. Es kann nicht sehr viel, aber dafür macht es seinen Job gründlich: Das Programm löscht Solid-State-Discs zuverlässig, denn das Vertrackte an den meisten Smartphones ist, dass sie ihre Daten zwar per Chip verschlüsseln, beim Löschen diese aber nicht verlieren. Die Software auf den Geräten schmeißt bei den SSDs lediglich den Schlüssel zu den Daten weg, während die Informationen weiterhin gespeichert bleiben.

Es ist, als packe man wichtige Papiere in einen Raum, vernichte aber lediglich den Türschlüssel. Der Raum mit den Papieren bleibt unangetastet – und damit tausend Möglichkeiten, irgendwie die Tür aufzubrechen. Bantas Programm hingegen killt erst sämtliche Daten und setzt die SSDs danach wieder auf Werkszustand zurück.

Zufrieden sieht Banta den Fortschrittsbalken zu. Der Vorgang dauert bei jedem Gerät nur Sekunden. Er schließt Avriels ersten Laptop an und beginnt, auch diesen gründlich zu reinigen.

Danach will er seinen eigenen Laptop löschen, bemerkt aber, dass es Avriels privater Rechner ist. Sie besitzen dasselbe Modell und müssen die Rechner beim Einladen wohl verwechselt haben.

Ich muss dringend ein ernstes Wort mit ihr reden, beschließt er. Erstens ist es verboten, private Laptops mit auf die Missionen zu nehmen, und zweitens kann es tödlich sein, sie auch noch zu vertauschen. Kopfschüttelnd steckt er Avriels Laptop in seinen Rucksack. Wahrscheinlich war sie durch Jans Attacke noch durch den Wind, überlegt er und löscht die restlichen Tablets und Telefone.

Dann geht er mit seinem Rucksack hinauf ins Haus. Er legt die Jacke ab, streift sich die Stiefel von den Füßen und betritt den »Stillen Raum«. Das einstige Wohnzimmer ist äußerst spartanisch eingerichtet. Es gibt weder Stühle noch einen Esstisch. Auf dem Boden liegen zwei japanische Tatamis, dicke Sitzmatten aus Igusa-Gras mit aufwendig gestalteten Seitenbändern.

Als Banta sich setzt, umfängt ihn sofort absolute

Stille. Bevor sie sich in Lichtenberg im Club treffen, will er noch einen Moment entspannen.

Es hat eine Zeit gegeben, da hat er sich eine Familie und Kinder gewünscht. Mit Anna. Der Wunsch ist mit den Jahren verblasst wie ein altes Farbfoto. Im Rückblick wird man nostalgisch, und die Sehnsucht färbt sich eigentümlich gelblich und wird schließlich zu einem fernen Traum.

Meditierend sitzt Banta da, achtet bloß auf seinen Brustkorb, auf das Atmen, dann auf seinen Herzschlag. Bereits nach wenigen Minuten spürt er, wie sich sein Verstand schärft und die Müdigkeit zurückweicht. Auch wenn er weiß, dass sie ihn in wenigen Stunden wieder überfallen wird, hat er durch die Meditation neue Kraft gewonnen.

Das Piepen seiner Gegensprechanlage reißt ihn aus der Übung.

Entspannt steht er auf und geht in den Flur. Auf dem Display der Gegensprechanlage sieht er ein faltiges Gesicht mit reichlich Altersflecken.

»Komm schon, Banta!« Staatsanwalt Dr. Richard Arnold Trimmer lächelt schmal vom Fahrersitz seines BMW in die Kamera. »Ich weiß, dass ihr euch erst in zwei Stunden wieder im Club trefft.«

Froh, dass der Alte inkognito und ohne Polizeiverstärkung angerückt ist, öffnet Banta das Einfahrtstor, dann geht er ihm barfuß in der warmen Abendluft ein paar Schritte entgegen.

Richard hält neben ihm. Die Wagentür öffnet sich, und Banta will dem Alten die Hand reichen, aber der schlägt das Angebot stumm aus. Lieber stützt er sich mit seiner knöchrigen Rechten auf einen Regenschirm und zieht sich mit der Linken ächzend und umständlich aus dem Wagen.

»Das war absolut indiskutabel«, legt er ohne Begrüßung und Erklärung los.

»Willst du nicht erst mal reinkommen?«, fragt Banta ergeben.

Richard schüttelt den Kopf. »Es ist schon riskant genug für mich, zu dir rauszufahren. Das war Pfusch, absoluter Pfusch!«

»Ich hätte dich schon kontaktiert, Richard.«

»Das will ich hoffen. So eine Schießerei darf sich nicht wiederholen, Banta. Ich gebe dir gern mal einen Hinweis, das weißt du, aber wenn so was dabei rauskommt, kann ich dich nicht decken.«

»Ich weiß.«

»Das glaube ich kaum.« Der Alte zückt ein Seidentuch und tupft sich die Stirn ab, während er sich wacklig auf den Schirm stützt. »Die Kripo ermittelt, das LKA ist eingeschaltet, und es dauert sicher nur ein paar Stunden, dann hab ich eure … eure heutige *Auseinandersetzung* auf meinem Schreibtisch.« Er mustert Banta streng. »Es hat Verletzte gegeben. Ich werde einen Durchsuchungsbescheid für dein Anwesen hier nur bedingt verzögern können.«

»Durchsuchung?«

»Ja. Sobald sie eine handfeste Spur zu dir haben. Sicher ist Richter Trondheim schon dabei, eigenständig etwas in die Wege zu leiten.«

»Verstehe … Glaubst du, ich bin zufrieden? Ich verbuche den heutigen Einsatz nur als Erfolg, weil …«

»… weil ihr sie rausgeholt habt«, stellt Richard fest, nickt jedoch nicht, sondern starrt stattdessen auf Bantas Pool.

Banta kennt diesen Blick von Richard nur zu gut. Diesen Blick ins Weite, wenn er umgestimmt werden will. Deswegen fügt er an: »Ich bin mir sicher, dass wir Unheil abgewendet haben.«

»Unheil.« Richard muss über das altertümliche Wort schmunzeln, bekommt dann aber einen Hustenanfall. »Unheil«, wiederholt er, während Banta ihm fürsorglich den Rücken klopft. »*Unheil* … Es war gut einzugreifen, ja. Die Faktenlage war so dünn … Das hätte sicher noch Wochen gedauert, bis das LKA eingeschritten wäre. Unser feiner Richter Trondheim steckt Leute wie Loschinski und Guigous einfach in ein und dieselbe Schublade.«

»Verbrecher ist nicht gleich Verbrecher«, stellt Banta fest. »Sag mal, geht's dir gut?«

Richard keucht vor Husten, aber er nickt. »Ging mir nie besser«, behauptet er und grinst schief, wobei er seine nikotingelben Zähne zeigt. »Verbrecher ist nicht Verbrecher – da hast du recht. Aber deswegen sind mir trotzdem so langsam bei euren … *Aktionen* die Hände gebunden.«

»Verstehe.«

»Ihr müsst vorsichtiger agieren, Banta. Sehr viel vorsichtiger. Vielleicht kriege ich Guigous' Anwalt hintenrum dazu, eine Instanz höher zu gehen. Dann ist die

Akte aus Berlin raus und von Trondheims und meinem Tisch weg. Aber ihr, ihr solltet auf jeden Fall den Kopf einziehen in den nächsten Monaten. Sucht euch was im Ausland. Eine Rückentführung aus dem Jemen, eine Vermisstensuche in Taipeh. Etwas in der Art.«

»Taipeh? Taiwan?«

»China. Taipeh, das ist China«, knurrt Richard.

»Definitionssache.«

Richard winkt ab. »War nur ein Beispiel. Oberstes Gebot ist, ihr verlegt eure Operationen aus Berlin raus.«

»Ich werd's einplanen und die anderen in Kenntnis setzen.«

»Gut.« Richard nimmt einen tiefen Zug Abendluft und wankt mit seinem steifen Bein zur Villa. Weil Banta ihm nicht folgt, sondern bloß verwundert hinterhersieht, sagt der Alte: »Was ist nun mit dem Wein? Euer Club kann ja wohl noch ein Glas lang warten.«

Amüsiert schüttelt Banta den Kopf und folgt Richard. Er eilt an ihm vorbei, um ihm die Haustür aufzuhalten. Der Staatsanwalt bleibt auf der Schwelle stehen. »Deine Agentur … Ihr macht respektablen Gewinn, habe ich recht?« Er nimmt die Brille ab, sucht ein Putztüchlein, findet keins und reibt sie notgedrungen am Taschentuch ab.

Einen Atemzug lang ist Banta überrascht, dass Richard so abrupt das Thema wechselt. »Worauf willst du hinaus?«

Die beiden gehen ins Haus.

»Ihr reist durch die Welt, immer auf dem Laufenden, immer online … Und es läuft alles so überaus exzellent bei euch … Sieht man mal von dem heutigen Fiasko ab.«

»Ist eine verflixt komplizierte Welt geworden«, lautet Bantas trockene Antwort. Er kennt Richard vom Militärdienst, als er noch bei der NATO Communications and Information Agency in der Abteilung für Cyberkriegsführung gearbeitet hat. Damals hat Richard ihre Einsätze rechtlich bewertet. Sie waren fast zeitgleich aus dem Dienst ausgeschieden.

»Leider. Eine äußerst komplizierte Welt, Banta«, sinniert der Alte und sucht vergeblich einen Kleiderhaken für seine leichte Stoffjacke und den Schirm. Banta nimmt ihm die Sachen ab und legt sie auf eine Bauerntruhe im Flur.

»Apropos komplizierte Welt. Warum bist du weg, Banta? Von der NCI Agency?«, fragt Richard wenige Augenblicke später, als Banta sich um den Wein kümmert. »Du warst unser fähigster Mann im Außendienst.«

Banta nickt. Das war er wohl. Damals.

»Warum hast du nach Fordow alles hingeworfen?«

»Das weißt du genau. Du kennst die Akte, Richard.«

»Multi multum dicunt. Viele reden vieles.« Er nimmt sein Glas entgegen. »Komm mir nicht wieder mit *Neuorientierung*. Deine aktenkundige Begründung ist gelinde gesagt fadenscheinig.«

»Was soll die Frage?« Banta trinkt einen Schluck und spürt die schwere Wärme des exzellenten Rotweins.

»Sag schon. Red nicht um den heißen Brei, Richard. Du bist nicht nur hergekommen, um mich vor einer möglichen Ermittlung zu warnen, richtig?«

»Ich will endlich wissen, weswegen du damals so Hals über Kopf nach dem Fordow-Einsatz im Iran den Dienst quittiert hast. Du, Anna, Jan, Cordt …«

»Ist geheim.«

Richard schweigt. Er mustert Banta und brummelt dann etwas Unverständliches. »Gut. Das muss ich wohl akzeptieren«, meint er schließlich. »Ich bin gekommen, um dich zu warnen. Aber ich bin auch gekommen, weil ich … Nun … Ich denke ebenfalls über eine Neuorientierung nach.«

»So?«

»Ja. Die Staatsanwaltschaft …« Richard macht eine Wegwerfgeste. »Wird immer schwerer, die bösen Jungs hinter Gitter zu bringen. Das *Unheil* abzuwenden.« Abermals schmunzelt Richard.

Langsam dämmert es Banta, wohin der Hase läuft. »Du willst bei uns einsteigen?«

»Immer auf Zack, ganz mein Frank Banta.« Richard prostet ihm zu, nimmt noch einen Schluck. Seine papierenen Wangen, auf denen sich feine blaue Adern abzeichnen, werden rot. »Ich versuche, dich aus der Sache mit Guigous rauszuhalten, und wenn Trondheim dich und deine Crew nicht in die nächste JVA steckt, würde ich gerne offiziell inoffiziell bei euch einsteigen. Keine Staatsanwaltschaft mehr. Nur noch eure Crew.«

Banta trinkt seinen Wein aus und mustert Richard,

während er überlegt. Im letzten Abendlicht sieht der Alte trotz seiner altersfleckigen Wangen, der spröden Lippen und seines steifen Beins resolut aus, beinahe finster entschlossen.

»Ich werde es mir überlegen.«

5

HARTE BEATS KRACHEN Banta entgegen, als er eine Viertelstunde zu spät durch die Gänge des Polygon-Clubs in Lichtenberg eilt. Er hat sich immer noch nicht daran gewöhnt, dass der Laden seit einigen Monaten nicht mehr Kosmonaut heißt, aber er findet ihre Ecke im Außenbereich des Clubs unverändert. Zwischen Pflanzen und kaum zehn Schritte von Tanzfläche und Bar entfernt, stößt die Crew für gewöhnlich auf ihre Missionen an und amüsiert sich nach dem Stress. Nach Annas Tod haben sie es sich zur Gewohnheit gemacht, sich hier nach jedem Job zu treffen. Auch wenn sie den Altersdurchschnitt gehörig heben. Erst mit dem Besuch im Club finden die Missionen ihr Ende und sie ihre Ruhe. Völlig egal, ob sie aus Taipeh kommen, wie Richard vorschlug, aus Aserbaidschan oder Brasilien.

Banta begrüßt Jan, der als Einziger am Tisch sitzt und Avriel zusieht. Die junge Frau tobt sich auf der Tanzfläche aus. Verschwitzt und ziemlich sexy windet sie sich um Cordt, der wie ein Fels in der Brandung dasteht, bloß mit der Hüfte kreist und selig lächelt.

»Hab ihr schon den Whisky ...?«, ruft Banta gegen die Musik an.

Jan winkt ab. »Na hör mal, doch nicht ohne den Chef.«

»Bin gleich zurück, okay?« Er vertraut Jan seinen Rucksack mit Avriels Laptop an und geht zur Bar.

Kurz darauf kommt er mit einem Tablett voller Whiskygläser wieder. Cordt hat mittlerweile Platz genommen und notiert etwas in einem abgegriffenen Notizbuch.

»Neue Tanzschritte?«, frotzelt Jan, während Banta das Tablett vor sich auf den Holztisch stellt.

»Avriel. Musikempfehlungen«, erklärt Cordt knapp und schreibt seelenruhig weiter.

Jan wirf Banta einen amüsierten Blick zu, der daraufhin mit den Schultern zuckt. Sie sehen beide einen Moment Avriel beim Tanzen zu, und Banta denkt: Jan hat recht, sie erinnert mich an Anna. Es ist ihr Lächeln. Ihre Ausstrahlung, ihre Art, sich zu bewegen. War ich wirklich unvoreingenommen, als ich sie eingestellt habe?

Er versucht, das Gefühl abzuschütteln, schließlich muss er Avriel gehörig die Leviten lesen, sie behandeln wie jeden in der Crew. Seufzend wendet er sich den Whiskys zu.

Der Club ist ein Ritual. Genau wie der Whisky und genau wie Annas Glas, denn Banta stellt auch ihr eines hin. Er platziert es vor einem leeren Stuhl. Einem Stuhl, den sie seit fünf Jahren leer lassen. Der auf immer leer bleiben wird.

Für ihren Geist.

Einen Moment betrachtet er ihr volles Glas, atmet die musikschwere Luft.

Wie gern würde er jetzt mit Anna anstoßen?

Ihre Küsse. Ihr Geruch.

Ja, Jan hat recht. Ich vermisse sie. Obwohl so viel Zeit vergangen ist. Es ist wie ein Stich. Jedes Mal. Der Verlust ist wie ein glühendes Eisen, das mir ins Fleisch fährt. Noch immer.

Banta sieht auf die Uhr. 1827 Tage ist sie tot.

»Was is' nu?«, reißt ihn Jan aus den Gedanken.

»Warten wir noch auf Avriel.« Banta nickt zur Tanzfläche, doch Avriel steht jetzt telefonierend abseits der Bar. Sie sieht ziemlich aufgebracht aus, gestikuliert wild, und ihre ganze Art sagt Banta, dass es kein einfaches Gespräch ist.

»Ziemlich viel Stress«, stellt Cordt fest und kratzt sich den Schnauzer.

»Vielleicht mit ihrem Freund?«, wirft Banta ein.

»Freund?« Jan grinst. »Du glaubst, die hat 'n Freund?«

»Vielleicht sind ihre Derivate im Keller, ihre Swaps, was weiß ich …«

»Swaps?« Jan lacht. »Sie ist fünfundzwanzig. Wer hat denn mit fünfundzwanzig Swaps?«

»Ich sag nur ›Schweizer Elite-Internat‹.«

»Elite-Internat.« Jan lacht. »Das hat die doch erfunden!«

»Gib ihr 'ne Chance, Jan«, mischt sich Cordt ein.

»Ja. Wäre nett«, meint auch Banta. »Ich hab sie durchleuchtet, Jan. Ihre Papiere, den Lebenslauf. Glaubst du, ich weiß nicht, wen ich reinhole?«

Jan schüttelt den Kopf. So hat er das nicht gemeint.

Dann seufzt er. »Swaps«, meint er lächelnd. »Du verarschst mich.«

Lachend klopft Banta ihm auf die Schulter. »Selbstverständlich!«

Doch Jan kann nicht vom Thema ablassen, denn kaum hat er ihr ein paar weitere Sekunden zugesehen, meint er: »Ich find sie ziemlich unterkühlt. Ihr nich'?«

»Sie ist erst seit vier Monaten bei uns«, rückt Cordt zurecht. »Und du bist ihr halb an die Gurgel!«

Die Erklärung reicht Jan offensichtlich nicht. »Weiß nicht«, grübelt er. »Da is' noch was anderes. Sie sieht uns immer so komisch an …«

Banta brummt. »Leg nicht alles auf die Goldwaage.«

Die drei Männer warten, bis sie endlich das Gespräch beendet und zu ihnen kommt. Mit einem steifen Lächeln setzt sie sich. »Entschuldigt. Die Werkstatt. Irgendwas mit der Scheißelektronik von meinem Tesla. Ach so, apropos Elektronik.« Sie greift nach ihrer Tasche, zieht Bantas Laptop raus und legt ihn auf den Tisch. »Tut mir leid, ich muss die vertauscht …«

»Das klären wir morgen.« Banta bemerkt, wie erleichtert sie ist, dass er ihr nicht an Ort und Stelle den Kopf wäscht. Für einen Moment kommt sie ihm sehr schüchtern vor, fast zerbrechlich, und gar nicht mehr so tough und abgebrüht wie sonst. Der Eindruck ist nach einem Lidschlag verflogen, spätestens, als sie sich eine ihrer Mentholzigaretten anzündet.

»Können wir jetzt endlich«, drängt Jan.

»Nun denn …« Auffordernd sieht Banta in die Runde. »Auf diesen Abend. Auf den heutigen Einsatz und auf den nächsten in wenigen Wochen.« Er hebt sein Glas zum Toast.

Alle tun es ihm gleich.

»Auf dass wir immer heimkehren«, meint er ernst.

»Auf dass wir immer heimkehren«, antworten Cordt und Jan unisono, während Avriel etwas verloren dasitzt.

Alle prosten dem leeren Stuhl zu.

»Auf Anna«, hebt Banta an, und die Männer lassen die Gläser klirren.

»Auf Anna«, meint Cordt.

Banta stürzt den Whisky hinunter. Während die Flüssigkeit seine Kehle hinabrinnt, schließt er die Augen und genießt die kurze Ruhe. Die Stille in ihm selbst, obwohl dort draußen die Beats hämmern.

Hast du jemals von der Leere gekostet?

Manchmal hört er noch immer ihr Lachen.

Nachts, wenn er nicht schlafen kann und die Nachtschwärze die Räume seiner Villa flutet. Dann starrt er mit offenen Augen in die Dunkelheit und hört Annas Lachen.

Eigentlich hört er es viel zu oft, nach den fünf Jahren, wie Cordt ihm in einer stillen Stunde freundschaftlich erklärt hat. »Du musst loslassen, Banta«, hat er gesagt.

Loslassen.

Er riecht ihr Lächeln. Er schmeckt ihr Haar im Sonnenstaub.

Banta reißt die Augen auf. Der Lärm, das Lachen der anderen, die sich feixend über Cordts Notizbuch lustig machen, die Musik – alles kracht auf ihn ein wie eine Welle aus kaltem Wasser.

Sein Blick fällt auf Annas volles Glas. Das grellbunte Licht der Tanzfläche zuckt durch den Whisky, flackert auf seiner vibrierenden Oberfläche. Ein bisschen so wie bei einer Kerze.

Ein ewiges Licht.

Zeit. Erinnerung. Die Vergangenheit ist eine andere Realität …

Banta atmet durch. Seine Kehle ist seltsam trocken.

»Du bist nicht schuld an ihrem Tod«, hat Cordt gesagt.

Schuld. Ich kann nicht loslassen. Ich bin schuld. Aber selbst, wenn ich es zugebe, lässt es ihren Duft in taufeuchten Wiesen nicht verschwinden, wäscht ihr Lächeln nicht aus meinen Laken.

Er riecht ihr Lächeln. Er schmeckt ihr Haar im Sonnenstaub.

6

Südlich von Zehdenick, Deutschland 2008

»**WAS IST LOS?** Warum guckst du so?«

Banta lächelt selig, als hätte ihm jemand Drogen verabreicht. Er sitzt hinter dem Lenkrad in einem stinkenden Mietwagen und sieht zu Anna rüber, kann sich gar nicht sattsehen an ihr. Auf dem Beifahrersitz, ihre nackten Füße auf dem Armaturenbrett, die blonden Haare im Sommerwind, sitzt sie da und lächelt ihn an. Dieses Lächeln, das durch den glitzernden Sonnenstaub so beiläufig und umwerfend ist.

»Was ist?«, will sie noch einmal wissen und strahlt wegen seiner Grinserei ebenfalls. »Hab ich etwa auch was im Gesicht?«

»Nein. Nein, nein. Es ist nichts«, lügt er und weiß in diesem Moment, dass sich ihr Anblick auf ewig in sein Gedächtnis einbrennen wird. Er wird sie immer so sehen, lächelnd, in der Sonne, völlig unbekümmert.

Was immer auch geschieht.

»In zwei Kilometern kommt 'ne Tankstelle.« Sie zeigt in die Wildnis von Brandenburg. »Vielleicht können die's wieder rausziehen.«

»Vielleicht sollte ich mir 'n Taucheranzug kaufen?«

Anna lacht. »Erst mal Deo! Du stinkst wie ’n Bär mit gerissenen Windeln.«

Er sieht an sich herunter. Tatsächlich ist er klitschnass. Sein Hemd ist ein einziger dreckiger Sack, und in seinem Haar, an den Ohren und dem Hals kleben noch immer Schlamm und Blätter. Und das alles, weil er mit seinem Mountainbike angeben musste und vom Pfad abgekommen ist. Glatte drei Meter ist Banta runter in die Havel geflogen.

Das Fahrrad sank langsam hinab, und er schimpfte wie ein Rohrspatz. Auch nach zig Versuchen hat er im trüben Wasser nichts zu greifen bekommen. Das Ding war einfach im Matsch aus Ästen und Laub verschwunden.

Banta fluchte und fluchte, während Anna sich oben zwischen den Bäumen vor Lachen kaum halten konnte.

Dieses Lachen. Es war so ansteckend.

Während des Zwanzig-Kilometer-Marsches zurück zum Leihwagen hat er öfter gelacht als jemals in seinem Leben zuvor.

Noch einmal sieht er sie an.

Sie hat ein weißes Shirt mit Glitteraufschrift an, Ohrringe, funkelndes, fröhliches Türkis, Jeans. Die Wanderstiefel ausgezogen, das Haar offen.

Wahrscheinlich ist es das, was er mehr als alles auf der Welt vermisst: ihr Lächeln im Sonnenschein. Ihr Lächeln an diesen ganz besonderen Tagen. Ihr Lächeln, das ihn stets aufgefangen und ihm gesagt hat: Das Leben ist gut, Banta.

7

VIELLEICHT IST ES ihm deswegen so wichtig, Menschen ins Leben zurückzuholen, weil sie ihm dieses Lächeln schenken.

Annas Lächeln.

Das Leben ist gut, Banta.

Cordts schallendes Lachen reißt Banta aus den Erinnerungen. Er braucht einen Augenblick, um wieder ins Hier und Jetzt zu springen. Cordt und Avriel haben Bantas Laptop aufgeklappt und amüsieren sich über irgendwas, während Jan auf seinem Smartphone abwesend E-Mails checkt.

»Was macht ihr da?«, fährt Banta die beiden an. »Der ist noch nicht clean.«

Cordt sieht kurz auf. »Avriel hat's gecheckt. War meine Idee.«

»Ja, keine Sorge. Ich hab 'n jungfräulichen Benutzer angelegt, und Cordts Website is' echt voll harmlos«, meint sie und winkt lässig ab. Dann zeigt Cordt ihr irgendwas, das sie erneut zum Lachen bringt. »Ist das krank.«

Schmunzelnd klickt Cordt weiter, während Banta neugierig aufsteht und um den Tisch kommt.

Als er herumtritt, erkennt er im Browser eine Schneelandschaft. Anscheinend ein Film oder eine Liveübertragung. Schnee fällt gleichmäßig. Sonst nichts. Daneben hat Avriel ein Tool mit diversen Anzeigen geöffnet. Banta ist froh zu sehen, dass sie wirklich einen neuen Nutzer für den Laptop angelegt und bloß sehr begrenzte Internetzugriffe erlaubt hat. Die meisten Ports, die in ihrem parallel laufenden Tool angezeigt werden, sind geschlossen.

»Schnee? Nee …« Cordts raue Finger reiben über das Trackpad. Ein Roulette-Rad dreht sich. Die Zahlenfächer sind jedoch stilisierte Monitore. Eine Kugel springt von Monitor zu Monitor.

»Was ist das?«, möchte Banta wissen.

»So 'n Pornoding«, antwortet Avriel lachend. »Wir sind als ›Schwanz‹ eingeloggt. Passt doch.«

»Das is' kein Pornodings. Da is' kränker«, stellt Cordt fest und trinkt seinen Whisky leer. Der Alkohol hat seine Zunge gelöst.

Jetzt kommt auch Jan um den Tisch. »Habt ihr etwa die Kamera aktiviert?«

»Sonst geht's nicht«, erklärt Cordt.

Das Rouletterad bleibt stehen, eine neue Verbindung wird hergestellt …

Banta und Jan beugen sich über Avriel und Cordt, um mehr zu sehen.

»Was zum Teufel …«, fragt Banta, aber so sehr er sich anstrengt, er kann nur zwei beige Flächen erkennen … und einen Fleck … Nein, das ist Stuck. Eine Zimmerdecke. »Was wird das? IP-Cams? Sind das gehackte IP-Cams?«

Cordt kichert. »Nee, die melden sich da freiwillig

an. So wie wir eben. Das hier ist ... äh, eine JennyPinkFish2001.«

»Und die filmt ihre Zimmerdecke?«, meint Jan verwirrt. Der Fokus der Kamera kann die Decke nicht scharf stellen, sie verschwimmt, wird schärfer, verschwimmt ... Sonst ist keine Bewegung zu erkennen.

»Wenn's dich anfickt, klickste weiter. Neue Cam, neues Glück. Chat-Roulette«, meint Cordt und klickt. »Verbunden wird zufällig.«

»Zufällig mit irgendeiner Kamera?« Banta erschließt sich der Nutzen dieser Webplattform nicht wirklich.

»Das is' der Gag.« Cordt schiebt Banta den Laptop hin.

Banta sieht erst ihn, dann Avriel fragend an.

»Wisst ihr noch früher, also gaaaaanz früher?«, sagt Cordt. »Wählen mit der Gabel? Klack ... Klackklack ... Klack?«

»Gabel? Du meinst im Jahre des Herrn 1612, als Telefone noch Wählscheiben hatten?« Die Abfälligkeit in Avriels Spruch ist nicht zu überhören. »Captain Crunch und so?«

»He, Captain Crunch! Ja! Im Gegensatz zu dir, Avriel, kennen wir noch echte Hardware. Da hat man einfach wild auf die Gabel gehauen und hatte wen dran. Zufällig.«

»Wie Flaschendrehen. Entweder musst du Seife fressen oder darfst deiner Traumfrau die Zunge reinstecken«, meint Jan und nippt an seinem Bier. »Krank. Aber lässt sich sicher Geld mit machen.« Er beugt sich vor, klickt auf

>> next

Eine Frau erscheint. Eigentlich bloß ihre Brüste.

»Interessant. Twin Peaks«, stellt Avriel trocken fest, woraufhin Jan und selbst Cordt lachen müssen.

»Ihr seid mir ’n Haufen. Ich hol noch ’ne Runde.« Banta macht sich zur Bar auf, hört noch Cordt, der Jan erklärt: »Ich glaub, alle mit allen. Also alle, die sich angemeldet haben. Das sind im Moment … 2,34 Millionen.«

»Was?« Avriel kann es nicht glauben. »So viele? Das definier ich mal als pervers.«

Als Banta drei Minuten später wiederkommt, sitzen die drei noch immer feixend vor seinem Laptop. Er verteilt die Getränke und sieht eine Frau – vielleicht Anfang vierzig, schwer übergewichtig, asiatische Züge – hinter einem Küchenblock stehen. Sie hat bloß eine Schürze an. Sonst nichts. Als sie bemerkt, dass Banta und die Männer ihr zusehen, winkt sie fröhlich. Sie sagt etwas, aber der Ton ist aus.

»Autsch. Mach weiter«, fordert Jan gelangweilt.

>> next

»Gott! Nein!«, schreien sie alle und lachen. Ein schlanker Raucher sitzt im Unterhemd an seinem Glaswohnzimmertisch, in der Linken hält er seinen Schwanz …

»Das siehst du dir also abends an, Cordt?« Kopfschüttelnd nippt Banta an seinem Bier. »Offenbart ganz neue Seiten.«

Cordt klickt weiter, kratzt sich den Schnauzer. »Studienzwecke. Alles Sozialstudien.«

>> next

Feixende Teenager vor einem Spiegel …

>> next

… eine Nackte, sich rekelnd auf einer Matratze. Kontonummer eingeblendet …

>> next

… drei giggelnde Mädchen, immerhin angezogen, aber alle erst um die dreizehn Jahre mit Zahnspangen …

»Fuck. Bestimmt 'ne Mutprobe oder so.« Avriel streicht sich die neongrünen Haare nach hinten. »Wenn das Bild weg is', kommt man nicht zurück?«

Cordt schüttelt den Kopf. »Kein Back-Button. Wenn der Kanal weg ist, ist er weg. Weg ist weg. Für immer.«

»Zweieinhalb Millionen User? Das ist schon was.« Jan wischt sich den Bierschaum vom Mund.

»Das sind zwei Billionen Paarbildungen laut Binomialkoeffizient«, wirft Avriel ein, ohne vom Monitor aufzusehen.

Jan stutzt. »Billionen?«

»Zwei mal zehn hoch zwölf«, meint Banta.

Avriel klickt einen neuen Kanal an. »Tja, Jan, keine Chance, jemals deine Nymphe noch mal zu erwischen.«

»Das ist auch nicht Sinn der Sache.« Cordt klickt weiter durchs Programm. »Der Witz ist ja der Zufall.«

»Faszinierend.« Avriel haut weiter auf

>> next

>> next

>> next

8

DER MORGEN ÜBERZIEHT den wolkenlosen Sommerhimmel mit diffusem Leuchten. Banta wartet, bis das Taxi außer Sicht ist, bevor er seine Kombination an der Einfahrt eingibt. Kurz darauf betritt er sein Haus. Alles liegt still da. Obwohl er den Alkohol und die durchgetanzte Nacht spürt, geht er in die Tiefgarage.

Bevor das Bett auf ihn wartet, will er den Laptop noch reinigen. Wenn es stimmt, was Richard durchblicken ließ, ist es besser, alle Spuren, die auf Stefanies Befreiung hinweisen, gründlich zu vernichten. Scherereien mit der Kripo oder dem Berliner LKA sind das Letzte, was er gebrauchen kann.

Er schließt den Laptop an den PC, um das Löschprogramm zu starten, aber als er ihn aufklappt, fällt sein Blick noch einmal auf den Screen.

Chat-Roulette läuft noch immer. Die Livestream-Plattform ist im Browser geöffnet.

Banta weiß nicht mehr, wer den Computer in den Rucksack gesteckt hat, wahrscheinlich Avriel, aber er wurde lediglich zugeklappt und nicht runtergefahren.

Nachdem sie im Club Dutzende weitere Teilnehmer durchprobiert haben – unmusikalische Russinnen, verkannte Künstler und Pornosternchen –, hat Banta einen Schlussstrich gezogen und alle zum Tanzen aufgefordert. Der letzte Kanal, den sie sich im Polygon angesehen haben – ein paar Surfer am Strand –, ist mittlerweile beendet.

>> Channel closed

Ohne groß nachzudenken, klickt Banta auf

>> next

Dasselbe öde Spielchen. Irgendein kranker Freak in Bademantel, im Hintergrund die Skyline von Manhattan. Er ahnt, was kommen wird, und zappt lieber weiter, bevor der Typ sich auszieht.

>> next

Banta kann einen Raum in diffusem Licht erkennen. Eine Garage? Ein Keller? Schwer zu sagen. Es könnte irgendeine Wohnung mit zugeklebten Fenstern sein.

Der Stream baut sich stockend auf, das Bild ist grobkörnig und verpixelt. Die Kompressionsrate wird geringer, dadurch die Bilder schärfer.

Regale voller Farbdosen, Lappen, Sexspielzeug, Seile. Davor ein derber Holztisch, darauf eine Schreibtischlampe. Und hinter dem Tisch …

Eine Frau.

Die Frau ist nackt, soweit er das auf den ersten Blick sagen kann. Nackte Schultern, nackter Oberkörper. Ihr Brustkorb und der Bauch sind dreckig … Nein. Das sind … Hämatome?

Banta stutzt. Er kann ihr Gesicht nicht erkennen, weil sie den Kopf gesenkt hält und ihr die blonden Haare bis übers Kinn fallen.

Sie sitzt leicht verrenkt da. Schluchzt sie? Immer

wieder erschüttert ein Zittern ihren Körper. Ihre linke Schulter ist mit etwas beschmiert. Erst nimmt Banta an, dass es Dreck ist, doch dann erkennt er Striemen, als wäre sie gefesselt oder ausgepeitscht worden. Oder sind es … Schnitte?

Banta setzt sich.

Was zum …?

Erst jetzt fällt ihm auf, dass sie die Arme hinter der Stuhllehne hält, als ob sie gefesselt wäre.

Ein Fake-Video? Ein derber Scherz?

Er rückt näher, versucht, in das Gesicht der Frau zu blicken. Unmöglich. Die Haare – fettig, dreckig – sind zu dicht. Aber da tropft etwas, es läuft eine Strähne herab und fließt auf die Tischplatte.

Blut.

Eindeutig.

»Scheiße.«

Er will ein paar Screenshoots schießen, eine Aufzeichnung starten, hält jedoch inne. So schnell es geht, zieht er den Laptop vom PC ab, will nicht mehr als irgend nötig mit dem Laptop anstellen. Jeder Programmstart, jede Veränderung kann zu viel sein. Wenn der Computer einfriert, abstürzt, das WLAN-Signal abbricht, ist das Bild fort.

Banta zückt sein Handy, schießt ein paar Fotos vom Monitor, lehnt das Smartphone an einen Kopfhörer, richtet es notdürftig aus und filmt mit. Er hämmert auf die Volume-Taste und horcht in die Stille …

Nichts. Kein Weinen, kein Schluchzen …

Das Knacken einiger Rohre in seiner Tiefgarage, das

Sirren der Klimaanlage, das tausendfach gehörte Rauschen des PC-Lüfters. *Mister Shrriiings* Trafo brummt. Ansonsten ist da nichts.

Der Laptop bleibt stumm. Der Kanal sendet keinen Ton.

Bantas Blick fällt auf die Kamera in der Laptopklappe, dieses winzige schwarze Auge, glitzernd, im Rahmen des Rechners. Kaum stecknadelkopfgroß und die Verbindung zur Welt.

Sie ist noch immer aktiviert.

Sofort will er sie abschalten, hält jedoch inne.

Die Frau bewegt sich nicht, die Haare im Gesicht, hockt sie gefesselt am Tisch.

Soll er es wagen? Ist das wirklich Blut?

Banta gibt sich einen Ruck. »Hallo? Hören Sie mich?«, versucht er es auf Deutsch, dann auf Englisch. »Hello?« Er fragt ein zweites, ein drittes, ein viertes Mal.

Erst rührt sich nichts, doch dann meint er, ein vages Nicken wahrzunehmen. Matt, äußerst schwach. Reagiert sie wirklich auf seine Worte? Er weiß es nicht, aber er kann spüren, wie viel Mühe es die Fremde kostet, den Kopf auch nur einen Zentimeter zu heben. Sie scheint all ihre Kraft aufwenden zu müssen, nur um in die Kamera zu sehen.

Wie in Zeitlupe blickt die Frau auf, und ihr Haar rutscht ihr ein wenig aus dem Gesicht.

Als Erstes sieht Banta ihre Nase, geschwollen, gebrochen. Dann meint er, ihre Augen hinter den Haaren zu erkennen. Undeutlich. Hinter diesem Schleier.

Sie sieht ihn an. Aber sie antwortet nicht.

Sie hat ihn gehört, oder …?

Banta lässt kurz den Blick über die Oberfläche von Chat-Roulette schweifen – da ist nirgends ein Button, um irgendwas zu melden.

»Können Sie mich hören? … Sagen Sie etwas. Nicken Sie, wenn Sie mich hören …«

Keine Reaktion.

Sie starrt ihn mit leerem Blick hinter dem Haarschleier an.

Die IP zu tracen ist sinnlos. Er könnte höchstens den ungefähren Standort des Chat-Roulette-Servers herausfinden – und selbst das ist nicht sicher.

Mit einem *Ping* öffnet sich plötzlich ein Chatfenster.

Gefällt dir, was du siehst?

Banta starrt auf die Worte. Es ist lange her, seit er sich hilflos und gleichzeitig wütend gefühlt hat. Das letzte Mal in einem regennassen Wald in Rumänien.

Gefällt dir, was du siehst?

Banta antwortet nicht.

Tock-tock.

Banta rollt zu seinem PC, öffnet dort den Browser und die URL. Sofort durchsucht er die Website nach einer Geschäftsadresse, findet aber nichts. Seine Finger fliegen über die Tasten, schnell führt er eine WhoIs-Abfrage für die Internetadresse durch. Die URL ist auf eine Holding aus Bangladesch mit Sitz in Dhaka eingetragen. Sicher eine Scheinfirma. Irgendein lausiges Büro am Ende der Welt, mit Mitarbeitern, die keine Ahnung haben, dass ihre Firma als Adresse benutzt wird.

Eine Sekunde überlegt er, sofort die Polizei anzurufen, aber er weiß, dass ihn die Leitstelle als Privatperson an die nächste Dienststelle weiterleiten wird. Und das ist sinnlos.

Richard, überlegt Banta. Er hat noch einen guten Draht zur ehemaligen Dienststelle, der NATO Communications and Information Agency. Vielleicht kann ich über ihn ein paar Informationen …

Da ertönt abermals ein *Pling!*

Banta fährt zu seinem Laptop herum.

Gefällt dir, was du siehst?

Er atmet durch. Der Cursor im Chat wartet pulsierend …

Bist du noch da?

Er sammelt sich kurz und zieht sich den Laptop heran. Er pokert hoch, zögert nicht und pappt ein Stück Klebestreifen über die Kamera. Den Typen geht es nichts an, was hier vor sich geht.

Ist mir zu heiß! Bleibe lieber anonym.

Feigling.

Dann zeig du dich doch.

Hahaha … Gefällt dir, was du siehst?

Nein.

Nein?

Ein Schatten kommt urplötzlich ins Bild. Ein schlanker Mann mit dunkler Skimaske. Keine Sekunde später hat er sich neben dem Stuhl der Frau aufgebaut. Er trägt schwarze Handschuhe, ein T-Shirt mit verwaschenem Werbeaufdruck. Ein Logo, kaum zu erkennen. Russisch?

Bantas Handy-Aufnahme läuft noch. Er wird sich später das Shirt, den Raum und natürlich das Opfer genauer ansehen.

Mit einem Mal greift der Typ der Frau mit der Rechten in die Haare, zerrt ihren Kopf brutal nach hinten.

»Nein, tu das nicht«, entfährt es Banta.

Zu spät.

Der Schatten schlägt mit der Linken zu.

Blut spritzt auf die Tischplatte, läuft der Frau über das Kinn. Der Mann muss sie festhalten, weil sein Opfer sonst vom Stuhl rutscht. Ihre Lippen sind aufgeplatzt. Ruppig greift er noch einmal in ihr Haar und reißt sie mit einem Ruck aufrecht. Sie soll wieder gerade sitzen. Als er sie abermals packt und sie zwingt, in die Kamera zu sehen, rutscht ihr Haar nach hinten.

In diesem Moment kann Banta ihr zerschundenes Gesicht erkennen, und sie schlägt die Augen auf.

Sie sieht direkt in die Kamera, mitten in Bantas Augen.

Ihr gebrochener, verängstigter Blick trifft seinen.

Und in diesem Moment reißt es Banta den Boden unter den Füßen weg.

Gefällt dir, was du siehst?

Anna. Die Frau im Stream ist Anna.

9

Ostkarpaten, Rodna-Gebirge, Rumänien 2013

»... **KANN SIE** nicht abschütteln! Wo seid ihr?« Annas Stimme klingt gepresst und durch den Funk wie ein verrauschtes, blechernes Knurren.

Banta unterdrückt ein Fluchen. »Rendezvous. In vier Minuten. Ich geb dir Deckung.« Er schwitzt. Nicht, weil es heiß ist, sondern weil er ahnt, dass es ihre letzte Möglichkeit sein wird, Anna aus dem Schlamassel rauszuholen. Er lehnt sich weiter aus dem H130, den Jan steuert. Sie haben sich für einen leichten Hubschrauber entschieden, der im Notfall genug Platz für eine Trage bietet.

Der Helikopter nimmt die Bergkuppe im Tiefflug. Keine drei Meter unter Banta und Jan ziehen die Felsen dahin, dann Tannen und Fichten. Ihre Äste winken hektisch im Luftstrom des Rotors, verteilen den Regen der letzten Nacht. Hier im Rodna-Gebirge wechseln sich Wälder, Karstlandschaft und Almen ab. Es sind nur noch wenige Kilometer in die Ukraine und nach Ungarn, unübersichtliche Wege, unentdeckte Trampelpfade zwischen den Ländern. Ein Albtraum für jede Grenzkontrolle.

»Du musst die irgendwie aufhalten, Frank«, meldet sich Anna.

»Wir sind dabei ... Cordt?«, wendet er sich an seinen Partner da unten auf der Straße, der Anna und ihren Verfolgern nachjagt.

»Hört«, knackt Cordts Stimme durch den Funk.

»Status.« Banta betet, dass sie die Trage nicht brauchen werden, aber bisher lief so ziemlich alles schief, was schieflaufen kann. Jedes wütende Wort von Anna im codierten Funk zeugt davon und versetzt ihm einen tiefen Stich. Er macht sich Vorwürfe, dass er an diesem Morgen nicht bei ihr war und ihr beistehen konnte.

Immerhin ist sie wütend und nicht verzweifelt.

Noch nicht.

»Bin dran. Hundert«, meldet sich Cordt knapp.

Er liegt hundert Meter hinter Annas Verfolgern, fährt allen in einem unauffälligen Mietwagen nach, der eigentlich für ihre Flucht bestimmt war. Vor anderthalb Stunden hatte Anna Jelisaweta befreit. Die beiden sollten über die Grenze nach Ungarn fahren, während Banta und Jan einen digitalen Großangriff auf das PC-Netzwerk des Barbu-Clans ausführen wollten. Ziel war es, mit blinden Geldtransfers möglichst viel Verwirrung zu stiften und dem Clan zu schaden, wo es nur ging. Ein Ablenkungsmanöver zur Rückentführung. Und außerdem wollte er so viele Informationen über den Mädchenhandel des Clans aus dem Rechnerverbund ziehen, wie er nur konnte.

Vielleicht hatte er es übertrieben?

Seit siebenundzwanzig Stunden war ihr Backdoor-

Programm auf einem der Netzwerk-PCs des Barbu-Clans aktiv. Unbemerkt wartete es im Hintergrund, scannte die Ports und horchte auf ein Signal, um endlich Daten an Banta rauszuschicken. Doch als er heute Morgen das Signal gab, kam nur Schrott an. Extrem große Dateien wurden übertragen, die Banta und Jan zappeln lassen sollten wie Fische am Haken. Schließlich stieß Banta in den Files eindeutig auf die Spuren eines geplanten Gegenangriffs. Der Barbu-Clan war dabei, Bantas Rechner mit einem Virus zu korrumpieren. In diesem Moment wurde ihm klar: Sie waren aufgeflogen, die Rückentführung und Anna in Gefahr. Sofort gab er Befehl, die Operation Jelisaweta abzubrechen, aber er kam zu spät. Cordt wartete bereits mit laufendem Motor im Industriegebiet von Bistrița, hatte die unscheinbaren Hallen im Blick, in denen die Barbu-Brüder die Mädchen wie Vieh hielten. Er war bereit, Anna und die Reporterin Jelisaweta wegzubringen, sie auf Passstraßen nach Polen und dann nach Deutschland zu fahren – doch Anna kreuzte nicht wie geplant still und heimlich mit der Reporterin auf. Nein, die beiden Frauen rannten um ihr Leben, weil die Männer des Barbu-Clans längst hinter ihnen her waren. Statt in seinen Wagen zu springen, der zu weit abseits parkte, blieb Anna nichts, als irgendeinen Arbeiter auf der Straße aus seiner Karre zu reißen und das Fahrzeug zu nehmen.

Jetzt sitzen zwei BMWs des Clans Anna und Jelisaweta im Nacken.

»Schließe auf«, dringt Cordts Meldung aus Bantas Kopfhörern.

»Fahr nicht zu nah ran.«

»Keine Sorge, ich …«

Mit einem Mal hört Banta Glas zersplittern, einen Schuss.

Cordt flucht lauthals. »Fuck! Unter Beschuss. Unter … Shit!« Weitere Schüsse lassen Cordt verstummen.

»Cordt? Melden! Cordt!«

»Lebe. Fuck.«

Banta zückt den Feldstecher, fixiert die schmale Passstraße, auf die sie zuhalten. Anna muss jeden Moment in Sichtweite kommen. »Ein Kilometer. Die Wiese östlich«, gibt er an Jan weiter.

»Checked.« Jan legt den Helikopter in eine sanfte Kurve und fixiert das Stück Grün zwischen den Bäumen. Von dort aus sind es bloß dreihundert Meter durch den Wald bis zur Straße.

»Cordt, Status.«

»Rückzug. Bin in einem Waldweg. Wagen defekt.«

»Verstanden.«

Während Banta Anna die Koordinaten durchgibt, versucht er weiter, ihren Wagen zwischen den Felsen auszumachen, aber sie fliegen zu tief. Er erwischt einfach keinen freien Blick auf die Straße.

Endlich setzt der Helikopter auf. Banta zögert nicht, greift sein Sturmgewehr und springt raus. Geduckt läuft er zu den Bäumen, während um ihn herum die Welt im Tosen des Hubschraubers verschwimmt. »Anna?«

»Bin noch da.«

»Zwei Minuten.«

»Verstanden.«

Banta hetzt zwischen den Bäumen hindurch. Da, vor ihm die Straße. Nicht zu weit vorlaufen, vierte Baumreihe. Das Moos und die Blätter sind nass. Die Straße ist voller Schlaglöcher, der Regen der letzten Nacht hat sie gefüllt. Auf Bantas Seite der Straße schließt sich der Wald an, auf der anderen geht es hinter einer Leitplanke steil nach unten.

Er geht hinter einem umgefallenen Baum in Stellung, nutzt ihn als Auflage für das Gewehr. »In Stellung. Bereit«, gibt er durch.

»Verstanden«, zischt Anna.

»Verstanden«, meldet sich auch Jan.

Banta sieht durchs Zielfernrohr. Zwischen den Stämmen kann er die Straße perfekt hundert Meter weit hinunterblicken. Seine Position ist gut, circa zehn Grad Draufsicht, nicht zu viel, nicht zu wenig, um ein paar präzise Schüsse zu setzen. In die Motorblöcke, dann in die Reifen. Nur im äußersten Notfall wird er auf Personen schießen. Er wird die beiden Verfolgerwagen stoppen, Anna mit Jelisaweta Deckung geben, bis sie weiter den Berg hoch sind und er hört, dass ihr Wagen sicher beim Helikopter angelangt ist.

Er hört Annas Wagen kommen. »Höre dich. Bin in Stellung.«

Ein alter Ford kommt in Sicht, direkt gefolgt von Barbus Männern. Die Verfolger sind nah, sehr nah. Bloß eine Wagenlänge hinter ihr.

Banta zielt.

Annas Gesicht springt ihm im Zielfernrohr entgegen,

direkt im Fadenkreuz. Neben ihr die junge Reporterin. Jelisaweta kleben die dunklen Haare im Gesicht, sie ist verweint, immer wieder sieht sie sich hektisch um und ruft und redet wie ein Wasserfall. Im Gegensatz zu Anna, die hoch konzentriert auf die Straße starrt.

»Sichtkontakt«, gibt Banta durch.

»Verstanden.«

Sein Finger wandert zum Abzug. Die BMWs sind so nah, dass sie von Annas Ford halb verdeckt werden. Schüsse in die Motorblöcke werden schwierig.

»Anna.«

»Hört.«

»Wenn ich es sage, hart einschlagen.«

»Verstanden.«

Sein Finger zieht den Abzug bis zum Druckpunkt. Er atmet ruhig und gefasst. Banta zielt konzentriert.

»Jetzt!«

10

LANGSAM, ALS WÄRE der Monitor ein scheues Wesen, das er mit einer zu hastigen Bewegung verschrecken könnte, nähert Banta sich dem Screen. Er sieht die Pixel, sieht alles verschwommen, jede unscharfe Stelle der Datenkompression. Sein Herz pocht wild. Er muss sich anstrengen, ruhig zu atmen.

Kann das wirklich sein?

Kann das wirklich Anna sein?

Er versucht, etwas aus ihrem Blick zu lesen, aber da sind bloß Leid und Leere.

Mit einem Mal packt sie der Unbekannte und zieht ihr Gesicht direkt in den Lichtkegel der Schreibtischlampe. Annas Lippen sind geschwollen, die Nase mehrfach gebrochen. Und ihre Augen …

Sie ist es. Sie muss es sein.

»Mein Gott …«

Ein flehender Blick.

In Banta schnürt sich alles zusammen.

Gefällt dir's jetzt?

Sie sieht ihn nicht, das weiß er. Sie fleht ihn als Unbekannten um Hilfe an. Diesen Betrachter hinter ihrer

Kamera, der nur durch Zufall Zeuge ihres Martyriums ist. Stumm. Kein Ton.

Er atmet durch. Zeit verstreicht. Keine Antwort. Was soll er tippen? Was ist das für eine Frage? *Gefällt dir's jetzt …*

Banta ist darauf trainiert, schnelle Entscheidungen zu treffen, Unvorhergesehenes sofort abzuschätzen – aber ihr Anblick kostet ihn ein paar Atemzüge. Er will nicht begreifen, was dort gerade geschieht. Anna. Sie ist tot und …

… *war* tot.

Das Wort ist *war*, Banta. *War*.

Sei nicht so unhöflich.

Banta reagiert nicht …

Tock-tock!

…

O.k. du langweilst mich.

…

Andere wollen auch. Ich wechsle …

Endlich reißt es Banta fort von dem Anblick. Seine Finger jagen über die Tasten.

Stopp!, schreibt er schnell. Der Typ soll nicht wegschalten, nur nicht wegklicken. Wenn er den Kanal wechselt, ist Banta klar, dann ist Anna für immer fort.

Ich schau mir alles an.

Gefällt es dir?

Ja.

Banta zückt sein Handy, wählt. Hotkey. Jan. Es klingelt, einmal, zweimal, dreimal, viermal ... »Komm schon ...«

Gut ... schau dir die kleine Prinzessin genau an.

Das tue ich.

»Was ist denn los?« Jan räuspert sich, seine Stimme klingt verschlafen. Bantas Freund spricht gedämpft. Im Gegensatz zu Banta hat Jan eine Freundin mit Tochter. Wahrscheinlich ist er gerade erst eingeschlafen.

»Du musst herkommen.«

Tock-tock bist du noch da?

Ja.

Lehn dich zurück und genieß die Show! ;-)

»Was?«, fragt Jan. Banta hört, wie er sich eine Flasche aufdreht, etwas trinkt. »Was ist passiert?«

»Es ist Anna.«

»Anna?«

»Komm her! Jan, komm her«, sagt Banta und tippt gleichzeitig:

O.k.

Plötzlich schreit Jan auf. »Shit!« Banta hört ihn vor Schmerz keuchen.

»Jan?«

»Die Elfenprinzessin auf ihrem Scheiß-Einhorn. Verdammter Plastikschrott. Emelie verteilt ihn überall … Verdammt noch mal.«

»Komm her. Bring die anderen mit.«

Der Cursor setzt sich wieder in Bewegung.

Ich weiß ein lustiges Spiel.

Ja?

Du sagst mir, was ich mit der Fotze machen soll.

Es widert Banta an, aber er muss mitspielen.

Reizvoll.

»Bring alle mit«, zischt er Jan zu. »Ich brauch euch alle hier. Sofort.«

Ja o.k. Ich lass mir was einfallen.

»Was ist denn los? … Frank?«

»Kontaktier Cordt und Avriel.«

»Aber …«, will Jan nachhaken, doch Banta legt bereits auf. Die ganze Zeit hat er seinen Blick nicht vom Monitor genommen. Der Cursor im schmalen Chatstreifen blinkt stur vor sich hin. Er blinkt und blinkt und blinkt und blinkt … Es dauert gefühlt eine halbe Ewigkeit – bevor die nächste Zeile erscheint.

Lass dir Zeit … lass dir Zeit … Aber lass dir was Schönes einfallen.

Was soll er nur tippen? Was soll er diesem perversen Arsch vorschlagen? In Bantas Kopf wirbeln die Gedanken, seine Zunge klebt am Gaumen, und der Cursor blinkt und blinkt und blinkt und blinkt und blinkt und blinkt …

Ehe Bantas Finger die Tasten berühren, er irgendwie dieses Gespräch am Laufen halten kann, pflanzt plötzlich der Schattenmann einen klobigen Schwarzweiß-Fernseher vor die Webcam. Er füllt das ganze Bild aus.

Ups. Kleine Werbepause.

»Was?«, entfährt es Banta. In einem verwackelten Endlosvideo verfolgt Kojote den Road Runner und explodiert spektakulär. Meep-Meep.

Wo ist sie? Zeig sie mir.

Hallo?

?

???

Meep-Meep.

Bantas Finger kreisen über der Tastatur. Soll er noch etwas schreiben? Ist der Typ noch da? Nichts rührt sich. Nur der Road Runner …

Langsam zieht Banta die Hand zurück. Er zittert. Sein Herz findet keinen normalen Rhythmus. Verzweifelt versucht er, endlich ruhig zu atmen.

Er schließt die Augen.

11

Ostkarpaten, Rodna-Gebirge, Rumänien 2013

SEIN FINGER ZIEHT den Abzug durch. Genau in dem Moment, als Anna den Wagen herumreißt und er eine Millisekunde freie Sicht hat. Bantas Schuss ist ein Volltreffer. Die Hartkernmunition Kaliber 7.62 mm durchschlägt den Kühlergrill des Verfolgers und setzt den Motor sofort lahm. Der vordere BMW reißt aus, der zweite hat keine Chance, rammt den ersten in die Seite. Beide Wagen schieben sich über die holprige Straße.

Erst jetzt sieht Banta Annas Wagen, sieht vom Zielfernrohr auf.

Der Ford schlingert heftig. Anna hat hart eingeschlagen, aber eines der Schlaglöcher hat den Wagen unkontrolliert gedreht. Sie steuert gegen, versucht, das Auto auf der Straße zu halten, es zu stabilisieren. Das Heck schiebt sich zur Seite, der Wagen dreht sich auf der nassen Fahrbahn. Viel zu wenig Grip.

Banta springt auf.

Der Wagen kracht in die Leitplanke. Der Knall ist lauter als Bantas Schuss. Eisen spritzt, Blech heult auf. Der Abgrund …

Der Ford durchschlägt die rostige Planke und stürzt

in die Tiefe. Nur ein Augenaufschlag, und er ist mit Anna verschwunden, er …

»Nein!« Banta will zur Straße stürmen, will nachsehen, egal, wie viele Männer auf ihn warten …

Da hält ihn mit einem Mal Jan fest, reißt ihn von den Füßen. Er landet in den nassen Blättern. »Lass mich«, zischt Banta.

»Halt! Frank! Halt!« Jan ringt nach Atem. »Frank!«

Die Verfolger treten ihre zerbeulten Türen auf, kommen aus den Wagen. Leicht benommen eilen sie über die Straße.

»Lass mich! Lass mich!« Banta will zu ihr, aber Jan lässt ihn nicht. »Anna …«

»Bleib hier. Bleib«, meint Jan tröstend und nimmt Banta in den Arm, hält seinen Freund fest, damit er nichts Törichtes tut und geradewegs ins Kugelfeuer läuft.

Ungläubig ist Banta dazu verdammt zuzusehen, wie die Männer in die Schlucht blicken. Einer von ihnen spuckt aus, ein anderer schüttelt den Kopf. Weißer Qualm steigt aus der Schlucht auf und verweht. Erst jetzt sehen sich die Männer um, halten nach einem Schützen Ausschau.

»Wir müssen weg, Frank«, meint Jan. »Wir müssen weg. Komm … Komm endlich.« Und er zieht den vor Schock wie gelähmten Banta mit sich, zieht ihn zwischen die Bäume.

12

CORDT ZIEHT AUS einer Transportbox voller Festplatten, Netzwerkkabel und Platinen ein Network Attached Storage mit acht Schächten und beginnt das Laufwerk mit Festplatten zu bestücken. »Hab noch ’ne IP-Cam dabei«, meint er.

Die vier haben sich in Bantas Kabuff versammelt.

»Warum installieren wir kein Team-Viewer und schleifen das Monitorbild zu einem anderen Rechner durch?« Avriel lässt eine Kaugummiblase platzen und sieht sich den Road Runner an, der noch immer in seiner Endlosschleife alle 6,2 Sekunden explodiert.

»Weil uns keiner an dem Laptop rumfummelt«, fährt Jan sie an, obwohl sie Banta angesprochen hat.

»Jan hat recht. Wenn irgendwas passiert, der Rechner abstürzt, der Browser einfriert …« Banta seufzt. »Wenn der Stream abbricht, dann …«

»Schon klar«, wirft Avriel leicht gelangweilt ein. »Dann ist die Frau für immer weg.«

»Ja. Und immer meint immer«, ergänzt Banta. »Annas Leben hängt an diesem Faden, am Stream. Ist er weg, ist sie weg. Verstanden?«

Avriel verdreht die Augen. Selbstverständlich hat sie verstanden.

»Haben das *alle* hier verstanden?«, fragt er lauter in die Runde, woraufhin Cordt und Jan ebenfalls bejahen. »Wir zeichnen das auf. Und entkoppeln das Bild – physikalisch.«

Avriel tritt vor und will den Laptop zu sich ziehen. Jan löst sich vom zweiten Monitor, auf dem er Bantas Mitschnitt angesehen hat, und hält sie zurück. »Bist du taub?!«

»Fass mich nich' an! Ich muss da ran, sonst kann ich ihn ja wohl kaum auf Trojaner checken ... Banta?«

Jan wirft Banta einen Blick zu. Dem steigt der süßliche Duft ihres Kaugummis, der Mentholzigaretten und des Restalkohols in die Nase. Soll er es riskieren, die Neue an den Rechner zu lassen? Er hat sich nicht einmal getraut, das Video auf dem Laptop aufzuzeichnen, und sie will in den Eingeweiden rumwühlen.

Avriel bemerkt sein Zögern. »Komm schon! Was, wenn du dir irgendwas eingefangen hast. Ich meine, wie unwahrscheinlich ist es, dass nach ... wie vielen Jahren? ... deine Freundin da auftaucht. Im Chat-Roulette.«

»Seine Frau«, brummt Jan, ohne vom Monitor aufzusehen. Der Unglaube in seiner Stimme ist nicht zu überhören.

»Egal, ob Anna oder nich'.« Cordt hat das NAS am Strom angeschlossen und bootet. »Stream weg, Frau weg.«

Banta reibt sich die Augen. Der Schock hat den Alkohol verfliegen lassen, aber dafür kommt jetzt die Erschöpfung. »Es war Anna. Glaubt mir. Sie war es.«

Jan nickt zum Monitor, wo Bantas Handyaufzeichnung läuft. »Bist du sicher, Frank? … Die Frau ist kaum zu erkennen.«

Cordt nickt ebenfalls. Er zieht eine IP-Cam und ein Stativ aus seinen Sachen, beginnt dann seelenruhig, die Kamera aufzuschrauben und alles einzurichten. »Schlimm genug, was du da im Chat mitkriegen musstest. Aber …«

»Ich weiß, wen ich gerade gesehen habe, Cordt«, unterbricht ihn Banta. Er ist etwas lauter geworden, ohne es zu wollen. »Glaubt mir, sie ist es.«

Jan brummt ein sehr leises, aber bestimmtes »Unsinn« und führt dann an: »Die Wahrscheinlichkeit bei so vielen Kanälen ist eine Sache, aber wie wahrscheinlich ist es, genau die Person zu sehen, die man vor fünf Jahren verloren hat?«

»Kennt ihr die Story von Adam und Eva?«, fragt Banta. »Eva ist sechzehn, als sie im Zweiten Weltkrieg ihren Freund aus den Augen verliert. Sie denkt, er ist tot. Die Jahre vergehen. Sie wird Grundschullehrerin, gründet eine Familie. Noch mehr Jahre ziehen ins Land. Eva wird alt und faltig und grau. Zu ihrem achtzigsten Geburtstag bekommt sie eine Reise in die USA geschenkt. Sie fährt mit ihrer Enkelin durch ein paar Städte und kommt nach New York. Auf dem Empire State will sie durchs Fernglas schauen, aber das nötige Kleingeld fehlt. Ein älterer Herr, faltig und grau, reicht es ihr. Muss ich weitererzählen?«

»Hast du dir ausgedacht«, brummt Cordt und kratzt seinen Pitbull am Oberarm.

Avriel lacht. »Nicht dein Ernst. Das ist ein Film.«

»Nein. Das ist eine wahre Geschichte. Okay, Grundschullehrerin war sie nicht. Aber der Rest stimmt so ungefähr. Das habe ich erst vor ein paar Wochen gelesen.«

»Adam trifft Eva nach sechzig Jahren Tausende von Kilometern entfernt wieder. Zufällig«, kommt Cordt kurz ins Grübeln. »Okay. Kann passieren. Nennt man wohl Leben.«

»Der Clou kommt noch. Die beiden hätten sich nicht getroffen«, führt Banta aus, »wenn Adams Schwager nicht zufällig wegen eines umgeleiteten Fluges in New York übernachtet hätte. Er hat Adam angerufen und ihn zur Besichtigung des Empire State Buildings überredet, bevor sein Flug am nächsten Tag dann weitergehen sollte.«

Avriel muss lächeln. »Schön romantisch. Was war es? Der Grund. Ein Unwetter?«

Banta nickt. »Gewitterfront. Deswegen ist der Flieger nach New York umgeleitet worden.«

Im Gegensatz zu allen anderen schüttelt Jan den Kopf.

»Ein Wiedersehen wegen eines Unwetters ... Es gab mal einen Park-Ranger ...« Avriel sucht nach dem Namen ... »Der ist acht Mal vom Blitz getroffen worden. Acht Mal. Kein Witz. Roy Irgendwas hieß der. Im Abstand von ein paar Jahren wohlgemerkt. Acht Mal.«

»Shit happens«, meint Cordt. »Wenn du meinst, es ist Anna – dann ist sie es. Wir sollten die Bullen einschalten.«

»Hast du ihn schon gereinigt?«, will Jan wissen. »Den Laptop, mein ich?«

Banta weiß sofort, worauf er hinauswill. »Nein.«

»Dann ist da jede Menge Zeug vom letzten Einsatz drauf.« Avriel bläst einen Rauchring aus und sieht sich den Road Runner an, der immer noch läuft. »Um ihn wirklich clean zu kriegen, muss die Platte geputzt werden.«

»Und das killt den Stream«, stellt Jan fest. »Und damit die Frau.«

»Lassen wir die Polizei erst einmal außen vor – ich werde meine Kontakte zur Staatsanwaltschaft spielen lassen. Mal sehen, ob die was rausbekommen.«

»Richard? Gute Idee.« Jan tritt zu Cordt und checkt die Kamera, richtet sie auf den Monitor. »Ziemlich old-fashioned.«

»Ich will einen Beweis auf einem Back-up-System, falls irgendwas mit dem Laptop passiert.«

»Okay. Was Handfestes. Find ich gut«, meint Avriel. »Und das Videosignal von der IP-Cam schicken wir über meine Teamsoftware an alle?«

»Ja.«

»Das gibt aber Verzögerungen.«

Banta nickt. »Das ist mir sehr wohl bewusst. Aber mit den Sekunden, die wir dem Livebild hinterherhinken, müssen wir leben. Auf jeden Fall können wir alle jederzeit von überall sehen, was passiert. Wir können auf das Material zugreifen, zurückspulen, es verfremden.«

»Okay. Kapiert. Aber ich muss an den Rechner. Wegen dem Chat«, wendet Avriel ein.

»Ja. Ich weiß. Eine kleine OP. Kannst du mir einen Kanal aufbauen, dass ich von allen Geräten aus tippen kann?«

»Klar.«

»Erst mal nur ich, einverstanden?« Er blickt in die Runde. Alle nicken schweigend. »Ich bediene von meinen Devices den Laptop. Ich schreibe im Chat. Sonst keiner.«

»Okay. Du bist der Chef.«

»Wie viel hast du da drin?«, fragt Banta Cordt und nickt zum NAS.

»Acht mal acht Terabyte.«

Banta überschlägt es kurz im Kopf. »Das dürfte selbst bei HD-Auflösung locker für einige Wochen reichen.«

»Ich könnte es komprimieren«, meint Avriel.

»Nein. Nicht komprimieren. Aber wir sollten es spiegeln als Back-up.«

»Kein Problem, ich …«

»Frank!«, unterbricht Jan sie. »Es tut sich was.«

Als Banta sich umdreht, ist der Kojote zwar noch immer auf dem Fernseher zu sehen, aber unten im Chatfenster schreibt jemand …

Ich schalte um.

5 …

4 …

3 …

Banta springt vor. Die Anschläge seiner Tastatur klackern.

Ich bin noch da!

Ich bin noch hier.

Sehr gespannt, was als Nächstes kommt.

Es fällt ihm schwer, das zu schreiben, aber er muss den Mann bei Laune halten.

Jan beugt sich zu ihm. »Frag das Arschloch, ob du für den Spaß bezahlen musst.«

»Guter Ansatz.« Wenn sie eine Kontonummer erhalten, irgendeine PayPal oder eine Kreditkartenverbindung, egal, wo auf der Welt, haben sie einen zweiten Ansatz zum Nachforschen. Eine weitere digitale Spur.

Wie viel muss ich zahlen, um sie noch mal zu sehen?

Keine Reaktion.

Die vier starren auf den Monitor, auf den blinkenden Cursor, der wie ein kaltes Herz pocht.

»Ist der Stream noch da?«, fragt Avriel schließlich unsicher.

Banta läuft es kalt den Rücken runter.

Wenn sein Router sich gerade neu ins Netz eingewählt hat und sie für ein paar Sekunden getrennt wurden, sind ...?

Er öffnet Systemfenster, checkt das Netz, die vergebene Netz-IP. »Alles noch da. Alles unverändert«, meint er erleichtert, setzt aber auf seine Liste, später nach der Neueinwahl des Routers zu sehen.

»Der spielt mit uns«, stellt Jan knurrend fest. »Der Wichser spielt mit uns.«

Das sieht Banta auch so. »Mal sehen, was er dazu sagt. Werden wir mal frecher.«

Tock-tock … Du langweilst mich.

Damit hat der Kerl ihn vor einer Stunde auch aufgezogen. »Mal sehen, ob wir ihn aus der Reserve locken können.«

Der Cursor im Chat blinkt stumm.

…

Keine Antwort.

Muss ich bezahlen?

»Vielleicht hat der's nich' kapiert? Vielleicht kann er nich' so gut Deutsch oder …« Cordt bricht ab, denn plötzlich wird das Bild schwarz. Pechschwarz.

»Verdammt!« Banta stürzt vor.

Bitte nicht, betet er, bitte hab nicht abgeschaltet!

»Shit! Was 'n jetzt los?« Ungläubig mustert Avriel das Schwarzbild, dann das Systemfenster. »Ah. Okay. Alles noch da …«

»Seht ihr das?« Banta deutet auf den Monitor. Die Schwärze ist doch nicht so vollkommen. Eine Struktur ist zu erkennen, als ob …

»Er hat was über die Kamera gezogen«, stellt Jan fest.

Da rutscht jäh der Cursor im Chatfenster vor, als Annas Peiniger tippt:

Wir bezahlen für alles.

Bist ein ganz Perverser. Ich überleg mir einen Betrag.

13

Golfplatz, Berlin-Wannsee, Deutschland 2013

KNIEHOHER, FEINER NEBEL liegt über dem Grün des Golfplatzes, ist aus dem Wald nahe dem Griebnitzsee gekrochen. Banta und Jan steigen aus einer Stretch-Limousine, die vor dem Clubhaus geparkt hat. Wladimir Sergejewitsch Achmatow hat sie abholen lassen. Bisher hat er keine Mühen gescheut, Jan und Banta den möglichen Auftrag schmackhaft zu machen.

Als der Chauffeur den Motor abstellt, kann Banta die B1 hören. Das stete Rauschen der Autos zwischen Potsdam und Wannsee.

Zwei Bodyguards nehmen sie in Empfang, tasten sie nach Waffen ab und führen Banta und Jan auf die Greens. Warum sie keinen Golfwagen benutzen, ist Banta ein Rätsel.

Schon von Weitem kann er einen hageren Mann erkennen, der in einem Sandbunker unweit Loch 13 geduldig seinen Ball fixiert und den besten Schwung sucht. Neben ihm warten der Caddy und ein Teenagermädchen sowie zwei weitere Personenschützer auf den Schlag. Alle sind fein gekleidet, die Männer tragen Anzug, das Mädchen einen langen weißen

Faltenrock, in dem es aussieht wie aus einer fremden Zeit gefallen.

Banta kommt sich wie ein Randalierer auf einer Party vor, weil sie beide quer über das Grün latschen und im Gegensatz zu den herausgeputzten Golfspielern mit ihren weißen Sommerjäckchen und Schirmmützen schlichte Schnürstiefel, Camouflage-Cargohosen und praktische Westen tragen. Banta hat darauf bestanden, nicht in Hemd und Krawatte bei Achmatow zu erscheinen. Er will einen zupackenden Eindruck machen und nicht mit dem Look feiner Geschäftsmänner punkten.

Achmatow schlägt ab und hebt den Ball aus dem Bunker. Die Männer lassen Banta und Jan schließlich näher treten. Geduldig wartet Banta, bis Achmatow ein anderes Eisen gereicht bekommt und seinen Ball anvisiert. Ein sauberer Schlag. Er geht keine fünf Fuß neben der Fahne nieder.

Ohne Eile setzt Achmatow seine runde Brille ab, haucht darauf und wischt sie an seinem Hemd sauber. Erst danach wendet er sich an seine Besucher. »Herr Banta. Schön, dass Sie es einrichten konnten. Und mit wem habe ich hier die Ehre?«

»Jan Bergmann. Mein Partner. Wir haben die Agentur zusammen gegründet«, kommt Banta seinem Freund zuvor und kassiert von ihm einen vorwurfsvollen Blick. Jan kann es nicht leiden, bevormundet zu werden, aber Banta ist es wichtig, dass Achmatow nicht an seiner Autorität zweifelt. Der Auftrag ist zu bedeutend. Vor drei Wochen meldete sich Achmatow bei Banta, der sofort nachforschte, mit wem sie es zu tun hatten. Wladimir Sergejewitsch Achmatow ist Attaché in der russischen Botschaft von Berlin, aber erst seit drei Jahren in Deutschland. Er hat seine Finger in mehreren russischen Firmen, die Spezialgeräte für die Erdgasförderung herstellen, und ist einige Millionen schwer. Keiner der schillernden Oligarchen, die der Zerfall der UdSSR hervorbrachte, aber auch kein gewöhnlicher russischer Beamter.

»Valeria, geh doch schon zum nächsten Grün«, fordert er das Mädchen auf. Sie hat Kopfhörer auf und macht keine Anstalten, Banta und Jan zu begrüßen. Achmatow nickt einem Bodyguard zu, der sich um seine Tochter kümmern soll, dann spaziert er die siebzig Meter über das Grün zu seinem Ball.

Erst als Valeria wirklich außer Hörweite ist, meint er: »Dass Sie gekommen sind, sagt mir, dass Sie ernsthaft über mein Angebot nachdenken.«

»Selbstverständlich, Herr Achmatow.«

»Das höre ich gerne. Sehen Sie, wir Russen sind nicht zimperlich. Ich habe auch andere Crews in Erwägung gezogen, aber Sie kommen mir ... Wie sagt man?«

»Am besten geeignet vor?«, wirft Jan ein.

»Am *präzisesten* vor.« Er zückt sein Handy, wischt ein paar Fotos durch und zeigt sie Banta und Jan. Auf den Bildern ist ein Folteropfer zu sehen. Ein Mann, die Hände auf dem Rücken gebunden, hängt nackt in irgendeiner Werkhalle. Schwer zu sagen, ob er zum Zeitpunkt der Aufnahme noch lebte.

»Wer ist das?«, fragt Banta.

»Ein Informant. Sein Zustand ist das Ergebnis meiner

ersten Crew. Nun, immerhin haben die in Erfahrung gebracht, wer meine kleine Jelisaweta festhält. Aber ...« Er schüttelt angewidert den Kopf. »Ich brauche dafür keine Schlachter. Ich möchte meine Tochter zurückhaben, Herr Banta. Töten Sie so viele von denen, wie Sie wollen, aber tun Sie es unauffällig. In meinem Beruf sind schlechte Neuigkeiten leider keine Werbung.«

»Verstehe.« Banta wirft Jan einen Blick zu, der das Gleiche wie er denkt und hinzufügt: »Töten is' nich' so unser Ding. Wir gehen rein, holen Jelisaweta ...«

»... und sind nie da gewesen.« Banta sieht zu, wie Achmatow den Ball sehr elegant ins Loch puttet. Seine Tochter Jelisaweta, gerade einmal zweiundzwanzig Jahre alt, wollte über den Mädchenhandel in Osteuropa recherchieren. In Bukarest stieß sie auf die falschen Informanten und verschwand.

Banta räuspert sich. »Wir können gerne Daten über Jelisawetas Entführer sammeln und ihnen die Polizei auf den Hals hetzen, aber wir schießen nur im Notfall.«

»Die haben es verdient.«

Banta antwortet darauf nicht. »Allerdings ist die Rückentführung Ihrer Tochter riskant.«

»Das ist mir bewusst. Wollen Sie den Preis in die Höhe treiben?«

Banta schüttelt den Kopf. »Nichts liegt mir ferner, Herr Achmatow. Ihr Angebot ist äußerst ansehnlich ... Aber sehen Sie, es ist eine Sache, jemanden mit falschen Papieren über eine Grenze zu schleusen. Eine ganz andere ist es, Ihre Tochter aus den Fängen eines kriminellen Clans zu befreien.«

Achmatow kratzt sich schweigend mit seinen langen, behandschuhten Fingern das knochige Kinn, während sein Caddy den Ball aus dem Loch fischt. Es dauert, bis er nickt. »Die Herausforderung des Auftrags ist mir bewusst, Herr Banta. Ich erhöhe auf achthunderttausend, aber Sie müssen selbst für sämtliche Auslagen aufkommen.« Er wartet keine Antwort ab, sondern streift die Handschuhe von den Händen und geht zu seinem Wagen.

Damit hat Banta nicht gerechnet, wollte er Achmatow doch nur vorwarnen, dass es zu Komplikationen kommen könnte. Der Russe scheint ihm kein Mann zu sein, der mit Niederlagen umgehen kann.

Geduldig wartet Achmatow auf dem Beifahrersitz und sieht auf die nebelige Landschaft.

Jan wirft Banta einen Blick zu. Achthunderttausend sind nach Adam Riese zweihunderttausend für jeden von ihnen. Eigentlich ein Grund, sofort die Korken knallen zu lassen, aber etwas lässt ihn zögern. Achmatow stellt ihnen diese gehörige Summe in Aussicht, damit sie seine Tochter aus den Fängen eines rumänischen Clans holen, der Frauen wie Vieh verkauft – und spielt hier seelenruhig Golf?

Skeptisch sieht Banta zu Achmatow hinüber, sieht zu, wie der Caddy einsteigt, und denkt: Wäre es meine Tochter, ich würde Himmel und Hölle in Bewegung setzen und jede freie Sekunde nutzen, um sie zu befreien. Und ich hätte, anstatt Bälle zu schlagen, mein Einsatzteam mit Informationen zugeschüttet.

Da dreht sich wie auf ein Stichwort Achmatow zu

ihnen um. »Sind wir im Geschäft, Herr Banta?«, fragt er leise und zückte eine externe 2,5-Zoll-Festplatte. »Dann springen Sie auf. Dieser Mann vom Foto ... Der hat eine Menge verraten, bevor es meine Ex-Crew übertrieb. Sind Sie gar nicht neugierig?«

14

DIE NACHT IST sternenklar. Banta atmet durch und genießt die Stille. Er hat sich nach draußen zurückgezogen, um Richard eine SMS zu schreiben. Auch wenn er die Polizei nicht hinzuziehen will, sein Freund kann inoffiziell sicher helfen und an einige Informationen gelangen. Vergeblich wartet er auf einen Rückruf.

Banta folgt der beleuchteten Zufahrt bis zur Rampe der Tiefgarage. Neben Cordts rostigem Saab parken Avriels nagelneuer Tesla und Jans BMW.

Banta gibt den Code für das Garagentor ein. Kaum ist es ein Stück hochgefahren, da hört er bereits Avriels erzürnte Stimme. »Ich muss eh an den Laptop, damit Banta über ein anderes Device tippen kann! Natürlich schau ich dann auch gleich nach! Was denkst du denn!«

Jans Zorn ist kaum zu überhören. »Wie viel Scheiß willst du noch anstellen? Häh?«, zischt er. »Verfickt, Avriel!«

»Ich stell kein' Scheiß an. Wenn's das ist, wovor du Angst hast.«

»Angst? Du hattest 'ne klare Order! Finger weg vom Laptop. Ein für alle Mal. Finger weg!«

»He! Lass mich los!« Ihre wütende Stimme hallt durch die Tiefgarage.

Banta eilt die Rampe hinunter. Das hat ihm noch gefehlt.

»Er läuft doch noch!«, keift sie. »Beruhig dich mal! Der Stream läuft.«

Der Werkraum steht offen.

»Darum geht es nicht«, brüllt Jan außer sich. »Du kapierst es nich', oder?«

»Ach, ja? Wir müssen das checken! Und das mache ich.«

»Ist gut, ihr beiden. Beruhigt euch«, dringt Cordts sonore Stimme zu Banta. »Es reicht, okay?«

»Hört auf!« Schon von der offenen Tür aus sieht Banta, wie sich Avriel und Jan vor seinem Laptop unversöhnlich gegenüberstehen, während Cordt auf einem der Drehstühle hockt und genervt abwinkt. Er hat die vergeblichen Schlichtungsversuche anscheinend satt. Banta tritt ein. Immerhin lässt seine Stimme die beiden Streithähne innehalten. »Also, was ist hier los?«

Avriel will antworten, aber Banta stoppt sie und wendet sich an Cordt.

»Der Laptop«, antwortet der. »Avriel checkt ihn gerade nach Trojanern und Viren durch.«

»Was?! Aber ich …« Für eine Schrecksekunde sackt Banta das Blut weg. Wenn ihr Virenscanner oder eines der anderen Analysetools den Stream unterbricht … »Avriel!«, fährt er sie entsetzt an.

Sie will antworten, aber Jan, der registriert hat, wie geschockt Banta ist, kommt ihr zuvor: »Ich hab ihr gesagt: Lass die Finger weg! Aber nein … Sie hat gewartet, bis wir oben Pause gemacht haben, Frank.

Bis wir weg waren! Cordt und ich. Wir sind nur kurz rauf, was zu trinken holen. Kaum sind wir außer Sicht, fummelt sie am Laptop rum!«

»Als würd ich was klauen! Der Laptop läuft doch.« Sie fischt sich eine ihrer Mentholzigaretten aus der Packung, rempelt Jan absichtlich an und will aus dem Kabuff abhauen. »Weißt du was, du kannst mich mal!«

Banta hält sie auf. »Avriel. Noch so 'n Ding, und du bist raus. Ich sagte, du installierst nur den Chat.«

»Aber ...« Die Drohung sitzt. Für einen Moment bricht ihr toughes, aufsässiges Wesen auf, und sie nickt.

»Anna ist noch da?« Sein Mund ist ganz trocken, als er versucht, einen Blick auf den Laptop hinter Jan zu erhaschen.

»Selbstverständlich«, antwortet Avriel leise. »Die Analyse läuft erst seit ein paar Minuten. Wir sind nach wie vor online. Alles okay. Ich lass meinen Virenscanner laufen, check dein ganzes System auf Schädlinge und Manipulationen. Das hätte ich längst tun sollen.«

Banta sieht zu Cordt, der nickt. »Die beiden haben sich in die Flicken gekriegt, ob's Zufall ist. Das mit dem Chat-Roulette und der Frau ... mit Anna.«

Banta seufzt.

»Ach Scheiße, ich geh eine rauchen.« Wieder will Avriel nach draußen, diesmal lässt sie sich von Banta nicht abhalten. »Könnt ja rufen, wenn meine Programme durch sind.«

»Tut mir leid«, meint Jan, als sie weg ist. »Die macht mich fertig! Der Tag hat vierundzwanzig Stunden, und sie baut zweiunddreißig davon Mist.«

Banta möchte von Cordt eine Meinung, aber der kratzt sich bloß die tätowierte Glatze.

Immerhin sieht Banta, dass der Stream läuft. Road Runner ist zu sehen, nicht ganz bildfüllend, denn dahinter ist undeutlich ein wenig vom Raum zu erkennen. Avriel hat einen ihrer Laptops angeschlossen, zwei Monitore zeigen Listen mit Dateinamen und Analysediagramme.

Ein ungutes Gefühl breitet sich in Bantas Magen aus. Er kennt das Gefühl nur zu gut. Kontrollverlust. Die junge Französin scheint schlauer, versierter und wesentlich forscher als er selbst zu sein. Das schmeckt ihm nicht.

»Keine Ahnung, was sie da macht«, bringt es Jan auf den Punkt. »Theoretisch kann die Kleine jetzt alles mit den Daten auf deinem Rechner anstellen. Sie manipulieren, sie löschen, sie klauen …«

»Ja, ist mir auch klar«, brummt Banta. Im Grunde hat Jan ausgesprochen, was er selbst gerade dachte: Vor Gericht, auf hoher See und mit offenem Betriebssystem ist man in Gottes Hand.

Wenig später checkt Avriel die Diagramme. Ihre türkisfarbenen Augen springen aufmerksam hin und her, während sie die Daten vergleicht und sämtliche Tabellen durchgeht.

»Hm. So wie es aussieht, ist dein Laptop absolut clean.«

Banta wirft ebenfalls einen Blick auf die Analysetools. »Er ist nicht infiziert? Bist du sicher?«

»Ja. Ich hab keine Schadsoftware gefunden. Keinen Virus, Trojaner, Wurm, nada. Da ist nichts auf deinem Computer, was da nicht hingehört. Soweit ich das beurteilen kann, hat niemand was am System manipuliert.« Sie wirft Jan einen triumphierenden Seitenblick zu.

Der winkt ab. »Zufall? Ihr glaubt das echt, ja? Dass Frank durch *Zufall* Anna sieht? … Das kann nicht sein.«

»Was willst du damit sagen?« Avriels Ton wird wieder aggressiv.

»Na, was wohl? Du arbeitest schlampig.«

»Ich glaube nicht, dass ich mich hier für meine Arbeit vor dir rechtfertigen muss. Ich habe alles mehrfach gecheckt. Da ist nichts auf seinem Computer.« Avriel baut sich vor Jan auf. Die beiden sind ungefähr gleich groß. Jan hat mehr Muskelmasse, aber Avriel ist fast fünfzehn Jahre jünger. Die beiden mustern sich wie hormongesteuerte Teenager. Mit einem kurzen Nicken befiehlt Banta Cordt dazwischenzugehen, bevor alles eskaliert.

Seufzend steht Cordt auf. »Kindergarten hat geschlossen«, meint er. »Tretet mal zurück.«

Jan wendet sich als Erster ab, reißt einen der Drehstühle von der Werkbank und setzt sich. »Zufall …« Er schüttelt den Kopf.

Einen Moment schweigen sie alle. Im Gegensatz zu Jan glaubt Banta weder an Manipulation noch an Zufall. Das Wort, das ihm im Kopf herumspukt, ist ein anderes: Schicksal. Warum auch immer, aber das Leben hat ihm eine zweite Chance gegeben. Ihm und Anna.

»Sie ist es. Glaub mir. Und wir sollten schnellstens rausfinden, wo sie steckt«, wendet sich Banta an die drei. »Cordt, du analysierst den Raum. Ist es ein Keller? Eine Garage? Eine Scheune? Eine Wohnung? Ruf deine Hardwarefreunde an, deine Kontakte zu Sammlern. Frag sie, ob jemand solche Regale kennt. Was sind das für Reiniger und Lacke in den Fächern? In welchem Land kann man die kaufen?«

Cordt nickt.

»Und ich sehe mal, ob ich den Server in Dhaka nicht irgendwie hacken kann. Irgendwoher muss das Videosignal ja kommen, das bei denen ins Chat-Roulette reingeht.«

»Gut«, lobt Banta mit Blick auf Avriel. »War 'ne harte Nacht. Fahrt nach Hause, gönnt euch ein paar Minuten Schlaf, und dann legt los.«

Cordt und Avriel packen ein paar Sachen zusammen und gehen. Kaum sind sie draußen, wendet sich Jan an Banta. »Wenn du nichts dagegen hast, dann bleibe ich. Wir können uns die Nachtwache teilen. Wie damals im Iran.«

»Teilen? In Fordow hast du die ganze Nacht geschlafen.«

»Ja. Eben. So lautet mein Plan. Ich schlafe, du besorgst die Daten. Teilen.« Jan lacht.

Auch Banta muss schmunzeln. Aufmunternd klopft Jan ihm auf die Schulter.

15

JAN ÖFFNET DEN Kühlschrank. Wie immer ist er so gut wie leer. Er findet zwei Bier. »Ich weiß nicht. Das kannst du doch nicht als Unerfahrenheit abtun. Ich meine, Avriel hat *gewartet*, bis wir beide weg waren.«

»Du bist doch bloß sauer, weil ich sie eingestellt habe, ohne dich zu fragen«, sagt Banta rundheraus.

Jan schüttelt den Kopf. »Das ist es nicht. Ich … Ich trau ihr einfach nicht.« Sein Gesichtsausdruck ist äußerst nachdenklich, als er sich eine Flasche öffnet und Banta die zweite anbietet. »Kaum kreuzt Avriel hier auf, empfängst du diesen Stream …«

Banta nimmt einen Schluck. »Du meinst, sie hat was damit zu tun?«

»Keine Ahnung, vergiss es. Nur so ein Bauchgefühl.« Seufzend winkt Jan ab und wechselt lieber das Thema. »Und du glaubst, es ist wirklich Anna?«

»Hundert Prozent.«

»Hat sie denn was gesagt, ich meine, im Stream?«

»Nein. Der Typ sendet nur das Video, Audio kommt zumindest bei dir nicht an.«

»Hm. Verstehe. Kann sie *uns* denn sehen?«

»Der Videokanal ist zu beiden Seiten offen, ja. Aber dein Audio habe ich ausgeschaltet.«

»Okay.« Jan nippt. Banta sieht ihm an, dass ihm etwas auf der Seele brennt. »Hör mal«, setzt der schließlich leise an. »Ich wollte mit dir reden. Allein. Das … Das müssen die andern nich' hören.«

»Was?«

»Diesen Stream …« Jan sucht nach den richtigen Worten. »Ich halte den für Blödsinn. Gelinde gesagt. Selbst wenn dein Computer nicht manipuliert wurde.«

»Blödsinn?«

»Guck nich' so, Frank … Das ist niemals Anna. Und mal ehrlich, das weißt du. Das weißt du ganz genau.«

Banta wendet sich schweigend ab, sein Blick gleitet unbewusst zur Magnettafel neben dem Herd, wahrscheinlich weil dort früher immer ein paar Schnappschüsse von ihr gepinnt waren.

Mit einem Mal schmeckt er kein Bier, sondern Metall im Mund. Der kalte, blecherne Geschmack seiner Pistole, die er sich nach ihrem Tod in den Mund steckte. Unten am Havelufer, an einem sonnigen Abend, als er nicht mehr wusste, wie ohne sie leben. Als alles sinnlos und der einzige Ausweg seine Waffe schien, um den Schmerz endgültig zu bekämpfen. Den Lauf in den Mund, der metallene Geschmack, der ruhige Finger auf dem Abzug. Druckpunkt.

Er trinkt einen Schluck, um die Erinnerung zu vertreiben.

»Alles klar?«, will Jan wissen.

»Ja. Mir geht's gut so weit. Alles in Ordnung.«

»Okay … Vielleicht sieht die Frau so ähnlich aus. Meinetwegen«, lenkt Jan nippend ein. »Aber es ist nicht Anna. Was für ein Zufall soll das sein, hm? Zwei Billionen Paare. Zwei mal zehn hoch zwölf.«

Banta antwortet noch immer nicht. Seufzend trinkt er einen Schluck, der Geschmack des Metalls verschwindet endgültig. Er wendet sich wieder Jan zu. »Und das macht dich so sicher? Die Mathematik? Wahrscheinlichkeitsrechnung?«

»Nein, ich bin sicher, es ist nicht Anna, weil ... weil Anna tot ist, Frank.«

Abermals schweigt Banta. Das hat er die letzten drei Jahre auch gedacht. Nein, er hat es sogar irgendwann *gehofft*. Um selbst leben zu können. Banta muss schlucken. »Nenn es Schicksal.«

»Schicksal?« Jan schüttelt den Kopf und nimmt einen großen Schluck. »Du hast eine nette Geschichte erzählt, Frank. Adam und Eva ... Nette Geschichte, aber es bleibt eine Story. Es ist einfach zu unwahrscheinlich, und außerdem kann diese Frau überall sein. Eine Wildfremde irgendwo in einem wildfremden Land ...« Jan winkt ab, stellt sich ans Fenster und blickt auf den Pool.

Banta sieht ebenfalls einen Moment nach draußen. Der Mond spiegelt sich im Wasser. Die Oberfläche ist absolut ruhig. »Willst du etwa aufgeben, bevor wir beginnen?«

»Diese Frau ist sehr wahrscheinlich nicht Anna, und sie kann irgendwo auf der Welt gefangen sein. Wenn es keine bescheuerte Fake-Site ist, die irgend'nen Kinofilm promotet oder so. Was weiß ich ... Wenn du rausfinden willst, wer sie ist – okay. Wenn du meinst, dass wir eine

Chance haben, auch okay. Ich bin dabei, Frank. Ich wollte dir nur meine Bedenken sagen. Ich kenne dich, weißt du, und ...« Er stockt, sucht nach den richtigen Worten. »Ich will nicht ... also, dass du dich ... Na ja, dass du dich da in was verrennst.«

»Verrennst?«

»Ja! Dass du nicht objektiv bleibst. Verstehst du? Du willst etwas gutmachen, Frank. So sieht's doch aus. Du gibst dir noch immer die Schuld. Du willst was gutmachen. Deswegen siehst du Anna in dem Video. Und ein schlechtes Gewissen ist ein verdammt mieser Grund, in den Krieg zu ziehen.«

Banta schweigt. Aber sein Schweigen drückt Entschlossenheit aus, keine Einsicht.

»Anna ... Verdammt, Frank! Du hast sie beerdigt. Hier drin.« Er tippt sich an die Stirn. »Und das war damals das einzig Richtige.«

Jan spielt auf seine Sitzungen bei der Psychologin an – und seine vier Wochen in der Charité. Klinik für Psychiatrie und Psychotherapie.

»Das ist alles, was ich sagen wollte«, meint Jan. »Und ich sag dir das als Freund. Scheiße, wie lange kennen wir uns?«

»Fünfundzwanzig Jahre.«

»Ein Vierteljahrhundert.« Jan nimmt einen großen Schluck.

Hat er recht? Verliere ich vielleicht den Verstand? Lasse mich von einer unmöglichen Hoffnung in die Irre führen? Aber der Stream ist real. Anna ist real.

»Glaub mir ...« Banta klopft ihm brüderlich auf die

Schulter. »Es ist Anna. Ich spür das. Nicht hier …« Er deutet auf seine Stirn. »Sondern hier.« Sanft tippt er sich an die Brust.

Kurz darauf öffnet Banta einen schmuckvollen Bauernschrank und holt eine Armeekiste heraus. Die beiden tragen sie zu den Reisigmatten in den Stillen Raum. Die Kiste ist aus schlichtem Holz, grob verarbeitet und mit Kürzeln besprüht. Banta kniet sich davor. Während er sie öffnet, tritt Jan heran. »Du hast das alles aufbewahrt?«

»Überrascht dich das?« Banta greift hinein und zieht Stapel von Fotos, etliche Behördendokumente, Landkarten und Unterlagen heraus.

Jan zuckt mit der Achsel. »Hm. Irgendwie schon. Ich meine, nachdem du …« Er kreist mit dem Zeigefinger an seiner Schläfe. »Dachte, das war Teil deiner Therapie, all das wegzuwerfen.«

»War es auch eigentlich.« In der Kiste ist alles, was er in den ersten zwei Jahren nach Annas Tod – nach ihrem *Verschwinden,* berichtigt er sich – zusammengetragen hat. Er hat es die letzten fünf Jahre nicht übers Herz gebracht, irgendetwas davon zu vernichten. Allerdings hat die Therapie insofern gewirkt, als dass er seit Längerem nicht mehr den unbändigen Drang verspürt hat, ständig in die Kiste zu sehen.

Jan greift nach einem Packen Fotos, entfernt das Gummiband und sieht sich die Aufnahmen an. Sie zeigen die Schlucht im Rodna-Gebirge. Zerstörte Bäume, den Nebenarm des Flusses Someşul Mare, in den

Anna gestürzt sein muss, nachdem sie aus dem Auto geschleudert wurde. »Du warst noch mal da?«, fragt Jan nach einem Blick auf den Zeitstempel. »Nachdem wir da alles abgesucht haben, mein ich?«

»Mehrmals. Ja ... Dutzende Male. Glaub mir, ich habe jeden Stein umgedreht.« Gedankenverloren blättert Banta in den Unterlagen. Die meisten sind von der rumänischen Polizei, von den Suchtrupps, die mit ihm zusammen tagelang das Flussufer abgesucht haben. Er ist sogar mit einem Taucherteam aus Berlin nach Rumänien gefahren. Vergeblich. Was blieb, sind diese Holzkiste in seinem Schrank und ein Kopf, vollgestopft mit zu vielen Erinnerungen, die ihn beinahe erdrückt hätten.

Ihr Lächeln, das ihn stets aufgefangen und ihm gesagt hat: Das Leben ist gut, Banta.

Und jetzt ein Monitorbild.

Dieser schreckliche Livestream.

Er spürt, wie abermals hilflose Wut in ihm aufsteigt. Er atmet durch. »Ich bin mehrfach zehn, fünfzehn Kilometer den Fluss abwärts gegangen, an beiden Uferseiten. Ich hab sogar ein Boot gemietet. Ein Jahr, nachdem sie fort war, bin ich noch mal zurück und habe sämtliche Hirten und Bauern in dem Gebiet befragt. Irgendein Hirte hatte angeblich eine Leiche gefunden und bestattet. Eine Frau. Ich bin daraufhin zu dem Ort gefahren, wo der Mann sie gefunden hatte. Viel zu weit weg vom Fluss, mitten in den Karpaten ... Verstehst du?«

»Sie konnte es gar nicht sein.«

Banta nickt. »Sie konnte es gar nicht sein, die der Hirte da angeblich gefunden hatte. Und ich stand da, mitten in den Karpaten, mit nichts als Hoffnung. Mit nichts als Hoffnung vor dem improvisierten Grab, weil dieser Hirte nicht gewusst hatte, was er mit der Toten anstellen sollte. Ich habe lange mit mir gerungen, ob ich das Grab öffnen soll. Aber ich konnte nicht anders.«

Jan nickt. Banta kann ihn schwer atmen hören. Auch ihm hat damals Annas Tod, nein, ihr Verschwinden, äußerst zugesetzt. »Das hast du mir nie erzählt«, meint er. »Und? Hast du das Grab geöffnet?«

»Ja. Sie lag unter einem Haufen Steinen. Eine Backpackerin aus Tunesien. Es hat Monate gedauert, bis die Behörden die Identität einwandfrei geklärt haben. Aber mir war schon beim ersten Anblick klar, dass es nicht Anna war.«

Die ganzen letzten Stunden über hat das Adrenalin Bantas Gefühle im Zaum gehalten, doch jetzt spürt er, wie ihn die Trauer übermannt. Eine tiefe, dunkle Trauer – der schwarze Schmerz, hat er ihn damals genannt. Paradox, dass die Traurigkeit zurückkehrt, obwohl er jetzt weiß, dass sie lebt.

Wir lassen niemanden zurück. Das hatten sie sich damals geschworen.

Ich habe Anna zurückgelassen.

Er kennt Jan seit seiner Jugend, so viele Jahre, aber er hat noch nie vor ihm geweint. Seine Augen werden feucht, es gelingt ihm, die Tränen herunterzuschlucken.

Wir alle haben Anna zurückgelassen.

Immer wieder sah er sie, jeden einzelnen Tag, vor

seinem geistigen Auge, und jede Nacht, die er nicht schlafen konnte. Der Schuss. Der Wagen. Das Wrack in den Bäumen. Sie im Fluss.

Dr. Beatrice Gerlicher hatte hunderttausend Sommersprossen und lila Lippen, und es gelang ihr nach Dutzenden Sitzungen und dem Aufenthalt in der Charité, was er kaum für möglich gehalten hatte. Banta konnte wieder lachen. Anna war noch da. Sie war in seinem Herzen. Und sie würde es für immer bleiben, aber er befolgte den Rat der Psychologin: Er löste sich von ihr. Weil ihr Sturz in den Fluss ihn sonst mit in die Tiefe gerissen hätte. Die Suche nach ihr hätte ihn mit unter Wasser gezogen und für immer zerstört.

Ich habe meine ganzen Nachforschungen in eine Kiste getan und Anna begraben. Tut mir leid, Anna, aber ich musste es tun.

Er zog damals keinen schnellen oder brutalen Schlussstrich, sondern trennte sich Stück für Stück von ihr. Immer ein bisschen mehr. Ein Jahr, nachdem er aufgehört hatte zu suchen, richtete er sein Haus neu ein. Er ließ ihre Lieblingsecken unberührt, den Lesesessel mit der verbeulten Leselampe – doch allmählich räumte er Anna aus seinen Räumen, aus dem Büro, aus der Küche, aus dem Bad, aus dem Schlafzimmer.

Damit er nicht ständig an sie denken musste.

Annas Lächeln.

An den Tag im Urlaub, als sie stinkend im Mietwagen saßen. An die Hollywoodschaukel. An die Liebe hinterm Erdbeerfeld.

Ein paar Fotos waren geblieben, sogar ein Kleiderschrank und letztlich doch jede Menge Gegenstände, die sie gerngehabt hatte. Zwei Ringe von ihr, zwei Paar Ohranhänger, ihr Lieblingsfüller, ein paar ihrer Romane. Aber letztendlich lebte er nicht mehr mit ihr zusammen, mit ihrem Schatten, in diesem Haus, das sie zusammen renoviert hatten.

Nach Jahren lebte Banta wieder ein eigenständiges Leben – ohne jeden Tag ihre Stimme zu hören, ihr Parfüm zu riechen, ihren Geist durch die Räume huschen zu sehen. Die einstige Qual, an sie zu denken, wurde zu einem tröstlichen Akt – einem traurigen, jedoch Trost bringenden Moment, der ihm manchmal sogar Wärme schenkte.

Banta liebt sie noch immer, aber die Liebe erdrückt ihn nicht mehr.

Wer hätte ahnen können, dass es ein Fehler gewesen war, die Suche aufzugeben nach all den Jahren?

»Ich habe Anna einmal verloren, Jan«, meint Banta finster entschlossen. »Das werde ich nicht noch mal tun. Ich werde sie nicht verlieren. Niemals wieder.«

Jan nickt seufzend und trinkt sein Bier aus. »Du bist der Chef. Wie gehen wir vor?«

»Wie wir immer vorgehen. Wir tun, was wir am besten können. Wir holen Anna da raus. Wo immer sie gefangen gehalten wird.«

Sein Blick fällt auf die Fotos in der Kiste. Ein Autowrack in einem Baum, ein Fluss, der verdammte Wald in den Karpaten. Und ein weiterer Ausschnitt aus der Zeitung *Libertatea,* mit einem Wildhüter. Der Mann steht auf einer Kiesbank am Ufer. Daneben sind

Schmuck – zwei Ringe von Anna – und ein abgerissener Finger abgebildet. Die Überschrift lautet übersetzt: »Bär verschleppt tote Touristin.«

Banta identifizierte damals die Ringe. Die rumänische Polizei stellte mittels DNA-Abgleich fest, dass es sich tatsächlich um Annas Ringfinger handelte. Der Wildhüter, ein Mann namens Dacian Sabcu, mit dem Banta auch persönlich gesprochen hatte, behauptete, er habe den Finger und die Ringe neben Bärenspuren unweit der Kiesbank entdeckt. Für ihn war die Sache klar: Ein Bär hatte Annas Leichnam weggezerrt. Es gab keine Kampfspuren. Aufgrund von Sabcus Funden stellte die Polizei ihre Nachforschungen ein.

»Wenn Anna lebt«, meint Jan, »lag dieser Sabcu wohl falsch mit seiner Bärenattacke.«

Banta wirft einen zweiten Blick auf den Artikel. »Die Frage ist«, meint er grimmig, »weiß dieser Sabcu es nicht besser – oder hat er gelogen?«

16

»**DAS HABE ICH** nicht gesagt.« Avriel presst ihr Handy fester ans Ohr und unterbricht ihr frühmorgendliches Joggen. »Mach dir keine Sorgen, okay?« Ein junges Paar, sie halten sich verliebt im Arm, stolpert lachend an ihr vorbei. Piepend rangiert ein Müllwagen am Rinnstein, zwei Radfahrer ziehen vorüber. Die Oranienburger Straße ist noch unbelebt. Sie wartet nicht auf Grün, sondern eilt einfach über die Straße.

»Brauchst du mehr Geld?«

»Nein.« Sie kann es nicht leiden, wenn ihr Vater ihr Geld zuschiebt. Sicher, es macht ihm nichts aus, aber sie kommt sich dann immer wie sein kleines Mädchen vor. So unselbstständig.

Avriel bleibt stehen und lässt den Blick über die Synagoge streifen. Ein Schwarm Spatzen pickt im ersten Sonnenlicht die Reste der Nacht auf. Seitdem sie in Berlin lebt, hat es Avriel durch die Bars und Clubs gespült wie einen heimatlosen Fisch durch stürmisches Gewässer. Hier im Viertel zwischen Oranienburger, Linien- und Großer Hamburger Straße hat sie so etwas wie ein zweites Wohnzimmer gefunden.

»Ich kann dir was überweisen.«

»Nein, nein«, meint sie mit Nachdruck. »Ich sagte

nein. Ich habe die ganze Ausrüstung längst zusammen, Papaschka.« Sie verfällt wieder in Laufschritt, will die Joggingrunde noch nicht vollends aufgeben. Die Gegend liegt wundervoll verschlafen da. Viel zu bald werden die Straßen wieder bevölkert sein, die Läden aufsperren, die endlos vielen Autos und Touristen kommen.

Banta und Jan haben diesem Idioten von Admin die Kamera untergejubelt, und nun heißt es abwarten. Avriel war jedoch viel zu aufgekratzt, um durchzuschlafen.

»Was ist mit dem Kulitsch?«

»Keine Sorge. Ich hab mir genug davon besorgt. Deine Tipps waren Gold wert.« Vor zwei Monaten hat Avriel von ihm einige Verbindungsadressen in einer verschlüsselten Mail erhalten und ist daraufhin nach Weißensee gefahren.

In einem modern getünchten Mehrfamilienhaus an der Berliner Allee hat ihr ein bierbauchiger Ex-NVA-Major eine Makarow 9 mm und gut fünfzig Patronen verkauft. Kurioserweise hatte sie weniger fassungslos auf die Waffe gestarrt als vielmehr auf die blau-weißen Badelatschen des Mannes. Er trug sie mit weißen Socken und schien sich einen Scheiß drum zu scheren, Besuch von einer jungen Frau zu bekommen, denn von den Latschen abgesehen, hatte er bloß bunte Boxershorts an. Als der Ex-Major eine Schublade seiner schweren Schrankwand aufzog, konnte sie Dutzende Handfeuerwaffen und Munitionsschachteln sehen. Darunter auch welche für die berüchtigte AK47. Der Mann redete kaum zwei Sätze, nahm wortlos das Geld, zählte nicht einmal nach und schob ihr die Makarow und die Munition stumm hin.

Nach weniger als zehn Minuten stand sie wieder auf der Straße und schlenderte zur Tramhaltestelle Rennbahnstraße.

»Gut. Das ist gut.« Ein neues Lied setzt ein und zerschneidet seine Stimme. »Und Banta? Was ist mit der Crew? Vertrauen sie dir bereits?«

»Was?« Avriel gibt das Laufen auf, bleibt stehen und fingert die Packung Mentholzigaretten aus ihrer Hose.

»Ob sie dir vertrauen?«

»Ich wollte in Bantas Laptop rein, aber er hat mich nicht gelassen.« Sie zündet sich eine an und inhaliert.

»Das klingt nicht gut.«

»Um Banta mach ich mir keine Sorgen. Aber dieser Jan Bergmann ist ein harter Brocken.« Avriel sieht auf ein paar Techno-Freaks, die in ihren orangefarbenen Overalls und den silbernen BHs wie aus der Zeit gefallen scheinen. Sie prosten ihr zu. Sie kennt sie. Nicht persönlich, aber vom Sehen im ACUD. Das ist das Eigenartige an Berlin, denkt sie, dieser Metropole mit mehr als dreieinhalb Millionen Einwohnern: Meistens bewegt man sich bloß in seinem Kiez und wird von Wildfremden auf der Straße begrüßt, nur weil man sie ein paarmal auf der Straße oder im Café gesehen hat – als sei die Stadt ein Kuhkaff irgendwo hinter dem Ural.

»Lass ihn murren. Solange er nicht zu viele Fragen stellt, ist alles gut.«

»Ja. Hast recht. Bei dem ist es auch nur eine Frage der

Zeit, Papaschka«, meint sie und schmeckt dem Menthol nach. »Dann fressen sie mir alle aus der Hand.«

»Da bin ich mir sicher.«

»Ich muss jetzt Schluss machen.«

»Verstehe. Du ziehst das schon durch.«

»Darauf kannst du dich verlassen.« Avriel legt auf. »Darauf kannst du dich verlassen«, wiederholt sie noch einmal leise für sich und macht sich schlendernd auf den Heimweg.

17

Ostkarpaten, Rodna-Gebirge, Rumänien

DIE SCHWARZE HOLZHÜTTE liegt am Ende einer staubigen Zufahrt, direkt am Someşul Mare vor einer Wand aus dunklen Tannen. Ihre Bretter sind verwittert, das Grasdach verwildert. Banta prüft seine Pistole und steckt sie in sein Fußknöchelholster, dann nimmt er die Observationsfotos von der Ablage. Ein halbes Dutzend Aufnahmen mit den Barbu-Brüdern, diversen Kunden und Untergebenen – alles altes Material, das Banta nach Annas *Tod* entgegen ihren sonstigen Regeln nicht vernichtet hat. Er steckt die Fotos ein, hält neben der Veranda und steigt aus.

Der Geruch von verbranntem Holz liegt in der Luft und vertreibt die Morgenfrische. Nur der Geländewagen und die Rauchschwaden aus dem Schornstein zeigen, dass jemand anwesend ist.

Banta ist kaum die drei Stufen zur Tür hinaufgegangen, als ein Typ mit weißem Stoppelbart sie einen Spalt öffnet und ihn mit stechendem Blick mustert.

»Ja?«, fragt er argwöhnisch auf Englisch. Er trägt eine dreckige Jeans und eine Plastikschürze, die Ärmel seines Freizeithemds sind hochgekrempelt. Seine rechte

Hand, mit der er das Türblatt hält, sieht nach harter Arbeit aus. Sie wirkt gebräunt, aber die Farbe stammt nicht von der Sonne. Es ist schlampig abgewischtes Blut. Auch unter den Fingernägeln klebt welches.

»Hallo«, grüßt Banta. »Gerade am Wildaufbrechen?«

Statt einer Antwort nickt Sabcu brummend und lässt den Blick zu Bantas Wagen und zurück wandern. Er mustert seinen Besucher skeptisch. Anscheinend erinnert er sich nicht an Banta, der ihn damals gleich in den ersten Tagen seiner Nachforschungen aufsuchte.

»Wildschwein?«, fragt Banta lächelnd.

Sabcu geht nicht darauf ein. »Was wollen Sie?« Sein Englisch ist ruppig, aber nicht schlecht.

»Ich bin Frank Banta. Ich war schon mal hier. Ist ein bisschen her …«

Sabcu überlegt, dann entspannt er sich leicht. »Ah ja. Sie haben Ihre Frau gesucht, richtig? Vor drei Jahren?«

»Fünf.«

»Fünf?« Sabcu kratzt sich den Bart, dann gibt er sich einen Ruck und lässt ihn herein. »Was kann ich für Sie tun?«

Er ist nicht allein. Ein etwa achtzehnjähriger Mann untersucht Innereien, indem er sie mit beiden Händen über einer Plastikschüssel abspült.

»Es ist noch einmal wegen meiner Frau.« Banta tritt ein. Es ist unordentlich. Auf dem Boden liegen Bücher, das Bett ist nicht gemacht. Ein Nebenraum ist mit Folie ausgelegt; über einer Badewanne, die wohl ausschließlich zum Aufbrechen des Wilds dient, hängt ein Reh. Sabcu hat bereits begonnen, das Tier zu zerteilen.

Der Junge nickt Banta grüßend zu, widmet sich dann etwas, das Banta als Leber identifiziert. Sabcu hat keine Lust, die beiden einander vorzustellen. »Ich hab Ihnen schon damals alles gesagt«, brummt er, nimmt eine Packung Marlboro von einem Bollerofen und steckt sich eine an. »Was soll ich da noch hinzufügen? Gab nichts mehr, was …« Er beendet den Satz nicht, nickt zum Reh. »Wurmbefall.«

Banta folgt Sabcus Blick zum Wild, dem wörtlich das Fell über die Ohren gezogen wurde.

»Führen Sie mich noch einmal dorthin. Wo Sie den Finger fanden.«

Sabcu bläst Qualm aus der Nase. »Jetzt?«

»Ja.«

»Warum? Was bringt's?« Er nimmt noch einen Zug von der Zigarette, legt sie auf den Wannenrand und greift sich sein Jagdmesser. Routiniert beginnt er, das Wild weiter zu zerlegen. Ihm ist anzusehen, dass er es für keine gute Idee hält. »Ist 'ne Ewigkeit her. Hat sich nichts geändert da. Ist passiert, was passiert ist.«

»Mag sein.« Banta sieht sich zu dem Jungen um. Eine in die Jahre gekommene Repetierbüchse lehnt neben einer modernen Ausführung einer Steyr Mannlicher samt montiertem Zielfernrohr. Die Zigarette übertüncht den typischen Schmauchgeruch, den Banta beim Eintreten noch vage wahrnehmen konnte. »Ich muss die Stelle noch mal sehen. Das ist alles.«

Brummelnd zerteilt Sabcu das Reh weiter.

Ohne ein Wort holt Banta ein mit Gummiband umwickeltes Bündel Euroscheine aus der Hosentasche. Er legt es neben die glimmende Zigarette auf den Wannenrand.

Sabcu sieht es, lässt sich aber nichts anmerken. Seelenruhig setzt er noch ein paar Schnitte, bevor er das Messer weglegt und die Scheine wortlos einsteckt. »Martin, mach du hier allein weiter.« Er zieht die Plastikschürze über den Kopf.

Banta wartet, bis Sabcu die Finger abgewischt und die Klinge seines langen Jagdmessers gesäubert hat. Er registriert, dass Sabcu eine Lederscheide holt, sie umbindet und das Messer darin versenkt.

»Na, dann«, meint Sabcu wortkarg und geht voraus. Bevor er die Hütte verlässt, wandert sein Blick kurz zu Martin und den Gewehren. Banta entgeht es nicht. Er folgt dem Mann nach draußen.

Schweigend wandern sie zum Fluss. Das Ufer ist steinig, ein Trampelpfad führt den Fluss entlang. Eine Unterhaltung ist kaum möglich, da das Rauschen des Wassers alle Worte übertönt, aber Sabcu und Banta sind sowieso nicht die Typen für sinnlosen Small Talk.

Wie damals sind sie vierzig Minuten unterwegs, bevor Sabcu unweit einer Kiesbank verschnauft. Er zeigt auf die Felsen, hinter denen sich die Kiesebene anschließt.

»Da drüben war's. Wissen Sie noch?«, ruft Sabcu gegen das Tosen des Flusses.

Banta nickt. Als er damals aufgrund der Polizeiermittlungen mit dem Wildhüter hier war, führte der Fluss Hochwasser. Die Ebene war halb überspült, nun ist sie voll sichtbar. Funkelnd liegen die Kiesel da, während der schmale Seitenarm des Someşul Mare an ihnen vorbeirauscht und sich gischtend an den Felsen bricht.

Mit einem geschickten Sprung hat Banta die Steine überwunden. Der Kies knirscht unter seinen Stiefeln, als er auf die Ebene hinaustritt. Rechts und links erheben sich Flanken des Rodna-Gebirges. Annas Wagen ist gut drei Kilometer von hier in die Bäume gekracht.

Und bis gestern hat Banta der offiziellen Darstellung geglaubt: Während Jelisawetas Leiche unterhalb des Wagens zerschmettert am Flussufer gefunden wurde, stürzte Anna ins Wasser und wurde mitgerissen. Hier wurde sie angespült. Auf einer seiner Pirschen entdeckte Sabcu den Finger, Haarreste, etwas Blut und ihren Schmuck. DNA-Tests wiesen alles eindeutig Anna zu, aber ihre Leiche blieb verschwunden.

Banta sieht sich um. Beim letzten Mal hat Sabcu behauptet, ihren Finger bei einem der umgestürzten Bäume entdeckt zu haben, deren verschlungene, übermannshohe Wurzelballen vom Wasser umspült werden.

»War es hier? Wissen Sie es noch?«, will Banta wissen.

Der Wildhüter zögert, ihm auf die Kiesbank zu folgen, nickt stattdessen abwesend. Ihn interessiert keine verschollene Frau, vielmehr scheint er angestrengt zu überlegen, was er als Nächstes tun soll. Banta kennt diesen Gesichtsausdruck. Meist endet er mit Gewalt. Sabcu dreht sich ein wenig weg, und obwohl Banta es nicht sieht, weiß er, dass der Wildhüter seine Messerscheide geöffnet hat.

»Kommen Sie her!«, fordert er ihn dennoch rüde auf und wendet ihm cool den Rücken zu. Er hockt sich auf die Steine und tut, als bände er sich den linken Stiefel.

Kaum ist Sabcu über die Felsen geklettert und ein paar Schritte auf dem Kies, fährt Banta mit der Pistole im Anschlag herum. »Stehen bleiben. Messer weg. Schmeiß es weg!«

Sabcu hält nur kurz inne. Er hat tatsächlich sein Jagdmesser gezückt. Ungerührt geht er weiter auf Banta zu. »Sie sind doch nicht hier rausgefahren, um mich zu erschießen.« Er grinst kühl. »Was wollen Sie?«

»Die Wahrheit.« Banta hebt die Waffe ein Stück und zielt direkt auf Sabcus Kopf. »Messer weg. Sofort. Auf den Kies.«

Endlich bleibt der Wildhüter stehen, aber er gehorcht nicht, hält noch immer das Messer umklammert. »Ich hatte nicht vor …« Er sieht auf das Messer und lacht auf. »Denken Sie, ich habe was mit dem Tod Ihrer Frau zu tun?«

»Nein. Nur damit, sie verschwinden zu lassen.«

Sabcu schnauft und kommt trotz der Pistole noch näher. Sie stehen sich drei Meter gegenüber.

»Nehmen Sie die Waffe runter. Es ist alles so passiert, wie ich es damals der Polizei und Ihnen gesagt habe«, meint er beschwichtigend und macht einen weiteren Schritt.

»Stehen bleiben! Messer weg!« Banta feuert als Warnung in die Luft.

Der Schuss lässt Sabcu zusammenfahren. »Für wen halten Sie sich?«, brüllt er.

Dutzendfach hallt der Knall von den Bergflanken wider, bevor ihn das Wassertosen schluckt.

»Ich bin nur ein Mann, der seine Frau sucht.« Banta legt erneut an.

Das entlockt Sabcu ein Lächeln. »Romantisch.«

»Ja. Da bin ich unverbesserlich.« Banta fasst nach. Die Pistole liegt gut in der Hand. »Ihr Problem ist bloß, dass ich dafür bis zum Äußersten gehe … Und Sie? Für wen arbeiten Sie? Wer sind Sie, Sabcu?«

»Ich?« Er lacht. »Ich bin der Mann mit dem guten Freund, der ein Jagdgewehr besitzt.«

»Und damit umgehen kann!«, ruft Martin aus dem Wald. »Legen Sie die Scheißpistole weg.«

Aus dem Augenwinkel sieht Banta Martin zwischen den Bäumen. Er hat hinter einer Fichte Schutz gesucht und auf ihn angelegt. Der Junge macht einen verkniffenen Eindruck, das Haar klebt ihm im Gesicht.

Banta hebt die Waffe weit über den Kopf.

»Gut so, du Arschloch«, zischt Sabcu.

»Und jetzt weg damit«, ruft Martin.

»Ich hab dich gleich erkannt, als du aus dem Wagen gestiegen bist.« Kopfschüttelnd kommt Sabcu auf ihn zu. »Da wusste ich schon, dass du Ärger machen wirst.«

»Du meinst wohl, wir. Wir machen Ärger.« Kaum hat Banta das gesagt, legt sich ein Lauf an Martins Stirn. Jan ist lautlos hinter ihn getreten. Er hat die ganze Zeit hier als Back-up gewartet.

»Runter mit dem Gewehr«, zischt er, aber Martin zögert. Er ist sich unsicher, weiß nicht, was tun, und zittert noch stärker. »Runter damit.«

Banta tritt lächelnd auf Sabcu zu.

Ein weiterer Schuss zerreißt das Tosen des Flusses. Martin hat beim Runternehmen abgedrückt. Ein plötzlicher Schmerz reißt Banta herum, nur mit Mühe gelingt es ihm, Sabcus Stoßhand zu greifen, bevor der das Messer heben kann. Er wirbelt mit dem Mann herum, nutzt Sabcu als Deckung, drückt ihm den Arm und das Messer hinter den Rücken, die Pistole an die Schläfe.

»Keine Bewegung. Verflucht noch mal.«

Sabcu stöhnt.

Banta dreht Sabcus Arm höher in den Rücken, verdreht seine Hand, sodass dem Wildhüter nichts übrig bleibt, als das Messer fallen zu lassen.

Erst jetzt spürt Banta das Blut. Es sickert warm oberhalb seiner Hüfte ins Hemd und tränkt den leichten Stoff.

»Bist du verletzt?«, fragt Jan besorgt, während er Martin aufs Kiesfeld stößt.

Ein Brennen setzt ein, als hätte Martin ihm einen glühenden Eisennagel in die Eingeweide gerammt.

»Was … Was habt ihr vor? Nein! Nein!«, keucht Sabcu entsetzt, weil Banta ihm die Pistole fester an die Stirn presst.

Banta atmet durch, horcht kurz in sich hinein. Aus welcher Tiefe kommt der Schmerz? Milz? Leber? Er kann das Brennen und Pochen nur bedingt orten, aber er ist sich sicher: Es ist bloß ein Streifschuss. Er presst Sabcu den Lauf noch stärker gegen den Kopf.

»Los, vorwärts.« Jan drängt den Jungen zu den Felsen. »Setz dich dahin!«, befiehlt er. »Und jetzt dreh dich um. Rücken zu uns, Hände auf die Knie. Guck auf den Fluss und rühr dich nicht.«

Banta stößt das Messer mit dem Fuß Richtung Fluss und lässt Sabcus Arm los.

»Was wollen Sie, verflucht?«

»Wie gesagt, ich suche nur meine Frau.« Banta bedroht ihn weiter mit der Pistole. »Ich weiß, dass sie hier nicht gestorben ist. Ich weiß, dass kein Bär Anna mitgeschleift hat.«

»Ach! Da wissen Sie ja 'ne Menge.«

»Leider nicht genug«, meint Jan, behält weiter Martin im Auge, kommt aber zu ihnen.

Banta holt die Fotos aus seiner Hemdtasche. »Mir ist egal, was die Ihnen gegeben haben für dieses Ammenmärchen. Aber ich muss wissen, wer es war.«

Sabcu schweigt.

Ohne die Waffe zu senken, streckt Banta ihm die Bilder hin. Sabcu schnappt sie ihm forsch aus der Hand, mimt trotz der Bedrohung den Unschuldigen. »Keine Ahnung«, brummt er, ohne sich die Fotos wirklich anzusehen.

Banta reicht es. Er packt den Typen, zieht ihn wieder zu sich ran. »Wegen dir dacht ich, sie ist tot! Finger, Haare, Blut!« Er wird laut, lauter, als er eigentlich will. »Ich wollte sie beerdigen. Und ich konnte es nicht! Wegen deiner verfluchten Story!« Banta atmet durch, konzentriert sich, um ruhiger zu werden. Zischend fährt er fort: »Ich hab sie im Stich gelassen, aber das wird mir kein zweites Mal passieren. Kapierst du das?«

Sabcu lächelt abfällig, als wollte er Banta ein »Na, wenn schon« entgegenschleudern. Da platzt Banta der Kragen. Mit einem wohldosierten Ellbogenschlag bricht Banta dem Mann die Nase. Sabcu stolpert nach hinten und fällt auf die Steine. Ehe er wieder hochkommen kann, hat sich Banta bereits auf seine Brust gekniet und ihm die Pistole unters Kinn gesetzt. »Du schaust dir jetzt die Fotos an. Gründlich. Wer war hier?«

»Ey. Hören Sie auf«, meldet sich Martin. »Was tut ihr Schweine?!«

»Umdrehen«, befiehlt Jan.

»Sag's mir!«, zischt Banta grimmig. »War's einer von denen. Der hier. Oder der?« Weil Sabcu noch immer schweigt, steckt Banta ihm kurzerhand den Lauf in den Mund. »Sag schon! Wer hat dir den Ring gegeben, die Finger? Hm! Ihre verfluchten Haare? Sag es!«

»Frank!«, ermahnt Jan ihn, woraufhin Banta sich etwas entspannt und die Pistole wieder rauszieht, Sabcu aber weiter bedroht.

Endlich kommt der Mann zur Besinnung, hebt die Fotos hoch, sieht sich jedes lange an. Beim vierten blickt er zu Banta. »Der Typ da. Der dahinten.« Sabcu hält ihm das Foto hin, Banta reißt es ihm aus der Hand.

Eine typische Überwachungsaufnahme mit langer Brennweite. Die Barbu-Brüder treten aus einer Baracke auf einen staubigen LKW-Parkplatz unweit von Bukarest. Sabcu deutet auf einen Mann im Hintergrund, der in einem teuren Wagen sitzt und nur undeutlich durch die Scheibe zu sehen ist. Ein gertenschlanker Typ, schulterlanges schwarzes Haar. Seine Haut spannt sich über ein schmales, eckiges Kinn, die Wangen wirken leicht eingefallen. Seine Augen sind hinter einer dunklen Ray-Ban-Sonnenbrille verborgen. Soweit Banta es sehen kann, ist er komplett in Schwarz gekleidet. Schwarze Jacke, schwarze Mütze. Banta kennt seinen Namen nicht, aber wenn er zum Barbu-Clan gehört, haben sie ihn sicher damals ebenfalls im Visier gehabt.

»Der war hier? Dieser Mann da? Der Typ in der Limousine?«

Sabcu nickt. »Er hat mir ’n bisschen Geld geboten. Ich sollte den Finger hinlegen, den Ring auf den Kies werfen, na ja, Blut verteilen. Nicht viel. ’Ne Spur ziehen. Ich hab genug Bären gesehen und weiß, wie die Tiere reißen.«

»Hast du gut gemacht.« Banta beißt die Zähne zusammen, die letzte Attacke hat die Wunde weiter aufgerissen. Er stößt Sabcu zurück auf den Kies und steht auf.

»Scheiße. Er hat gesagt, Sie stochern zu viel rum. Er hat gesagt, Sie machen die Bullen von hier bis zum Schwarzen Meer scharf, hat irgendwas von Sondereinheit gefaselt und dass er den Deckel draufmachen will.«

»Hat er einen Namen genannt? Oder irgendwas in der Art?«

Sabcu schweigt und schüttelt dann den Kopf. Aber er hat zu lange überlegt.

»Ich glaub dir nicht.« Bantas Hand schließt sich

strenger um die Pistole, er zielt noch einmal nachdrücklich auf Sabcu.

»Der bringt mich um, wenn ich was sage.«

»Wer? Wie ist sein Name?«

»Ich weiß es nicht!«

»Wie ist der Name!«

»Keine Ahnung!« Sabcu schreit flehend. »Ich … Ich kenn mich da doch nich' aus, Mann. Ich … Aber … der Typ war unheimlich. Wirklich unheimlich.«

»Inwiefern?«

»Kann ich nich' sagen. Is' nur so 'n Gefühl.«

»Gefühl?«, mischt sich Jan ein.

»Kennen Sie das, wenn da nichts ist? In den Augen?«

Banta starrt Sabcu an, schließlich nickt er.

»Keine Seele, mein ich … Scheiße, der bringt mich um, wenn der hiervon erfährt …« Er winselt beinahe. »Okay? Ja? Ich hab nichts gesagt.«

Banta antwortet nicht, sondern wendet sich ab und geht, da hört er Sabcu noch rufen: »Der bringt mich um, wenn der weiß, dass ich mit euch gesprochen habe. Der bringt alle um.« Ungerührt geht Banta weiter. Jan folgt ihm über den Kies.

Sich die Wunde haltend, klaubt Banta Martins Gewehr auf, entfernt im Gehen routiniert sämtliche Munition und wirft die Steyr irgendwo ins Unterholz.

18

DER HIMMEL SPANNT sich stahlblau über den Karpaten. Der mächtige Rücken dieses über tausenddreihundert Kilometer langen Gebirgszugs zieht sich bis nach Ungarn und durch die Ukraine bis nach Polen hinein. Die goldenen, durch die Baumwipfel zerhäckselten Sonnenstrahlen wirken beinahe sakral und stehen im Widerspruch zu Bantas beklommenem Gefühl, als Jan auf die schmale Bergstraße abbiegt.

»Ich warte hier«, meint Jan fürsorglich und lässt den Mietwagen ausrollen. »Ich telefonier mal rum und versuche, unsere alten Kontakte zu aktivieren. Vielleicht wissen die mehr über die Barbus und den Typen.«

»Danke«, antwortet Banta mit belegter Stimme und steigt aus. Er geht hundert Meter, dahin, wo er schon so oft Rast gemacht hat: an der verwunschenen Stelle mit dem verwitterten Picknicktisch. Es kommt ihm vor, als wäre er erst gestern hier gewesen.

Einen Moment atmet er die frische Bergluft ein und lässt den Blick über die Fichten gleiten. Aus der Schlucht meint er, den Nebenarm des Someș zu hören. Banta setzt sich an den Picknicktisch, dann checkt er noch einmal den mittlerweile verbundenen Streifschuss. Jan hat die Wunde notdürftig versorgt. Er sieht sich zu seinem Partner um, der am Auto steht und telefoniert. Einen Moment bleibt Banta noch ruhig sitzen und spürt der Sonne auf seinem Gesicht nach.

Seine Finger gleiten über Schnitzereien im Holztisch, über Herzchen und Liebesbekundungen von Wanderern und Rucksacktouristen, dann zu einer Liste, die er schon so oft berührt hat. Hier stehen sie, die einundzwanzig Daten. Einundzwanzig Eintragungen, an denen er herkam, erst nach ihr suchte, später nach ihrer Leiche. Stets vergebens. Er zückt sein Armeemesser und ritzt das heutige Datum ein.

Einen Moment lauscht er dem Wind, dem beruhigenden Rauschen der Bäume, dann steht er auf.

Die schmale Waldstraße, ungenügend asphaltiert und mit tiefen Schlaglöchern, führt in einer steilen Kurve um die Felsen. Auf halbem Weg zur Kurve sieht er sich um. Keine fünfhundert Meter entfernt kann er zwischen Felsen und Bäumen ein Stück der Wiese ausmachen, auf der sie mit dem Helikopter gelandet sind.

Vorhin, auf dem Weg durch Ilva Mică und Valea Mare, hat er sich gefragt, ob er überhaupt hier hinauffahren soll. Banta glaubt nicht, noch irgendwelche Spuren zu finden. Im Winter liegt der Schnee hier brusthoch, und die ständigen Gewitter haben alles, Scherben wie auch persönliche Dinge, schon vor Jahren vernichtet.

Er ist gekommen, weil er immer hierherkam.

Bis er aufgab.

Bis er beschloss, dass es für ihn besser sei, sie für immer zu begraben. Leiche hin oder her.

An den Tag, als er sich entschloss, kein zweiundzwanzigstes Mal nach Rumänien zu fahren, kann er sich noch gut erinnern, obwohl es ein ganz normaler Herbsttag war. Er hatte seinen schweren Rucksack bereits aufs Bett geworfen, hatte die Wanderstiefel und die Kletterseile bereitgelegt, die er immer hierher mitnahm. Aber mit einem Mal – in jenem Moment, als er hinaus auf die goldenen Herbstbäume und rotgelben Blätter sah, die wie Schnee durch den Garten getrieben wurden – schossen ihm Tränen in die Augen. Er stellte sich ans Fenster, sah dem Wind beim Spiel mit dem Laub zu und war bereit, Dr. Gerlichers Rat zu folgen und zu akzeptieren, dass sie tot ist und er ihre sterblichen Überreste niemals finden würde. Er entschloss sich dazu, niemals mehr in das Rodna-Gebirge zu fahren.

Banta holt noch einmal Luft, um die Enge in seiner Brust zu vertreiben, dann geht er die letzten hundert Meter um die Kurve. Schon von Weitem sieht er die aufgerissene Leitplanke, und als er näher kommt und hinabblickt, auch die geschälten Bäume. Ihre vom Metall aufgerissene Rinde ist dunkel, von Pilzen und Moos bedeckt. Die Natur hat sich in den Jahren wie eine heilende Decke über alles gelegt, wie Schorf auf eine Wunde. Dennoch ist der Anblick immer noch erschütternd.

Annas Wagen ist nicht mehr da, nur in seiner Erinnerung steckt er zerschmettert zwischen den mächtigen Ästen der Bäume. Zerdrücktes Blech, geplatzte Reifen, geborstene Scheiben, acht Meter unterhalb der Straße.

Die Bäume haben den Wagen aufgefangen, doch die beiden Frauen …

Jelisaweta ist durch die Windschutzscheibe geschlagen. Und Anna? Ob sie noch verletzt in den Gurten hing?

Unter der Baumreihe geht es beinahe senkrecht hundertsiebzig Meter hinab zum Bergbach, der weiter südwestlich in den Someş mündet.

Jetzt kann er den Fluss tatsächlich hören, der sich unter ihm an schroffen Felsen entlangstürzt.

Und er meint, Annas Schreie zu hören.

Die Schreie, die ihn nächtelang quälten.

19

Berlin-Grunewald, Deutschland 2002

»**HAST DU ANNA** gesehen?«, ruft Banta gegen die laute Musik. Er muss seinen Pappbecher mit Whisky-Cola über die Köpfe der Gäste balancieren, um nichts auszukippen. Die Gründerzeitvilla am Stadtrand Berlins ist bis zum Bersten mit Studenten gefüllt. Überall schwatzende, tanzende und reichlich angetrunkene Twens. Beinahe die ganze Fakultät ist hier.

RAP schwappt ihm entgegen. »Anna?«, ruft er noch einmal fragend gegen die Musik, erntet jedoch nur Achselzucken. Er schiebt sich weiter durch die Menge. Endlich hilft ihm eine Informatikstudentin weiter, die er flüchtig aus dem Taekwondo-Kurs kennt. Sie zeigt in den ersten Stock und schreit etwas gegen die Musik an, das er nicht versteht.

Von oben dringt der süßliche Geruch von Dope zu ihm. Drei knutschende Pärchen haben es sich im Flur bequem gemacht. Er steigt über sie hinweg, klopft an die erste Tür. Als niemand antwortet, zieht er sie kurzerhand auf. Das Jugendzimmer von Annas Kommilitonen, der die Party schmeißt, während seine Eltern in Ägypten am Pool liegen. Die Wände sind mit Plakaten von Punkbands und Hacker-Kongressen gepflastert – C3, Black Hat, DefCon. Vor dem Bett sitzen fünf seiner Mitstudentinnen – die Girlband, wie sie die Clique in der Uni nennen – und spielen mit einer Whiskypulle Flaschendrehen. Banta platzt mitten in die lachende Runde.

»Anna?«

Sie fährt hoch, den Joint noch zwischen den Fingern. Ihr Blick sieht aus, als hätte ihr Vater sie erwischt, woraufhin alle noch lauter losprusten. Sie ist einundzwanzig und eine der Besten ihres Jahrgangs. Frank ist bloß zwei Jahre älter. Und schwer verliebt.

»Hey, Mister Banta!« Sie grinst kess, hält ihm den Joint hin. »Willst du auch?«

»Danke, nein.« Banta streicht sich über die kurz geschorenen Haare. Er sieht gut aus, trainiert. Der Dreitagebart steht ihm, und er weiß, welche Wirkung er auf seine Mitstudentinnen hat.

»Ist 'ne Frauenrunde hier«, meint Annas Freundin und schnappt ihr den Joint aus der Hand. »Willst du mitmachen? Dann wird's aber verdammt schmutzig.«

Wieder lachen sie alle.

»Kann ich mir vorstellen … Darf ich euch Anna kurz mal entführen?«

Sie sieht überrascht drein. »Was ist denn?«

»Komm mit. Ich will dir was sagen.«

Der Flur ist auch nicht der richtige Ort, findet er und schiebt sie zwischen den Küssenden zur Treppe.

»Was ist denn, Frank? Wo willst du hin?«

Bisher hatten sie erst ein Date, nachdem sie nächtelang telefoniert und viele Zettel ausgetauscht haben. Es ist 2002, das Internet liegt noch wie ein Bakterium in einer Petrischale. Der Inkubator wird gerade erst auf Temperatur gebracht. Kein dauerminütliches Chatten auf WhatsApp oder permanentes Facebook-Gebimmel, sondern sehr gefühlvolle Telefonate und handgeschriebene Briefchen im Postfach der Uni. Vor ein paar Tagen sind sie das erste Mal essen gegangen, nicht in der Mensa, sondern in einer Szene-Bar in Kreuzberg.

Ein paar Minuten später sitzen sie auf der Kinderschaukel im Garten der Villa. Die Sterne funkeln über ihnen, untermalt vom gedämpften Partylärm. Es ist eine laue Sommernacht wie aus einem Hollywoodfilm. Einfach nur perfekt – und Frank, dem es sonst leichtfällt, zu sprechen und offen auf Menschen zuzugehen, kämpft mit den Worten.

»Was willst du denn nun sagen, hm? Ich dachte, du bist in München?«, versucht sie, das Gespräch in Gang zu bringen.

»Wegen der Bewerbung an der LMU?«

Sie nickt. »Kannst du mich anstoßen?«

»Klar.« Frank springt von der Schaukel und gibt ihr Schwung. Es tut gut, sie in seinen Händen zu spüren.

»Also, Mister Banta. Was liegt dir auf dem Herzen?«

»Ich bin deinetwegen hier. Weil ich dir was sagen muss.«

»Aha.« Sie bremst und dreht sich mit der Schaukel zu ihm. »Aaaaaaha!«, sagt sie noch mal verschmitzt und lächelt breit.

»Ich hab mich ziemlich verknallt, weißt du?«

»Ziemlich?«

»Vierhundert Prozent.« Er zieht sie von der Schaukel und sieht ihr in die Augen. Er meint, ihren Herzschlag zu spüren, doch es ist sein eigener, der ihm vor Aufregung bis in den Hals pocht.

»Ich hoffe, in mich«, sagt sie kess, packt seinen Kopf und küsst ihn. Banta, überrascht von ihrer forschen Art, lacht. Er spürt ihre Zunge, will sie nicht loslassen, will dem Kribbeln in seinem Körper weiter nachspüren …

»Hey. Warte, warte, warte …« Es schmerzt ihn, sich von ihr zu trennen. »Ich … Ich wollte dir sagen, dass ich nächstes Semester nicht zur LMU wechsle.«

»Was? Ich dachte, du wolltest deinen Doktor-Doktor-Doktor machen und dann grauhaariger Professor werden?«

»Ich gehe nach Den Haag. Zur NCI Agency. Zur NATO. Die haben mich abgeworben.«

»Aber …«

»Das Angebot war einfach zu gut.«

Für einen Moment sieht sie entsetzt aus, dann lächelt sie wieder. »Mr. Banta! Sie kommen hierher, erzählen mir, dass Sie sich in mich verknallt haben, und im selben Atemzug verraten Sie, dass Sie weggehen? Ganz weg.«

Banta kratzt sich am Kopf. Was soll er sagen. Er setzt ein entwaffnendes Lächeln auf. »Na ja, es ist ja nicht weit. Aber ansonsten, ja, absolut korrekt.«

»Korrekt?! Na, du bist mir ja ein Schuft!« Sie benutzt tatsächlich dieses hübsche, antiquierte Wort.

»Vielleicht ist das hier nicht der richtige Ort, aber ich … Ich hab mich erst gestern dazu entschlossen. Ich mache hier noch meine Diplomarbeit, dann wechsle ich.«

»Und?«

»Und ich wollte dich fragen, ob du mitkommst.«

Einen Moment herrscht Stille. Sie versucht, ihn mit ihrem Blick zu ergründen, und er betet, dass sie Ja sagt.

Schließlich tut sie es. Sie sagt es nicht, aber sie stößt ihn mit aller Kraft zurück, sodass er mit einem »He!« rückwärts auf den Rasen fällt. Ehe er es sich versieht, sitzt sie bereits auf seiner Brust und umklammert seine Wangen mit beiden Händen, drückt ihn zurück ins kühle Nachtgras. Eigentlich will er nicht lachen, kann aber nicht anders.

»Ich kann Taekwondo«, droht sie. »Den Haag! Ich glaub, du spinnst! … Rühr dich ja nicht, Freundchen.«

»Keine Angst. Ich bin ganz still.«

»Strafe muss sein.«

»Strafe?«

»Ich kann Taekwondo und Ju-Jutsu!« Anna nickt, schaut gespielt finster drein. Mit einem Mal nestelt sie an seinem Gürtel. »Ich vernasch dich jetzt. Und dann komm ich mit. Wenn die mich bei der NATO nicht nehmen, machst du mir siebzehn Kinder, und ich sauf mir jeden Tag einen an und sitz paffend am Küchentisch und warte, während du die Welt rettest.«

Jetzt muss er laut lachen, was aber kaum geht mit ihren Schenkeln auf seiner Brust.

»Das mit den siebzehn Kindern finde ich interessant.«

Mit einer gebrummten Drohung packt sie seine Nase und dreht.

»Aua!«

»So leicht wirst du mich nicht los, Banta! Ich komm mit nach Holland. Oder meinst du, ich lass den Fang meines Lebens wieder ins Wasser? Vergiss es.«

Plötzlich beugt sie sich zu ihm herunter und küsst ihn inniglich.

In dieser Nacht schlafen sie das erste Mal miteinander. Nicht bei der Schaukel, sondern fünfzig Meter weiter, hinter einem schmalen Erdbeerfeld. Unter dem Hollywoodhimmel.

Die beste Nacht seines Lebens.

So leicht wirst du mich nicht los, Banta.

20

Ostkarpaten, Rodna-Gebirge, Rumänien

NUR DICH HABEN wir zurückgelassen, Anna, denkt Banta. Nur dich. Wenn ich bloß einmal fest auf Rewind drücken könnte. Einmal auf Zurückspulen.

Bantas Blick schweift noch immer über die zerstörte Leitplanke und die Bäume unter ihm am Steilhang. Stumme Zeugnisse des Unfalls, den er mit seinem Schuss eingeleitet hat.

Das Brummen seines Handys reißt ihn aus der Melancholie. Er wendet sich von der Schlucht ab und macht sich auf den Weg zurück zum Wagen.

»Ja?«

»Siehst du ihn?« Cordt ist am Apparat, seine Stimme klingt aufgeregt. »Im Stream tut sich was.«

Banta zögert nicht, wechselt die App. Auf dem winzigen Handyscreen ist ein Kopf erschienen, füllt beinahe alles aus. Ein Gesicht hinter einer Skimaske. Bloß die Augen stechen hervor, blassblau, und die schmalen Lippen. Die Löcher in der schwarzen Maske wirken wie Spots, wie Schlaglichter, die Mund und Augen grotesk betonen. Die Maske hat ein feines Muster, die Löcher sind mit Neonfarben abgesteppt.

Der Unbekannte lächelt. Ein charmantes Lächeln, ein offenes Lächeln, wie Banta an den Augen zu erkennen meint. Geradezu liebenswürdig. Das macht alles noch schlimmer.

»Gebt mir mal grob die Zeitverzögerung«, befiehlt Banta im Gehen.

»Okay«, mischt sich jetzt Avriel ein. »Alles klar. Also, der Mann hebt …«

Banta hört einen Schlag – wahrscheinlich hat Avriel mit einem Schraubenschlüssel auf den Tisch gehauen –, dazu ihre Worte: »… *jetzt* die Hand. Einundzwanzig, zweiundzwanzig, dreiundzwanzig, vierundzwanzig …«

Vier Sekunden, bis der Maskenmann die Hand auf Bantas Handy hebt. Hinter ihm ist Anna nackt am Tisch zu sehen, sie hängt bewusstlos auf dem Stuhl. Das heißt, dass Avriel und Jan gute vier Sekunden voraussehen, bevor der Stream bei Banta landet.

»Vier Sekunden zurück«, bestätigt er.

Der Mann taucht ab, wahrscheinlich um zu tippen, denn jetzt erscheinen die Worte:

Hab mir was überlegt.

Banta zögert nicht und tippt eine Antwort:

Sag, wie viel. Ich will weitersehen.

1000 k Dollar in Bitcoins in 52 h. Sonst ist sie tot.

Eine Million in Bitcoins. Auf so etwas hat Banta bereits spekuliert. Er stellt auf seiner Uhr den Countdown ein.

»Zweiundfünfzig Stunden? Ziemlich seltsamer Zeitraum.« Jan kommt zu ihm.

»Das kannst du laut sagen.« Banta hat an genug Waffeneinsätzen teilgenommen, um zu wissen, dass man Erpressern niemals etwas zubilligt. Es treibt bloß den Preis nach oben, und trotzdem endet alles oft im Fiasko. Aber jetzt sieht er keinen anderen Ausweg.

»Tausend k. In Bitcoins. Okay«, tippt er, schickt es aber noch nicht ab. »Wir sollten ihn zu irgendeiner längeren Antwort provozieren. Vielleicht kriegen wir durch Orthografie, Wortwahl, Rechtschreibfehler etwas über seine Herkunft raus.«

Er löscht die Zeile, sendet stattdessen:

Wie kann ich dir trauen?

»Mal sehen, wie er darauf reagiert.« Gebannt starrt Banta auf sein Handy. Es dauert lange, bis sich der Cursor wieder in Bewegung setzt.

Ehre, wem Ehre gebührt!

Banta will etwas schreiben, aber da geht die Antwort weiter.

Und du?

???

Kann ich dir trauen?

Was meinst du?

Deal unter uns. Geld gegen Leben.

Banta wirft Jan einen Blick zu, der verzieht missmutig das Gesicht.

Verstanden.

Keine Polizei, keine Nachforschungen, kein gar nichts. 1 Mio., sonst töte ich sie. 52 h ab jetzt.

Du bekommst …

Banta hat keine Chance, ihn noch weiter in ein Gespräch zu verwickeln, denn der Cursor huscht erneut vor:

52 h EOT

»EOT? Bisschen angestaubt«, hört Banta Avriel aus dem Handy. »EOT. End of Transmission.«

»Ist er noch da?«

»Ja«, antwortet Avriel. »Er ist noch da. Er geht zum Tisch und …«

Mit einem Mal unterbricht Cordt sie. »Frank?«

Seine Stimme klingt äußerst alarmiert. »Sieh dir das nicht an.«

»Was? ... Was soll ich nicht ansehen?«

»Guck einfach weg. Tu mir den Gefallen«, knurrt Cordt.

Durch die Verzögerung sieht Banta erst jetzt, was geschieht. Der Unbekannte erscheint abermals vor der Linse.

Prüfend sieht er in die Kamera, neigt den Kopf nach links, neigt ihn nach rechts, als blickte er einem Patienten in die Augen.

Dann packt er jäh Anna im Nacken, presst die winselnde Frau nach vorn, sodass ihr zerschundenes Gesicht groß zu sehen ist. Genüsslich reibt er seine Skimaske an ihrer Wange, leckt ihr über den Hals. Wie ein Stück Vieh stößt er die Nackte von sich, zurück auf den Stuhl, dann öffnet er seine Hose.

»Oh, Scheiße! Dieser Wichser«, flucht Jan.

Banta spürt, wie die Angst um Anna zu reinem Hass wird. Einem tiefen inneren Hass, der sich wie eine kalte Faust um sein Herz schließt und sich langsam zusammenballt.

Dafür wirst du sterben, denkt er. Dafür werde ich dich töten. Für all das!

»Dieser ... Scheiße«, meint Jan. »Er ... Scheiße, dieses Arschloch ...«

Aus dem Handy hört Banta bereits den Road Runner. Und tatsächlich pflanzt der Unbekannte den Fernseher vor die Kamera.

Bantas Kehle ist trocken, er schluckt ein paarmal,

atmet ein. Dann kann er nicht mehr an sich halten und schreit aus Leibeskräften.

»Alles … Alles okay?«, will Avriel wissen.

»Frank?«, fragt Cordt besorgt.

Banta schnauft, hört dem Echo seines Schreies nach und holt noch einmal Luft.

Jan stützt ihn. »Geht's?«, fragt er.

»Ja … Jaja … Alles okay.« Er schnauft. »Hast du wen erreicht?«

»Ja. Pass auf … Den Barbu-Clan gibt es nicht mehr. Vor einem halben Jahr hat die Kripo in Berlin die Brüder mit aufgeschnittener Kehle aus der Spree gefischt. Unten beim Treptower Park. Waren ziemlich schlimm zugerichtet. Die nehmen an, dass ein Konkurrent sie ausgeschaltet hat. Aber jetzt kommt's. Ich hab einen Namen. Immerhin das. Der Typ auf dem Foto heißt Agnos Nagy. Ein Mann mit internationalen Beziehungen.«

»Mädchenhändler?«

Jan nickt. »Allerdings ist er schon seit rund einem Dreivierteljahr nicht mehr in Erscheinung getreten.«

»Wir haben hier auch alles gecheckt«, meldet sich Avriel. »Alle Dateien, die du vom damaligen Einsatz noch hast. Videos, Aufnahmen. Alles Fehlanzeige. Es gibt nur zwei Dutzend Fotos von ihm, die ihr damals geschossen habt …«

»Okay. Sucht weiter. Morgen sind wir wieder in Berlin.«

»Das BKA hat schon mal nichts über ihn«, meint Cordt. »Aber ich bleib dran. Wir gleichen sein Gesicht mit Europol und Interpol ab. INPOL-Datei, Eurodac ... Ich krieg schon raus, wer das ist.«

Banta bedankt sich knapp bei den beiden. Gemeinsam mit Jan geht er zurück zum Wagen.

Das eingeritzte Datum im Picknicktisch bleibt als frische Wunde im moosigen Holz zurück. Zweiundfünfzig Stunden. EOT.

21

DIE LUFT IN Bantas Kabuff ist verbraucht und von den Computern unangenehm warm. Lüfter surren, Festplatten schnarren, ansonsten ist es still. Weder Cordt noch Avriel sagen ein Wort. Sie sieht einen Moment dem Road Runner zu und ertappt sich dabei, wie sie lächeln muss, als ein riesiger Kaktus das arme Vieh erschlägt. Sofort reißt sie sich zusammen, aber Cordt hat es gesehen. Er mustert sie streng, sagt aber nichts. Nicht so wie Jan, der ihr jetzt sicher wieder Vorhaltungen gemacht hätte.

Der Typ wird noch zu einem Problem, denkt sie. Nicht einfach zu knacken, dieser Jan Bergmann.

In den letzten Stunden hat Avriel mit Cordt alles umgeräumt. Bantas Laptop, das Stativ und die Laufwerke stehen noch immer unangetastet da, aber sie hat sich eine der Werkbänke freigeräumt und drei ihrer Laptops aufgebaut.

Die Fotos mit Agnos Nagy hat sie bereits digital gesäubert und für einen biometrischen Abgleich verbessert. Weil Banta und Jan damals gleich eine ganze Serie von Fotos geschossen haben – über dreitausendzweihundert allein vor dem Quartier der Barbu-Brüder, wobei auf siebenundzwanzig Nagy zu erkennen ist –, war es Avriel möglich, eine Drei-D-Ansicht des Kopfes zu erzeugen.

Der Typ macht einen verhärmten Eindruck. Unter dem linken Ohr prangt eine Tätowierung. Wenn Cordt, der sich mit Tätowierungen auskennt, recht behält, ist es ein Totenkopf und eine Ziege. Wahrscheinlich ein Bandentattoo oder eine Auszeichnung für kriminelle *Leistungen*. Diesen Verbrecher vor sich zu haben, seinen Kopf gespenstisch drehen und wenden zu können lässt Avriel kalt.

Zwar können die meisten Datenbanksysteme noch nichts mit Drei-D-Daten anfangen und vergleichen stumpf Fotos, aber Avriel kann durch das dreidimensionale Modell Nagys Kopf in Null-Position drehen und so optimal für einen biometrischen Abgleich vorbereiten.

Ihr russischer Mentor an der Uni in St. Petersburg hat einmal bei einem Kongress den Kopf zu tief in den Weihnachtspunsch gesteckt und lauthals zu philosophieren begonnen. Ein Satz des hageren Cordanzugträgers ist bei Avriel hängen geblieben: Computer machen die Menschen zu Sklaven, weil Menschen denken müssen wie Computer, um mit ihnen zu arbeiten.

Leider hatte Pjotr recht, denkt sie, als sie die Daten mundgerecht für die Datenbanken vorbereitet. Es ist verrückt. Nicht die Maschinen lernen, wie wir denken, sondern wir müssen denken wie Maschinen, damit sie uns verstehen. Ein bisschen werden wir dadurch selbst zu Maschinen.

1 oder 0.

Gut oder böse.

»Sie ist eine gute, standhafte Frau«, reißt Cordt sie aus den Gedanken. »Anna, mein ich.«

Sie zuckt mit den Achseln. »Ich kenn sie nicht.« Das war zu schroff, denkt sie, das war zu abweisend. »Ich … Tut mir leid, ich wollte eben nicht lächeln. Ich … Ich sehe das hier eher als Job.«

»Als Job?«

»Ich kenne euch ja kaum. Jan zickt mich nur an, Banta hält mich für seine Tochter oder so … Na ja. Und Anna bin ich nie begegnet.«

Cordt brummt zustimmend, überlegt kurz, bevor er meint: »Nicht das Verkehrteste. Es als Job zu sehen. Kühlen Kopf behalten.« Er lächelt ihr aufmunternd zu.

Wenn ich doch nur Jan hinter mir wüsste, überlegt sie, während sie Cordt nett auf die Schulter klopft. Hauptsache, er oder Banta sehen sich meine Unterlagen kein weiteres Mal an und bohren tiefer. Aber warum sollten sie? So wie sie Banta einschätzt, revidiert er gefallene Entscheidungen niemals. Und er hat sich entschieden, sie ins Team zu lassen.

»Vielleicht lernst du sie noch kennen.« Cordt seufzt, und für einen kurzen Moment erinnert er sie an einen liebenswürdigen Bären. »Du magst sie sicher.« Er öffnet eine Milch, trinkt und konzentriert sich wieder auf die Videoaufnahmen des Raums. Avriel hat ihm eine Software installiert, die die Bilder aufbereitet. Seit Stunden telefoniert er unablässig durch halb Europa, um etwas über den Fernseher, den Tisch, die Regale und ihre Inhalte herauszubekommen. Schmunzelnd beobachtet

Avriel, wie er sämtliche noch so kleinen Hinweise fein säuberlich in sein zerschundenes Notizbuch einträgt. Alles spricht für Deutschland als Aufenthaltsort, hat er vor einer Stunde gemeint. Weil alle Farben, Lacke und Reiniger, die er hinter Anna identifizieren konnte, aus dem Bestand deutscher Baumarktketten stammen. Nur ein Eimer Wandfarbe und ein Motoröl sind sehr wahrscheinlich in Polen gekauft worden.

Cordt bemerkt ihren Blick und schaut auf. Er nippt noch einmal an seiner Milch, wischt sich den Bart und deutet mit seinem Bleistift zum linken Laptop, auf dem eine Software unablässig neue Port-Abfragen stellt.

»Chat-Roulette?«

»Ja. Wenn ich in deren System eindringen kann, kann ich die Kanalnummer überprüfen und finde den ankommenden Stream. Der Stream geht von unserem Täter nach Dhaka ins Chat-Roulette und von dort zu uns.«

»Wenn du die hackst, kriegst du die IP von diesem Agnos Nagy raus.«

»Wenn er das ist, ja. Und mit ein bisschen Glück und Druck auf den Provider wissen wir dann vielleicht, wo genau der Stream herkommt. Ein Stadtviertel, ein Areal.«

»Das lösen wir gewöhnlich mit handfester Aufklärungsarbeit. Vor Ort. Wir schmieren einen bengalischen Mitarbeiter.« Cordt versenkt sich wieder in seine Überlegungen, blättert im Notizbuch und zieht sich das Telefon heran. »Da sind wir sicher schneller als jeder Hack.«

»Schneller? Das glaub ich kaum! Zweiundfünfzig Stunden. Nach Bangladesch, jemanden finden, bestechen, abschöpfen, zurück?« Sie versucht, nicht überheblich zu grinsen. »Vielleicht sollten wir Jan dahin schicken! Nach Dhaka. Soll der sich den Laden ansehen.«

»Das könnt ihr von der Liste streichen«, schreckt eine Stimme die zwei auf. Richard steht, auf seinen silbernen Gehstock gestützt, in der Tür. Er trägt einen Stoß Blätter unter dem Arm.

»Richard? Wie kommst du …?« Fragend blickt Cordt auf den Besuch, dann hinter ihm in die Tiefgarage. Der Staatsanwalt ist mit seinem Wagen nicht reingefahren, sondern anscheinend zu Fuß die Einfahrt heruntergegangen. Obwohl es ruhig war, haben sie den Alten nicht gehört.

»Frank hat mir mal die Nummer gegeben«, meint er auf Cordts fragenden Blick hin.

»Du hast den Zugangscode?« Cordt ist ehrlich überrascht, wie Avriel bemerkt. »Und du etwa auch?«, wendet er sich an Avriel.

Sie schüttelt den Kopf.

Die Laptops neugierig musternd, betritt Richard das Kabuff, lässt den Blick über die Kamera und schließlich zum Road Runner gleiten. Die letzten Stunden sind auch an ihm nicht spurlos vorbeigegangen. Tiefe Schatten haben sich unter seine Augen gelegt, seine von Altersflecken gesprenkelte Haut wirkt im Neonlicht fahl, seine sonst so erhabene Gestalt zerbrechlich.

»Sie sagten gerade, wir sollen es vergessen«, hakt Avriel nach. »Was vergessen?«

»Den bengalischen Mitarbeiter. Die Postadresse ist Fake, die Firma gibt es nicht. Da ist nur eine Werkstatt für Roller und Mo…« Er weiß das Wort nicht.

»Mokicks?«, wirft Cordt ein.

»Ja. So heißen die wohl. Eine schlechte übrigens, laut einem Mitarbeiter der diplomatischen Vertretung vor Ort. Wie geht's der Verletzung?«

»Auch wenn die Firmenadresse getürkt ist, steht …«, beginnt Avriel.

»… der Provider trotzdem in Dhaka. Richtig. Aber ihr müsst nicht nach Bangladesch, um einen Mitarbeiter zu bestechen.«

Cordt sieht den Alten fragend an. »Wie?«

Mit einem Lächeln klatscht Richard ein Dossier auf die Werkbank. »Ihr könnt hierbleiben. In Berlin.«

Cordt und Avriel tauschen einen fragenden Blick, dann nimmt sich Cordt die Unterlagen und beginnt, sie durchzublättern. »Die sitzen hier?«

»Hinter Chat-Roulette steht ein deutsches Start-up, das Dutzende von Website-Angeboten auch mit sehr zweifelhaften Inhalten anbietet. Die haben die Site in Bangladesch gehostet, wahrscheinlich wegen der Datenrechtsbestimmungen. Solche Leute sind auf maximale Rendite aus und scheren sich nicht um irgendeinen EU-Erlass.«

22

BANTA FÜHLT SICH abgeschlagen, als er spätabends Jan am Hackeschen Markt wiedertrifft. Um mehr über Agnos Nagy herauszufinden, sind sie nach Bukarest gefahren. Sie haben sich in dem Industriegebiet umgehört, in dem sie damals die Fotos schossen, doch Agnos Nagy ist ein Schatten geblieben. Ein dunkler Schemen, der auf dem Rückflug von Bukarest in Bantas Träumen aufgetaucht ist und ihn kaum hat schlafen lassen. Immer wieder baute sich die Gestalt vor einer nackten Anna auf, schlug und vergewaltigte sie, sodass Banta dauernd aufschreckte.

Wie lange wird Anna diese Qualen noch durchhalten? Banta kann es nicht sagen. Sie hat ihr Martyrium so viele undenkbare Tage ertragen, vielleicht schafft sie es weitere Monate – vielleicht auch gerade deswegen nur noch Stunden?

Verzweifelt schließt er die Augen. Wenn sich Richards Weg über die Start-up-Firma nicht als ergiebig erweist, werden sie zu langsam vorankommen. Viel zu langsam.

Banta trifft in einem asiatischen Schnellimbiss auf Jan, der bereits seit zwei Stunden den schmucken Torbogen observiert, durch den es in den zweiten Hinterhof geht, wo sich Above All Limits Ltd. eine Etage als Büro gemietet hat.

»Du bist sicher, dass er noch drin ist?« Banta wischt sich die Stirn und fixiert die Gründerzeithäuser auf der anderen Straßenseite. Er meint, Einschusslöcher aus den Tagen zu erkennen, als Panzer durch Berlin rollten. Erst nach und nach wurden nach dem Mauerfall die Häuser saniert. Einige tragen die Wunden noch immer.

Jan schiebt sich eine Gabel Bratnudeln rein. Mit vollem Mund zieht er an seiner Zigarette und wirft den Stummel in den Rinnstein. »Es gibt keinen Hinterausgang, und er hat sein Moped da vorne geparkt.« Er nickt zu einer Ecke, die mit Fahrrädern und Mopeds zugestellt ist.

»Sehr gut.«

Eine dickliche Blondine verlässt die Höfe und reiht sich in den nicht enden wollenden Touristenstrom ein. Banta bekommt von Jan eine Wasserflasche über den Stehtisch gereicht und trinkt gierig, während sein Freund noch einmal auf seinem Handy die Liste der Angestellten und die Polizeiakte durchgeht, die Richard ihnen ausgehändigt hat. »Macht damit, was ihr wollt, aber von mir habt ihr nichts«, hat er gesagt.

Jan bleibt bei ihrer Zielperson hängen. Braune Augen, ungewöhnlich starke Augenbrauen, schulterlange köterblonde Haare. Die Polizeiakte weist ihn als Peter Kwon Bak aus. Ein fünfunddreißigjähriger gebürtiger Berliner mit südkoreanischen Wurzeln. Wegen der Überprüfung eines Drogendealers, zu dem er Kontakt hat, und einer Barschlägerei, bei der er gehörig austeilte, taucht er im Polizeicomputer auf. Bei Above All Limits arbeitet er seit fünf Jahren als Programmierer und Administrator. Er ist einer der wenigen fest Angestellten in der Firma. Aber das ist nicht der Grund, weswegen Banta und Jan sich für ihn entschieden haben. Bak führt ein Doppelleben, wie sie nach Einsicht alter Polizeiakten schnell herausfanden.

»Der Typ ist perfekt«, stellt Jan noch einmal fest. »Familie, drei Kinder. Und … Applaus …« Er dreht das Smartphone zu Banta, wischt Observationsfotos durch. Ihre Zielperson beim Sex mit einer jungen Frau … eher einem Mädchen. Dem runden Bett, den Spiegeln und dem Dekokram nach zu urteilen, ist sie keine Affäre, sondern eine Professionelle.

Für einen Lidschlag stellt sich Banta Anna in einem dieser Räume vor, dann zwingt er sich, das Bild zu vergessen, sich wieder aufs Polizeifoto zu konzentrieren. Auf dem Tisch vor dem kopulierenden Paar liegen Drogen.

»Weiß er, dass die Polizei ihn unter Beobachtung hat?«

»Ich hab in den Polizeiakten zu den Drogen noch nichts gefunden«, antwortet Jan. »Die wollen wohl erst an die Hintermänner und sondieren noch.«

»Gut. Spiel die Fotos auf die Kamera.«

Jan holt eine Spiegelreflex aus seinem Armeerucksack und beginnt, alle Bilder draufzuladen. Ab und an sieht er sich eines an und kommentiert es. »Alter. Die machen ja dreckige Sachen! Drogen und mit 'ner Zwangsprostituierten im Bett, während das Frauchen zu Hause die Kinder in den Schlaf wiegt. Ziemlich weit vom rechten Pfad abgekommen, diese perverse Sau …«

Banta nickt, allerdings gefällt ihm Jans abfälliger Ton nicht besonders. »Was ist da zwischen dir und Avriel?«, wechselt er das Thema.

Jan geht nicht darauf ein, raucht und schmatzt und zuckt mit den Achseln.

»Ich möchte, dass ihr euch aussprecht.«

»Befehl oder Ehe-Therapie?«

»Befehl, Jan. Ein Befehl.«

»Hm.«

»Es ist mein Ernst. Sie ist jetzt Teil unseres Teams. Auch wenn sie noch sehr jung ist.«

»Ihr Alter ist mir egal. Hast du ihre Angaben durchgesehen?«

»Selbstverständlich.«

»Gründlich?«

Banta nickt. Er hat sie gecheckt, auch wenn er zugeben muss, sie nicht wie eine Verdächtige durchleuchtet zu haben. »Im Ernst. Ich brauche ein schlagkräftiges Team und keinen Haufen, der sich permanent zankt.«

»Ich? Ich zank mich nicht. Ich weiß nicht, ist nur ein Gefühl, aber bei ihr stimmt was nicht. Sie ist … ja, wie alt? Zwanzig? Und meint, sie kann alles und jeden hacken und …« Jan winkt ab. »Ach, egal.«

»Nein. Sag.«

»Ist nichts. Nur … also vor einer Woche, da hab ich sie an deinem Laptop erwischt. Bevor wir diese Bitcoin-Farm hochgenommen haben.« Jan würzt mit Sojasoße nach und isst noch ein paar Nudeln. »Als du mit Cordt die Gummifabrik observiert hast, hat sie irgendwas von deinem Laptop gezogen …«

Banta überlegt. Das ist eine schwere Anschuldigung, die Jan hier vorbringt.

»Du denkst, ich bin paranoid, oder?« Jan grinst schief, dann tippt er sich an den Bauch. »Nur so ein Gefühl. Hier drin.«

»Du meinst, sie hat was mit dem Stream zu tun?« Die Vorstellung ist reichlich abstrus.

Jan erwidert nichts, sieht Banta bloß schweigend an.

»Ich geh dem nach«, sagt der schließlich. »Keine Sorge.«

»Gut.«

»Bist du eifersüchtig?«

Jan lacht, obwohl Banta in äußerst bestimmtem Ton gefragt hat. »Wird's jetzt doch 'ne Ehe-Therapie? Jan und Avriel?«

»Nein, nur eine Frage, Jan. Mehr nicht. Bist du eifersüchtig auf sie? Weil sie jetzt das Coden übernimmt?«

Statt einen flapsigen Spruch von sich zu geben – oder eine Antwort –, weicht Jan Bantas Blick aus und zieht schweigend ein paarmal an seiner Zigarette. »Coden?«, er winkt ab. »Ständig neue Programmiersprachen, neues Zeug … Du weißt, ich bin mehr für den direkten Einsatz, anstatt vor der Kiste zu hängen. Einmal Frontschwein, immer Frontschwein.« Er denkt einen Moment nach, dann ergänzt er: »Ich hab mit dir den Laden gegründet, oder? Und du? Du fragst mich nicht mal. Ich meine, du bekommst von ihr die Unterlagen und entscheidest einfach …«

»Du bist eifersüchtig auf *mich?*«

Schweigen. Jan isst seine Nudeln, dann schiebt er den Teller von sich. »Ja. Kann man sagen. Ja. Ich bin eifersüchtig.«

Banta begegnet seinem Blick, einem ernsten Blick, den Banta selten bei ihm gesehen hat.

»Ich bin eifersüchtig, und mit Avriel stimmt was nich'. Wenn ich noch so was wie dein Partner bin, Frank, dann gib mir ihre Akte. Oder sieh selbst noch mal nach. Du kennst mein Bauchgefühl.«

Banta nickt. Auf Jans Intuition lässt er nichts kommen. »Kein Problem. Ich geb dir gern die Dokumente, mit denen sie sich vorgestellt hat.«

»Okay.«

Da sieht Banta auf der anderen Straßenseite einen jungen Mann mit Dreitagebart, Kapuzenpulli und zerlöcherten Jeans aus dem Gebäude kommen. Er sieht trainiert aus, trägt einen zerschlissenen Rucksack. Ohne sich umzusehen, eilt er mit großen Schritten zu seinem Moped.

»Da ist unser Mann.« Ohne Zeit zu verlieren, zieht Banta ein Bündel Scheine aus seiner Hosentasche.

»Na, dann wollen wir mal.« Jan schiebt seinen Teller beiseite und geht zu seiner KTM Super Duke, die ein paar Meter weiter am Rinnstein wartet, während Banta abzählt und die Scheine neben den Teller legt. Dann schwingt er sich hinter Jan auf das Motorrad.

23

DURCH DIE SCHWERE Nachtluft wabert das Licht der Neonreklamen. Wie verheißungsvolle Perlen auf einer Schnur reihen sich die Geschäfte in der Straße auf. Dönerläden, ein Spätkauf, der trotz der vorgerückten Stunde seine Auslage draußen aufgebaut hat, eine seit Jahren brachliegende Sex-Videothek, der Durchgang zu einer Passage, Schaukästen voller Dessous tragender Schönheiten. Sie fahren aus Berlin Mitte raus. Es geht Richtung Westen, direkt durch die City. Die Straße des 17. Juni ist wegen der Urlaubszeit verstopft. Bak schlängelt sich mit seinem Moped zwischen den Autos hindurch. Banta wünscht sich, er säße auf seiner Norton Commando anstatt hinter Jan auf der modernen Maschine. Konzentriert sucht er für Jan nach einer freien Stelle, um auf den Rad- und Fußgängerstreifen zu kommen. Er klopft seinem Freund auf die Schulter, als er eine freie Parklücke ausmacht, und Jan zögert nicht. Unter wilden Flüchen einiger Jogger biegt er auf den Gehweg und beschleunigt.

Sie holen schnell auf, aber am Kreisel um die Siegessäule wird es unübersichtlich. Baks Moped ist für einige Sekunden nicht zu sehen. Jan dreht auf, schneidet einen LKW, ignoriert das Hupkonzert und taucht wieder in den Strom aus Fahrzeugen ein.

Welche Ausfahrt? Altonaer? Hofjäger?

Banta deutet nach vorn, dort hat er Bak zwischen den Wagen entdeckt. Sie bleiben auf der Straße des 17. Juni und lassen die Siegessäule hinter sich. Immerhin ist ab jetzt der Verkehr flüssiger. Seelenruhig reiht sich Bak ein, ist bloß hundert Meter voraus.

Sie folgen ihm weiter gen Westen, überqueren die S-Bahn-Trasse der Ringbahn und biegen dann auf den Messedamm ein. Jan lässt sich wieder zurückfallen, als sie in Halensee in ein Labyrinth aus schmaleren Straßen einbiegen.

Bantas erster Gedanke ist, der Admin will ins Artemis, eines der größten Bordelle Deutschlands, aber er fährt am Edelpuff vorbei und hält wenige Straßen weiter vor einem wesentlich kleineren und ziemlich schäbigen Nightclub.

In gebührendem Abstand lässt Jan die Maschine ausrollen und hält in Sichtweite zu Bak, der sein Moped zwischen einem verwitterten Reklameschild und einem unansehnlichen Imbiss parkt.

Banta steigt ab. Bak ist sich seiner Sache ziemlich sicher, überlegt er. Der macht kein Aufheben von seinem Besuch hier.

Er checkt kurz die Zeit. 01:17.

»Wir gehen vorne rein. Touristen. Schön unauffällig.« Banta hängt sich die teure Spiegelreflexkamera um.

Jan nickt. »Alles klar.« Routiniert checken sie ihre

Waffen: schmale Eisenbänder, die sie zwischen dem doppellagigen Leder ihrer Gürtel verschwinden lassen. Türsteher können sie nicht ertasten. Banta hofft, sie nicht einsetzen zu müssen, aber er ist lieber auf alles vorbereitet.

Aus dem Club pochen die Bässe wie ein stampfender Herzschlag. Vier junge Burschen spazieren neugierig an der Tür vorbei, während drei irische Fußballfans sich von zwei Türstehern ausnehmen und in das fragwürdige Etablissement locken lassen.

Ein dritter Security-Mann, ein gertenschlanker Kerl in silbernem Sakko, kaut Kaugummi und mustert Jan und Banta aus wachsamen Augen. Als sie einen Augenblick später um Einlass bitten, findet er die Stahlbänder in den Gürteln nicht, mokiert sich bloß über die Kamera und macht den beiden unmissverständlich klar, dass sie nicht filmen dürfen.

Ein Schwall kühler Luft, durchmischt mit einem Sammelsurium aus diversen Parfüms, Schweiß und dem Gestank von Trockeneisnebel mit Himbeergeschmack schwappt ihnen entgegen, als sie den Nightclub betreten. Von Bak ist nichts zu sehen.

Rockmusik dröhnt so laut, sie können sich bloß stumm absprechen. Aber ein Nicken genügt, und Jan versteht, dass Banta zur Bar gehen und unterwegs die Separees checken will. Auf der Bühne schlängeln sich drei halb nackte Asiatinnen an Stangen, damit Betrunkene ihnen Scheine in die Strings stecken. Ihre Brüste sind zu perfekt und alles andere als natürlich.

Während Jan die Darbietung mit einem Lächeln goutiert, sieht Banta in die Nischen. In den Sofaburgen geht es derber zur Sache als auf der Bühne. Im Augenwinkel kann er einen stiernackigen Typen mit schwerer Goldkette erkennen, der seine Goldringfinger über die Brüste einer Brünetten wandern lässt, während eine andere Dame sein Ohrläppchen leckt und ihn im Schritt massiert.

Zwei Separees weiter sitzt Bak. Noch ohne Cocktail, aber mit reichlich Wut im Bauch. Er schreit auf Koreanisch gegen die Musik an und auf seine Bekannte ein. Die zierliche Frau aus dem Polizeibericht. Sie lächelt tapfer. Ihr Lippenstift strahlt grün, leuchtet extrem im pulsierenden Weißlicht des Clubs. Sie trägt ein Top mit Spaghettiträgern und einen rosa Slip. Ihre Haare sind mit zu viel Spray zu brandenden Wellen fixiert.

»Avriel?« Banta hat sein Smartphone gezückt, taucht hinter einen Pfeiler ab und muss gegen die Musik anschreien.

»Hier ist alles ruhig, nichts passiert. Der Stream steht.«

»Und Anna?«

»Nein. Noch immer Road Runner.«

»Melde dich sofort, wenn sich was tut.«

»Was?!« Sie kann ihn kaum verstehen. »Ja … Ja klar!«

»Ich brauche hier ein paar Augen mehr.«

»Kein Problem. Schick mir die Zugänge.«

Sofort sieht Banta auf seinem Handy nach den SSIDs der vorhandenen WLAN-Netze. Der Klarname des

Clubnetzes ist als sichtbar freigegeben und lautet sinnigerweise LoverKing2000. Das Netz hat einen altmodischen WEP-Schlüssel. Banta öffnet eine spezielle App auf seinem Smartphone, wählt den richtigen Access Point aus und startet das Aufzeichnen von Datenpaketen. Er braucht einige Tausend, damit der Schlüssel geknackt werden kann. Ungeduldig sieht er sich nach Jan um, der mit zwei Damen vom Service schäkert, aber Banta stumm zu verstehen gibt, dass er jeden Moment loslegen kann.

Das Netz ist schlecht geschützt. Bereits nach zwei Minuten zeigt die App ein Passwort mit hundertprozentiger Wahrscheinlichkeit an.

Banta kann sich ins WLAN einhängen und ist gleichzeitig über LTE mit Avriel verbunden. Er schickt alles sofort an sie weiter.

»Alles klar. Warte ...«, meint sie. »Ich führ mal einen Portscan durch. Melde mich.«

»Okay.« Er weiß, dass sie nun sämtliche Geräte am Netzwerk überprüft und anhand der Kennungs-IDs Rückschlüsse auf die Hardware zieht. Wahrscheinlich springt auf ihren Monitoren irgendein animierter Pacman herum, der sämtliche Kameras im Netzwerk frisst, um zu zeigen, welche davon sie anzapft. Und dann wird sie sich jeden offenen Port vorknöpfen – wahrscheinlich bis sie das gesamte System als Superuser unter sich hat.

»Ah, sehr schön«, meldet sie sich nach wenigen Augenblicken. »Ich hab hier vierzehn Kameras. Willst du welche auf deinen Zauberspiegel?«

»Nein. Du lenkst uns. Ich hab hier keine Zeit, was zu checken.«

»Okay. Dann hol ich mir die Streams aller Kameras und bin euer Auge.«

Banta bestätigt, während er gleichzeitig versucht, Baks Gespräch zu belauschen. Er beherrscht acht Sprachen einigermaßen fließend. Koreanisch gehört nicht dazu, aber immerhin versteht er Bröckchen. »Lieferung« ... »Zu lang!« ... »Mehr.« Bak regt sich auf. Wahrscheinlich geht es um das Kokain, das er über das Mädchen bezieht.

Sie versucht, Bak zu beruhigen, schwingt sich auf seinen Schoß und streichelt ihn. Ihre Küsse stoppen endlich sein Gefluche. Sie lacht, als er drängender wird. Es wirkt aufgesetzt, dieses Lachen. Einstudiert. Die junge Frau hat ihren Kunden wieder am Haken und wickelt ihn um den Finger.

Zeit für die Kamera und ihren Plan.

Mit einem kurzen Blick alarmiert Banta Jan. Gemeinsam können sie in der Nische den Admin in die Zange nehmen und ihn unter Druck setzen. Aber bevor Jan an der Bühne vorbei und bei Banta ist, hat die Frau Bak bereits aus dem Sofa gezogen. Giggelnd hält sie Händchen und zieht ihn Richtung Treppe. Sofort disponiert Banta um und weist Jan an, den beiden zu folgen.

Brauche 1. Stock, tippt er in sein Handy.

Schmaler Flur, 12 Zimmer, meldet Avriel sich.

Verstanden.

Bak und das Mädchen sind mittlerweile außer Sicht und irgendwo oben verschwunden. Banta weiß, er muss Zeit verstreichen lassen, sonst fällt auf, dass sie nur wegen eines anderen Kunden hier sind. Es ist bereits auffällig, ohne weibliche Begleitung nach oben zu verschwinden.

Zielperson?, tippt er.

8. Beide 8, gibt Avriel durch.

Flur aus, verlangt Banta.

Avriel soll die Kamera des Flurs auf Standbild schalten oder irgendwie dafür sorgen, dass sie nicht auffallen.

Aus, kommt Avriels knappe Antwort.

Banta geht gleichmäßig und entschieden die Treppe hinauf, als hätte er dort ein Rendezvous. Jan folgt, sieht sich aber mehrmals zur Bar um.

Oben beschleunigt Banta seine Schritte. Orangefarbene Tapete mit dickem Linienmuster, Zimmernummern mit kitschigen Goldziffern angeschlagen. 2 ... 4 ... Sie haben vielleicht drei Minuten, bis auffällt, dass Kameras ausgefallen sind.

6 ... 8!

Banta wartet, bis Jan am Türrahmen in Position ist, nickt ihm ein stummes »Go!« zu und reißt die Tür auf. Die Zimmer sind alle nicht abschließbar, falls ein Freier randaliert.

Ein Schrei. Die junge Frau fährt herum, die beiden haben keine Zeit verloren, sind sofort ins Bett. Bak liegt unter ihr, sieht auf, ruft etwas auf Koreanisch, doch da hat Banta ihn bereits gepackt und unter dem zeternden Mädchen weggezogen. Bak will sich wehren, aber Banta ist stärker, pariert seinen Schlag und verpasst ihm einen Schwinger mit dem Ellbogen. Stöhnend weicht Bak zum Kopfende zurück. Jan hält das Mädchen fest, das splitternackt und schreiend in den Flur laufen will.

Eine Dreiviertelminute später hat sich die Lage ein wenig beruhigt.

Während Jan an der Tür Stellung bezieht, hockt sich die Frau verschüchtert auf einen der Plastikklappstühle. Banta setzt sich auf die Bettkante zu Bak, der sich die blutende Nase hält.

»Wie alt ist sie? Fünfzehn?«

»Was? Acht... achtzehn«, antwortet er stockend. »Scheiße, du hast mir die Nase gebrochen.«

Banta zückt seinen Fotoapparat, öffnet die Überwachungsbilder der Polizei, wischt ein ziemlich prekäres nach vorne. Ängstlich, was kommt, schielt Bak auf das Display.

»Ob deine Frau begeistert ist, wo du dein sauer verdientes Geld lässt?«

»Meine ... Was ... Fuck, leck mich! Was wollt ihr?«

»Drogen, Drogen, Drogen«, meint Banta gespielt rügend. Er wischt die Fotos auf der Kamera weiter. Eine Vergrößerung erscheint, die den Admin mit dem Mädchen zeigt. Sie ist nackt, hat die Beine gespreizt.

»Für diese Art von Sexualpraktik sind schon einige im Bau gelandet.«

Auf dem Foto hat sich Bak einen pinkfarbenen Strohhalm in die Nase gesteckt und zieht sich von der Innenseite ihres Oberschenkels Kokain rein. Die Line endet an ihren Schamlippen.

Banta bemerkt, wie ein Ruck durch den Mann geht. Plötzlich will er nach der Kamera greifen, aber Banta zieht sie weg.

»Was soll der ganze Scheiß?« Seine Stimme überschlägt sich in Panik.

»Du musst uns einen Gefallen tun«, wirft Jan von der Tür aus ein.

»Gefallen?«

»Wir brauchen die IP eines Chats. Im Chat-Roulette. Wir brauchen alles, was ihr an Informationen über den Kanal habt. Wer ist da eingeloggt, wer sendet, woher sendet er.«

Bak versteht erst nicht. »Ihr seid gekommen, weil …« Er lacht. »Wegen dem perversen Chatzeug?«

Banta nickt.

»Das is' total krank! Die feuern mich doch, wenn ich was Internes … Alter, was denkt ihr euch?«

Banta räuspert sich. »Gut. Sollen deine Frau und dein Chef die Schnappschüsse mal begutachten …«

»Fuck!« Der Mann rauft sich die Haare. Schweiß läuft seine Stirn runter und vermischt sich mit dem Blut aus seiner Nase. »Welche Kennung? Welcher Kanal?«

»Die Nummer?«, fragt Banta ruhig.

Der Admin nickt heftig, woraufhin Banta die Kamera neben sich aufs Bett legt, um besser nach dem Zettel suchen zu können. Er findet ihn in der hinteren Gesäßtasche und reicht ihn rüber.

»Die Kanalnummer. Wir brauchen alles, was du über diesen Kanal findest. Bis morgen um elf«, fährt Banta fort. »Du mailst es uns, und wir löschen die Fotos von der Kamera. Du gehst zu deiner Familie. Ende gut, alles gut.«

»Und sie?« Der Mann nickt zu dem Mädchen, das stumm zu weinen begonnen hat. Das Weinen ist ebenso falsch wie vorhin das Lächeln.

»Sie soll sich anziehen und nach uns rausgehen.«

Die beiden suchen Augenkontakt, es dauert einen Atemzug, bis sie überzeugt ist und unschlüssig ans Bett tritt.

»Zieh dich an«, zischt er auf Koreanisch. »Los!«

Sie rafft ihr Top vom Bett, drückt es sich vor die Brüste, steht aber noch immer unschlüssig da.

»Du auch«, fordert Banta Bak auf. »Wir gehen, und ihr folgt in zwei Minuten. Verstanden?« Er will gerade aufstehen, als Jans Smartphone klingelt. Keine Sekunde später beginnt auch sein eigenes zu piepen.

Banta zückt es und registriert sofort, dass sich der Stream verändert hat.

Sein Herz macht einen Sprung. Von der Tür hört er Jan, wahrscheinlich spricht er mit Avriel: »Was? Wieder im Bild. Okay. Checken wir …« Gleichzeitig sieht Banta abermals im Stream Anna.

Der Fernseher ist fort. Anna sitzt hinter ihrem Tisch. Sie wurde geschlagen, sieht furchtbar aus. Ihre Nase ist geschwollen, ein Auge vollkommen zu. Sie zittert.

Mit einem Mal wandert der Chat Cursor.

Hab's mir überlegt. Vergesst das Geld.

Noch bevor Banta reagieren kann, erscheint der Schatten. Diesmal hat er ein Totenkopftuch zusätzlich zur Skimaske übergebunden. Seine Hand kommt ins Bild, er zeigt ein »Fuck-you«, und prompt tickert der Cursor wieder los ...

Ich bring sie einfach so um ... in oh, nur noch
38 Stunden.

Der Typ pflanzt einen uralten Aufziehwecker direkt vor die Kamera. Er hat ein Stück Isolierband irgendwo bei vier Uhr hingeklebt. Vier Uhr übermorgen Nachmittag.

»Verfickter Bastard!«, hört er Jan fluchen. »Dieser Wichser! ... Pass auf!«

Zu spät!

Banta ist durch Annas Peiniger abgelenkt und rechnet nicht mit einem so heftigen Angriff.

Mit einem schnellen Schlag rammt ihm Bak ein Messer in die Seite. Banta keucht, spürt sofort den Schnitt. Er will eine zweite Attacke abwehren, aber die bleibt aus, weil Bak sich blitzartig aus dem Bett rollt. Er springt auf, schnappt sich die Kamera und stürzt zum Fenster.

Jan will ihn packen, ihn zu Boden werfen, aber er sieht Banta. Der hockt keuchend auf dem Bett, hält sich die Seite. Einen Lidschlag ist Jan abgelenkt, und Bak kann sich losreißen, wischt zur Tür. Rufend rennt er in den Flur. Das Mädchen springt ihm nach.

Jan lässt die beiden laufen, tritt lieber zu Banta. »Alles okay?«, will er wissen.

Banta nickt. Er spürt die Wärme seines Blutes zwischen den Fingern, ringt nach Atem, konzentriert sich auf den Schmerz und beißt die Zähne zusammen. Stöhnend kommt er auf die Beine. Aus dem Flur kann er Bak auf Koreanisch rufen hören. Sein Blick fällt auf das Handy, das auf den Boden gefallen ist.

Schalte ab, wenn du das nicht erträgst.

Tock-tock-tock, noch da??!?!?!

Das Arschloch hebt lächelnd den Wecker und deutet mit den Fingern ein Ticken an.

Das Prinzesschen wird sterben, und du kannst zusehen. Geil, oder?

Banta atmet noch einmal durch, beißt die Zähne zusammen. Er richtet sich auf. »Sag ihm ja.«

Jan lässt Banta los, klaubt das Handy auf und tippt das verdammte *Ja*.

In dem Moment taucht ein bulliger Türsteher im Rahmen auf, nicht der Mann von draußen, sondern ein Kerl mit Bierbauch und Fünfzigerjahre-Klamotten, ein Funkgerät an sein Holzfällerhemd geklippt. Banta ignoriert seine Schmerzen. Er gibt ihm nicht die Chance reinzukommen, sondern tritt vor. Er sucht sofort Körperkontakt, möglichst nah an den Feind, keine Lücke lassen, dem Gegner keine Möglichkeit zum Ausholen geben.

Er packt den Typen, reißt ihm die Hand hoch und zertrümmert ihm mit einem schnellen Ellbogenschlag die Nase. Mit einem Kampfschrei drückt er dem Kerl den Kopf nach hinten, drängt ihn so ein, zwei, drei Schritte zurück. Sie stolpern in den Flur, und Banta lässt ihn gegen die Tür mit der 7 krachen. Das billige Sperrholz birst aus den Angeln, der Mann taumelt weiter nach hinten. In den leeren Raum. Fängt sich erst jetzt. Er will einen Tritt anbringen, aber Banta schlägt ihm genau von der Seite auf den Kiefer. Schnell und hart trifft er. Ein Schlag wie aus dem Lehrbuch.

Der Türsteher geht vor dem Doppelbett in Zimmer 7, das mit kitschigen Plüschtieren übersät ist, bewusstlos zu Boden.

Erste Rufe dringen von unten zu ihnen herauf. Banta hört Jan mit Avriel sprechen: »Schaff uns ’n Weg hier raus.«

Beinahe im selben Moment heult die Feuersirene los. Hat Avriel sie aktiviert? Unten im Clubbereich bricht der hämmernde Beat ab.

»Flachdach. Südseite. Durch Zimmer zehn«, gibt Avriel durch, während Jan Banta unterhakt und ihn stützend vorwärtstreibt.

»Was ist mit unserem Admin?«

Jan öffnet die Tür zur Zehn. Niemand da. »Der ist mit unserer Kamera über alle Berge.«

Banta lächelt trotz der Schmerzen. »Perfekt.«

24

BANTA ÖFFNET DIE Augen. Eine halbe Stunde Meditation muss reichen. Mehr Zeit gönnt er sich nicht. Drei Stunden Schlaf und eine halbe Stunde im Stillen Raum.

Das Tatami fühlt sich warm an. Er steht auf und spürt den kalten Hauch der Klimaanlage. Obwohl es noch frühmorgens ist, muss sie bereits gegen die Schwüle ankämpfen. Da draußen hängt schon jetzt die Hitze in der Luft, als wäre ganz Wannsee eine Großwäscherei.

Der Windhauch streicht über die Stichwunde, die Jan gestern Nacht notdürftig getackert hat. Dank Avriels Hilfe sind sie durch ein Fenster und über ein Flachdach unbehelligt zu Jans Maschine gekommen. Immerhin hat es keine Schlägerei oder einen Polizeieinsatz gegeben. Gegen drei Uhr, nachdem Banta die Wunde noch einmal gründlich desinfiziert hat, ist er ins Bett gefallen.

Vor ein paar Minuten ist Jan ins Haus gekommen. Während Banta meditierte, hat er leise gefrühstückt.

Banta sieht auf seine Präzisionsuhr. Noch dreiunddreißig Stunden und einundzwanzig Minuten. 33:21. Wieso eigentlich zweiundfünfzig Stunden? … Vielleicht, überlegt Banta, sind ihm die klassischen achtundvierzig oder zweiundsiebzig Stunden zu langweilig? Vielleicht zu einfach.

Zweiundfünfzig Stunden … Er weiß keine Antwort. Und die Hälfte der Zeit ist beinahe rum. Wenn dieser Perverse es ernst meint, wird er Anna morgen Nachmittag töten.

Banta steht auf. »Wieso hat Annas Entführer uns zweiundfünfzig Stunden gegeben?«, ruft er Jan zu. »Und nicht achtundvierzig oder zweiundsiebzig?«

»Das habe ich mich auch schon gefragt. Zweiundfünfzig. Das ist verdammt wenig Zeit.«

Er geht in die Küche. »Ich weiß.«

Jan sitzt am Küchenblock und liest Zeitung. »Morgen«, begrüßt er ihn und hält eine Seite hoch, flüchtig kann Banta etwas zu ihrem Einsatz in der Gummifabrik lesen. »Angeblich geht die Kripo noch von *rivalisierenden Banden* aus.«

»Steht da was, dass der Fall zum BKA ging?« Banta checkt den Stream auf seinem Handy. Stoisch tickt der Wecker vor sich hin, während Road Runner Dynamitstangen frisst.

»Nein. Die Kripo und das LKA Berlin ermitteln, steht hier.« Jan greift sich eine Ampulle und wirft sie Banta zu. »Ich hab dir Hydromorphon mitgebracht. Weißt du, wie teuer der Mist ist?« Er lacht. »Und ich musste sogar noch was drauflegen – damit's … damit's *rezeptfrei* wird. Sozusagen. Soll ich mir die Wunde noch mal ansehen?«

»Nein. Passt schon.«

»Wenn du meinst. Nimm aber nicht zu viel. Okay. Nur dämpfen. Knips dich nicht aus.«

»Danke.« Nachdem Banta einen Löffel voll geschluckt hat, dauert es nur ein paar Minuten, bis der Schmerz zu einem stumpfen Drücken wird.

Jan schiebt die Zeitung beiseite. »Wann fängt der denn endlich seine Schicht an?« Er meint Peter Kwon Bak, den Admin bei Chat-Roulette.

Banta sieht auf seine Uhr. »Nur Geduld. Der kommt sicher gleich zur Arbeit. Er wird schon anbeißen.«

»Wenn er die Kamera nicht formatiert hat.«

»Hat er nicht.«

»So wie ich den einschätze, will er ganz genau nachsehen, was noch alles für Bilder drauf sind. Das geilt den auf.«

»Hm. Magste recht haben. Kokain, 'ne minderjährige Nutte … Und er ist uns beiden entwischt. Der kommt sich jetzt wie Superman vor.«

»Wahrscheinlich lacht er sich ins Fäustchen, weil er uns ein Schnippchen schlagen konnte, und …« Da surrt sein Handy. Hoffentlich ist es Avriel, die Neuigkeiten wegen Bak durchgeben will … Nein, nur eine altmodische SMS von Richard. Seine Nachricht ist kurz und verdammt dringend:

11 min Hausdurchsuchung

Banta braucht einen Moment, um die Nachricht einzusortieren. Fluchend stellt er seinen Kaffee beiseite. »Sie kommen.«

»Was ist los? Wer?« Jan versteht nicht, was Banta vorhat, folgt ihm aber in den Flur.

»Wir müssen hier raus. Den Laptop mitnehmen.«

Sie sind noch auf der Autobahn, wahrscheinlich fährt Richard als Staatsanwalt mit und hat heimlich die Warnung abgesetzt.

»Was …?« Die beiden eilen die Treppenstufen in die Tiefgarage hinab. »Du willst den Stream kappen? … Aber …«

»Nein. Ich will gar nichts kappen. Wir müssen den Rechner wegschaffen. Wenn die Kripo ihn mitnimmt, reißt die Verbindung ab.«

»Die Kripo?«

Zweiundzwanzig Kilometer Luftlinie entfernt, betritt Bak das Großraumbüro, in dem er seit fünf Jahren arbeitet. Die letzte Nacht steckt ihm noch in den Knochen. Er hat kein Auge zubekommen.

Wieso, um Himmels willen, wollen diese Idioten, dass er ihnen die Sender-IP eines Kanals holt? Und das im Tausch gegen die Fotos. Müssen enorm wertvoll sein, die Infos.

Die Kamera hat er gestern Nacht beim Flickzeug unter dem Mofasitz versteckt. Sie passte gerade hinein. Kathrin hat auch so schon genug Fragen gestellt und ihm die halbe Nacht Vorwürfe wegen seiner Blessuren gemacht. Wie so oft weckte ihr Streit die Kinder.

Bak setzt sich in sein Vier-Quadratmeter-Kabuff und meldet sich wie gewohnt im Firmennetzwerk an. Mit hämmerndem Herzen zückt er den Zettel, den dieser Vollidiot ihm gegeben hat.

Es muss ein ziemlich spektakulärer Stream sein, wenn die beiden ihn dafür erpressen wollen!

Vielleicht kann er, wenn er es aufzeichnet, aus dem Material noch ein hübsches Sümmchen schlagen und irgendeinem Perversen verkaufen.

Er checkt die Kanalnummer.

Der Stream existiert, und er ist online.

»Bestens.« Voller Vorfreude lässt er ihn sich anzeigen. »Was? Wollt ihr mich … Scheiße!« Die Enttäuschung trifft ihn hart. Insgeheim hat er gehofft, Aufnahmen von einem Snuff-Video zu sehen, Kinderpornos, irgendein anderes fieses, perverses Zeug … Aber das!?

Der Kanal zeigt einen langweiligen Börsensaal. Sieht aus wie die Wall Street. Was um alles in der Welt ist daran so wichtig, dass man die IP …?

Seltsam. Er zieht das Videobild rüber auf einen seiner anderen Monitore. Hat er die Kanalnummer falsch abgetippt?

Er vergleicht noch mal. Nein. Alles korrekt.

Prüfend sieht er sich die Übertragung an, aber es ist tatsächlich die Börse in New York. Live und in Farbe und zum Gähnen.

»Scheißidioten«, brummt er. Immerhin hat er noch die Kamera. Die Fotos von ihm und Vicky sind auf jeden Fall spannender. Er holt die Speicherkarte aus dem Apparat und schiebt sie in seinen Computer. Bevor er eine Datei öffnet, lässt er den Virenscanner seine Arbeit tun.

Alles clean.

Dann rollt er mit seinem Stuhl kurz zurück, späht den Gang lang und ins Nebenkabuff. Sein Kollege kommt gewöhnlich erst in einer halben Stunde. Es ist noch sehr ruhig bei Above All Limits und er verdammt früh dran. Alles okay also. Außerdem ist es extrem reizvoll, sich die Fotos im Büro anzusehen, hier auf der Arbeit anzugucken, wie er Vicky gefickt hat. Was diese Idioten wohl noch so zusammengetragen haben?

Er öffnet den Ordner, klickt auf das erste JPEG und öffnet es.

Jan hat Avriel am Ohr. »Treffer. Unser Fisch zappelt an der Leine«, gibt er triumphierend an Banta weiter.

»Sehr gut.« Banta wählt Cordt per Schnellwahl an, packt einen der mit Schaumstoff ausgeschlagenen Koffer auf die Werkbank. »Sie soll uns alle Daten schicken, die sie rausziehen kann. Das ganze Paket«, sagt er zu Jan. Endlich meldet sich Cordt. Er klingt verschlafen.

»Ja …«

»Cordt! Ich muss den Laptop rausbringen. Wie sieht das mit Akkus aus?«

»Ich hab 'n paar Powerbanks mitgebracht.« Cordt gähnt. »Sind in meiner Kiste.«

Banta zieht sie hervor, wühlt, findet einen der Akkus. Der Schmerz seiner Stichwunde kehrt als feines Ziehen zurück. Es geht bis in seinen Hals, wenn er sich bückt oder schnell bewegt.

»Pass aber auf, dass du die Großen nimmst. Die für die Laptops.«

»Hier sind drei Stück«, stellt Banta fest.

»Genau die. Sind alle geladen.«

Er will checken, wie viel Kapazität die Powerbank hat, findet aber kein Etikett. »Wie groß sind die?«

»Zweiundfünfzigtausender.«

Banta überschlägt das kurz. Zweiundfünfzigtausend mAh, der interne Akku hat ungefähr viertausendfünfhundert mAh, und die reichen mit Videostream für etwa zweieinhalb Stunden … »Rund achtundzwanzig Stunden. Plus zweieinhalb intern. Also gut dreißig.«

»Geh mal lieber von vierundzwanzig plus minus zwei Stunden aus«, korrigiert ihn Cordt. »Die Dinger sind schon etwas runtergerockt.«

»Das wird knapp.« Wenn sich die Beamten auf ihn einschießen und seine Villa gründlich auseinandernehmen sollten, würden sie sicher länger brauchen.

»Können wir die aneinanderschalten?«, fragt Jan.

»Ist nicht grad trivial«, meint Cordt. »Geht aber. Müsst ihr was löten.«

»Okay. Die Zeit hab ich nicht.« Banta bleibt nichts, als mit nur einem Akku vorliebzunehmen.

»Wie viel Zeit hast du denn?«

»Acht Minuten, höchstens.«

»Polizei?«

Banta brummt ein Ja.

»Ich würd euch gern unterstützen, aber ich bin hier auf was mit Agnos Nagy gestoßen.«

»Wir kommen klar. Haben die Datenbanken was ausgespuckt?«

»Ja. Europol. Die haben einen Fingerabdruck von

Agnos Nagy, allerdings sieben Jahre alt. An einer Waffe, die für einen Banküberfall in München benutzt wurde. Den Täter haben sie geschnappt. Es ist nicht Nagy.«

»Gut. Such ihn auf, setz ihn unter Druck. Wir brauchen jede Info, die wir über Nagy kriegen können.« Banta legt auf, packt den Akku in den Koffer. »Kabelbinder, Panzerband, Schraubendreher, Zange«, fordert er Jan auf, der noch immer Avriel am Ohr hat, aber trotzdem alles zusammensucht.

Mit einem Mal zögert Banta und starrt auf den Laptop, auf dem der Wecker und Road Runner zu sehen sind. Die Vorstellung, Annas Lebenszeichen nicht mehr kontrollieren zu können, macht ihn fertig. Wenn er den Laptop wegnimmt, filmt Cordts Kamera ins Leere.

Er gibt sich einen Ruck. Avriels Virenscanner lief stabil, dann sicher auch die Teamviewer-Software. Er muss es wagen.

»Was machst du?« Überrascht blickt Jan vom Werkzeug auf.

Banta hat keine Zeit für eine Antwort. Seine Finger fliegen über die Tastatur. Immer wieder gleitet sein Blick zum Laptop und dem Streamfenster darauf. Nichts passiert, alles läuft auf dem Computer stabil. Sein Herz schlägt ihm bis in den Hals, als er das Programm startet, mit dem er das Monitorbild zu seinem Handy und auf sein Tablet überträgt. Es ist dafür gemacht, den Computer von außerhalb zu bedienen oder Tipps bei der Benutzung zu geben.

Sein Blick wandert zum Stream auf dem Laptop. Mit einem Mal ist der Road Runner fort. Banta erschrickt. Für einen Lidschlag setzt sein Herz aus. Im selben Moment justiert die Kamera den Focus, und Anna rückt scharf ins Bild.

Sie liegt nackt auf dem Tisch, wie ein Embryo zusammengerollt. Schläft sie? Ihr ganzer Körper zittert unkontrolliert.

Schau, wie sie zittert. Ich spritz ihr lieber ein bisschen was, dann geht's ihr besser.

Am liebsten würde Banta den Laptop packen, ihn vor Zorn an die Wand klatschen und diesem Wichser so lange ins Gesicht schlagen, bis der Typ ein Klumpen blutiges Fleisch ist, und dann …

»Sechs Minuten«, meint Jan.

Es bleibt ihm nichts, als seine Wut herunterzuschlucken. Durchatmen … Wichser!

Früher oder später werde ich dich töten.

Schweren Herzens trennt er sich vom Streambild, umschließt mit den Fingern sanft den Stecker vom Netzteil. Er zieht ihn ab und nimmt den Laptop hoch.

Er will nicht, aber er muss es tun. Jetzt oder nie. Behutsam trägt er den Laptop aus der Kammer. Sein Blick bleibt felsenfest auf den Balken für die WLAN-Stärke gerichtet.

Lieber Gott, betet er stumm, lass mein verfluchtes Wi-Fi nicht abbrechen.

Mit vor Erregung schwitzigen Fingern geht Bak die Fotos durch. Einige sind echt scharf. Es tut ihm in der Seele weh, sie zu löschen, aber sicher ist sicher …

Sein Blick fällt noch einmal auf den Kanal, den der Fremde ihm nannte: nichts als langweilige Männer in Anzügen und blauen Overalls, die auf irgendwelche Monitore mit Börsencharts starren.

Wieso haben die beiden Vollidioten gewollt, dass er …?

Es will noch immer nicht in seinen Kopf.

Mal sehen, denkt er sich und ruft weitere Daten des Wall-Street-Streams ab. Mit zwei Klicks sieht er sämtliche Kanaldaten und wer den Channel wann bei ihnen eingerichtet hat. Der Stream läuft seit Einrichtung permanent durch, keine Unterbrechung. Gestartet wurde aber erst gestern. Ein User namens *Mentosfresh* hat den Kanal vor nicht einmal zwölf Stunden eingerichtet. Anscheinend sieht jemand aus Europa zu, Deutschland, Berlin, wenn die IP nicht getürkt ist. Seltsam. Berlin? Und dann auch noch Sender und Empfänger im selben IP-Bereich. Statistisch gesehen ist es recht unwahrscheinlich …

»Fuck!«, reißt er sich selbst aus der Grübelei, lässt seine Finger über die Tasten wandern und löscht kurzerhand den Wall-Street-Stream komplett. Dann sperrt er Mentosfreshs IP und löscht den Account im Chat-Roulette-System gleich mit.

Banta wirft einen kurzen Kontrollblick auf seine Uhr, die Sekunden, bis das Garagentor weit genug oben ist, um drunter durch zu entwischen, scheinen ewig. Er nimmt den Blick nicht von der Anzeige des WLANs. Vollausschlag. Gut. Banta duckt sich unter dem Rolltor durch und eilt nach draußen. Jan, Smartphone am Ohr, folgt ihm.

»Okay«, meint Jan, der Avriel zuhört. »Bak hat unseren Börsenkanal gelöscht. Komplett abgeklemmt. Schade um die Finanznachrichten.«

Der Kanal, den Banta dem Admin hingeschoben hat, stammt von Avriel. Nur ein Fake-Channel, den sie eingerichtet hat, um den Admin abzulenken, damit er sich ordentlich wundert, während die JPEGs mit einem klassischen Pufferüberlauf eine Sprungadresse manipulieren und in seinem Rechner Avriels Exploit ausführen. In wenigen Millisekunden hat sie Baks System kompromittiert und dank seiner Administrationsrechte auch noch vollen Zugriff.

Sie rennen ums Haus. Banta, den Laptop vor sich, wendet sich zum Pool. Ein paar Wolken spiegeln sich im Wasser. Dahinter steht eine Reihe alter Weiden mit hohlen Stämmen.

»Wie weit ist sie?«, fragt Banta, während er am Pool vorbeihetzt. Er steuert den ersten Baum an.

»Wie weit …?«, will Jan durchgeben, rennt aber beinahe in Banta, der abrupt stehen geblieben ist.

Fluchend macht Banta kehrt. Das Wi-Fi-Signal ist auf lausige fünfzig Prozent abgesackt, und mit jedem Schritt fällt es weiter. Nur eine Sache von wenigen Metern, und der Stream reißt ab. Bis zu den Bäumen reicht das Signal niemals.

»Verfluchte Scheiße!« Hektisch sieht sich Banta nach einem anderen Versteck um. Seine Uhr piept. Noch zwei Minuten. Aus der Ferne meint er, Autos zu hören. Hoffentlich nur regulärer Verkehr.

»Avriel meint, sie ist gleich durch«, berichtet Jan und sieht zu, wie Banta auf und ab geht, den Blick schweifen lässt. »Noch ein paar Minuten, dann hat sie die Sende-IP des Streams.«

»Endlich mal positive Nachrichten«, entgegnet Banta und hetzt mit einem Mal Richtung Pumpenhaus. Er kniet sich auf die sonnenwarmen Fliesen zwischen Häuschen und Pool, legt den Laptop ab. Siebzig Prozent Signalstärke. Er fischt eine Zange aus den Werkzeugen im Koffer, fummelt am Vierkantschloss einer Revisionsklappe rum. Das verrostete Eisending, das zwischen den Fliesen eingelassen ist, will nicht aufgehen. »Komm schon!«

Bak widmet sich erneut den Fotos, löscht und schwelgt in den aufreizenden Nacktaufnahmen. Vicky ist die Beste – auch wenn sie ihm verschnittenes Koks verhökert. Das kann ihn echt wütend machen. Er löscht ein weiteres Bild, als plötzlich sein Screen schwarz wird. Sämtliche Monitore an seinem Arbeitsplatz fallen mit einem Mal aus.

»Fuck.«

Eine Millisekunde denkt er, dass der Chef seine private Diashow gesehen hat, und spürt sein Herz aussetzen. Dann sieht er mit Erstaunen, wie der Rechner rebootet. Wie gewohnt erscheint seine Anmeldung. Er gibt sein Passwort wie immer ein, drückt Enter.

Access denied.

»Was ...? Ach komm schon!« Er versucht es noch drei Mal. Vergeblich. Das System hat ihn ausgesperrt. Panisch, weil wirklich sein Chef dahinterstecken könnte, zieht er die Speicherkarte aus dem PC, bricht sie entzwei und eilt zur Toilette, wo er sie runterspült.

Endlich dreht sich der Riegel. Banta öffnet die Metallklappe, checkt noch mal die Signalstärke. Wi-Fi bei sechzig Prozent – er kann nur hoffen, dass die Klappe nicht alles abschirmt. Er schließt die Powerbank an, legt sie auf eine Ecke des Laptops und fixiert sie mit Klebeband, sodass sie den Deckel des Rechners einen Spalt aufhält. Noch einmal reißt er mit den Zähnen Band ab, klappt den Deckel zu und klebt alles fest.

»Die sind gleich da.« Nervös sieht sich Jan um. »Frank?«

Banta hat keine Zeit für eine Antwort, steckt mit den Armen tief zwischen Zu- und Abwasserrohr, um irgendwie den Laptop dazwischenzuklemmen. Ächzend fixiert er den Rechner mit weiterem Panzerband am Rohr, schnappt sich eine Zange.

»Da stimmt was nicht«, meldete sich plötzlich Jan. Aber er meint nicht die Polizei, sondern Avriel.

Banta sieht sich zu Jan um, der lauscht intensiv ihren Worten. »Was meinst du?«

»Avriel hat die IP von unserem Kanal, aber ...« Er bricht ab. Von der Einfahrt her sind Autos zu hören. Sie nähern sich schnell.

Banta klemmt die Zange unter den Metalldeckel,

sodass der Revisionsschacht einen Spalt offen bleibt. So kann der Laptop zwar schneller gefunden werden, aber Banta hofft, dass die Abschirmung dadurch nicht zu groß ist und der Datenfluss nicht abreißt. Für den Bruchteil einer Sekunde kommt es ihm vor, als hätte er Anna in Fleisch und Blut im Schacht versteckt und die Klappe einen Spalt aufgelassen, damit sie atmen kann.

»Was – *aber*?«, will er wissen.

»Warte«, vertröstet Jan ihn kurz und lauscht auf Avriel. Ihre nervöse Stimme dringt bis zu Banta.

»Was sagt sie?«, will er ungeduldig wissen und hört die Autos am Tor halten. Sofort zückt er sein Handy, prüft, ob der Stream noch steht. Die Software läuft und überträgt das Bild des Laptops. Alles okay. Das WLAN-Signal ist nicht abgerissen. Anna bekommt Luft.

»Jan? Sag schon! Was ist mit der IP?« Ungeduldig switcht Banta zu seiner Überwachungs-App, die sämtliche Kamerabilder der Villa zeigt: Ein Liefer- und zwei Polizeiwagen haben vor dem Tor geparkt. Richards dunkler BMW hält gerade bei ihnen.

»Komm! Und gib sie mir, verdammt.« Banta schnappt sich den Koffer mit dem Werkzeug, rennt zum Pumpenhäuschen. Jan folgt ihm. »Gib schon her!«

Im Laufen wirft Jan Banta das Handy zu.

»Avriel?«

Sie redet in einem fort.

»Hör auf zu quatschen. Was ist los? In einem Satz.«

»Äh, ich … Ich checke hier alles. Aber … also …«, stottert sie. »Hier stimmt was nicht mit den IPs.«

»Was stimmt nicht?« Banta geht mit Jan hinter dem

Pumpenhaus in Deckung. Von hier aus sind es nur wenige Meter bis zur Gartenmauer, die Bantas Grundstück vom Nachbarn trennt. Im Sichtschatten des Häuschens können sie jederzeit abhauen, haben von hier aus aber die Südseite der Villa gut im Blick.

»Ich ... Ich sehe Anna im Stream, alles gut. Aber wenn ich die Kanal-Nummer bei Chat-Roulette checke, dann wird ihr Videosignal nicht gesendet.«

»Was?«

Die Beamten klingeln, als würden sie ihm Tiefkühlkost verkaufen wollen. Wortfetzen wehen herüber. Sie diskutieren anscheinend, was sie als Nächstes tun sollen.

»Ihr Videosignal«, erklärt Avriel. »Es muss zu Chat-Roulette rein, richtig? Und dann wird es an uns weitergereicht.«

»Ja. Worauf willst du hinaus?« Banta will endlich Antworten. Wie ist die IP? Wo zum Teufel finden sie diesen Kerl? Er braucht eine IP, um über Richard beim Provider nachzufragen und eine Adresse rauszukriegen.

Eine Metallsäge wird angelassen. Die Polizei hat sich entschlossen, auf jeden Fall auf das Gelände vorzudringen. Kreischend frisst sich die Säge in sein Tor.

»Na ja ...«, fährt Avriel fort. »Was da auf dem Kanal bei Chat-Roulette ankommt ... Das ... Das ist nicht Anna.«

Banta sieht Jan verwirrt an. »Das versteh ich nicht. Ich denke, du hast das System geknackt. Und hast eine IP.«

»Ich hab die IP vom Sender des Kanals. Ja. Aber nicht Annas Bild.«

Banta sieht auf sein Smartphone. »Kann nicht sein. Ich hab Anna hier. Der Laptop läuft und empfängt!«

»Das mein ich nicht. Ich … Ich meine was anderes. Ach, Scheiße! Ich schick's euch.«

Es dauert bloß zwei Sekunden, dann wissen sie, was Avriel so verwirrt. Sie hat in Baks System den richtigen Kanal geöffnet. Eigentlich hätte sie mit der Kanalnummer den Raum mit Anna sehen müssen.

Die Videobilder ihres Streams und des Streams von Chat-Roulette müssen identisch sein. Immerhin geht das Signal zu Chat-Roulette und von dort weiter an Bantas Laptop. Wenn die Bilder auch nicht synchron ankommen sollten, so müssen sie doch auf jeden Fall identisch sein.

Aber da ist keine Anna. Da ist nicht mal ein Raum.

»Was soll das?« Jan starrt wie Banta auf das Smartphone. »Kapier ich nicht.«

Die Kreissäge verstummt, das Tor wird aufgedrückt. Wagen fahren die Auffahrt hinauf, und Banta starrt auf sein Handy, auf die Übertragung, die zu Chat-Roulette geht, aber nicht zu ihnen.

Sein Mund ist plötzlich trocken. Eigentlich dachte er, abgebrüht zu sein. Durch seine Einsätze bei der NCI Agency hat er ziemlich viel schlimmes Zeug gesehen. Jede Menge Anschläge, Überfälle, viele Tote.

Aber was Avriel hier aus dem Computer des Chat-Roulettes überträgt, überrascht ihn.

25

ES IST EINE Tür.

Durch ihr rostiges, abgeplatztes Blau schimmert überall gelbe Farbe. Wahrscheinlich die darunterliegende Lackierung. Ansonsten sieht die Tür vollkommen schlicht aus. Pockennarbiger Rost, massive Beschläge, Graffitischreie. Die Perspektive der Kamera verändert sich nicht. Sie nimmt die Tür auf. Nicht mehr, nicht weniger. Ausschließlich die Tür. Schräg von oben. Wie weit entfernt die Kamera steht, kann Banta nicht abschätzen, aber er vermutet sie in zweieinhalb Metern Höhe. Starr zeigt sie eine hell beleuchtete Metalltür.

Und das, was mit blutroter Schrift daraufgesprüht wurde:

Gebt sie auf!
Sonst seid ihr alle TOT.

»Er wusste, dass wir Chat-Roulette checken … Er droht uns …« Langsam fängt sich Banta wieder. »Ist die Tür drinnen oder draußen?«, will er von Avriel wissen.

»Schwer zu sagen«, murmelt Jan, nachdem auch er einen Blick aufs Handy riskiert hat. »Sieht mir nach

Tageslicht aus. Wir müssten ein paar Stunden warten, dann wissen wir's.«

Banta sieht vom Handy auf und wagt einen Blick um die Ecke des Pumpenhäuschens. Die Einfahrt liegt auf der abgewandten Seite seiner Villa, noch ist kein Beamter zu sehen. Wahrscheinlich sind sie dabei, die Haustür aufzubrechen.

»Ist das ein Standbild? Ein Foto? Wie oft wird das refreshed? Avriel?«

»Moment, warte.«

Banta hört, wie ihre Finger über die Tasten klacken. Er konzentriert sich noch einmal auf die Übertragung. Es ist kein Foto. Da sind Änderungen sichtbar, aber sie sind bloß an wenigen Stellen zu erkennen, weil der Pack-Algorithmus die Pixel verändert. Es sind nur wenige Bildpunkte, die sich durch die Komprimierung ändern, vor allem in den dunklen Bereichen – dort, wo der Rost an der Tür die Oberhand gewonnen hat.

»Die Frame-Rate ist sehr gering«, meint Avriel. »Sechs Bilder die Sekunde.«

»Vielleicht hat er, da wo das ist, kein sehr gutes Netz und muss die Frame-Rate drosseln«, mutmaßt er. »Filmt er ein Foto ab, oder ist das live?«

»Woher soll ich das wissen?«, lautet Avriels unbefriedigende Antwort.

»Wenn es keine Live-Übertragung ist«, sagt Banta, »können wir gar nichts zurückverfolgen.« Er zieht den Kopf zurück, als er Schatten in seinem Stillen Raum erkennen kann – Richard tritt mit einer Frau und zwei Männern ins Zimmer.

»Ich kümmere mich um die IP-Adresse. Irgendwoher muss das Bild der Tür ja kommen«, flucht Avriel.

Jan lacht auf. »Du machst mich fertig, Avriel! Es gibt einen Grund, warum die Bildrate so gering ist. Überlegt doch alle mal. Ich wette, dass der ganze Quatsch durch ein Tornetzwerk läuft. Avriel, da kannst du lange nach 'nem Standort der IP suchen. Da hilft dir dann auch kein Provider. Bevor wir jemals rausfinden, woher das Signal von der Tür kommt, ist Anna längst tot!«

Avriel schweigt. Dann murmelt sie: »Du hast recht, Jan. Wahrscheinlich wird das Signal durch etliche Computer geschleust, bevor es im Port von Chat-Roulette landet. Deswegen kommen die Bilder so spärlich. Bei einem Tornetzwerk können wir die IP-Suche beenden … Wartet. Ich checke das.« Bereits nach wenigen Sekunden meldet sie sich erneut. Sie klingt niedergeschlagen. »Jan liegt richtig. Die IP endet am Eintrittsknoten eines Tor-Netzwerks.«

Jan wirft Banta einen resignierten Blick zu. »Und puff, ist die Spur weg. Irgendwo zwischen Hunderten Rechnern, zwischen Torknoten auf der ganzen Welt verschwunden.«

Banta wagt noch einmal einen Blick auf sein Haus. In den Fenstern kann er die Zivilbeamten sehen, die alles auf den Kopf stellen. Eine Polizistin tritt auf die Terrasse. Schnell zieht sich Banta zurück. »Sonst würde sein Spiel ja auch nicht aufgehen«, flüstert Banta ins Handy. »Er blockiert die IP, damit wir nur das Bild haben, aber niemals rausfinden, wo die Tür ist.« Er wirft Jan einen wissenden Blick zu. »Warum wohl?«

Jan nickt wütend, weil auch ihm klar ist, was das heißt: »Weil hinter der Tür Anna ist.«

»Richtig. Hinter der Tür ist Anna. Und er beweist uns, wie stark und mächtig er ist. Seht her. Diese Tür. Wenn ihr die öffnet, habt ihr Anna.«

»Aber vorher sterben wir alle«, stimmt Jan knurrend zu und späht seinerseits zur Beamtin, die vor den Pool getreten ist und sich die Morgensonne ins Gesicht scheinen lässt. Sie hat nur eine leichte Lederjacke an, trägt aber eine Dienstwaffe.

»Und deswegen ist das Bild live. Wetten«, zischt Banta. »Es ist live, weil es ihm sonst keine Befriedigung gibt.«

»Er spielt mit uns«, wirft Jan ein.

»Ja.« Mit einem Mal läuft es Banta kalt den Rücken runter, denn er hat eins und eins zusammengezählt. »Er weiß, dass wir ins Chat-Roulette eindringen, und die Nachricht ist für uns … für *mich!* Es ist kein Zufall. Das Chat-Roulette war nie ein Zufall. Er spielt ein perverses Spiel mit mir.«

»Damit wird er nicht durchkommen«, flüstert Jan.

Banta wendet sich an Avriel.

»Ja.«

»Melde dich bei Cordt. Er soll nachforschen, wo diese verdammte Tür ist. Ist das draußen oder drinnen? Und wenn es draußen ist, auf welchem Kontinent steht das Ding? Ist es eine Tür zu einem Schuppen, zu einer Garage, einem Wohnblock? Schneidet alles mit. Schaut nach, ob wir anhand des Sonnenstands den Längengrad einkreisen können. Und überprüft, ob ihr was anderes findet. Vielleicht irgendwelche Tiere, die durchs Bild wandern. Oder einen Passanten. Und, Avriel?«

»Ich bin noch dran.«

»Ich möchte, dass du eine vergleichende Bildersuche anstellst. Nicht nur in den Suchmaschinen, sondern auch bei Getty, Action press, IStock, Corbis ... sämtlichen Bildagenturen.«

»Das volle Programm. Verstanden.«

»Knöpft euch alle Datenbanken vor. Sucht, wo so eine Tür ist. Oder was Vergleichbares. Irgendjemand hat irgendwann das Gebäude mit der Tür fotografiert. Ich will wissen, wo verflucht noch mal Anna steckt!« Er muss sich anstrengen, nicht laut zu werden.

»Ich hab gleich gesagt, dass es wer auf uns abgesehen hat!«, flucht Jan leise. »Scheiße. Ich hab's die ganze Zeit gesagt. Zufall ... Der sitzt in deinem Computer. Avriel«, knurrt er zum Handy. »Du hast mal wieder Bockmist gebaut! Wie war das? *Franks Laptop ist clean?!*« Er wendet sich an Banta. »Bullshit. Dein Computer ist infiziert, Frank.«

Banta gibt ihm mit einem Brummen recht.

Jan nickt zur Polizistin, zieht seine Pistole und checkt sie, dann steckt er sie wieder ein. »Was machen wir mit denen?«

Vorsichtig legt sich Banta hin und späht abermals um die Hausecke. Ein zweiter Beamter tritt heraus und geht an den Pool.

Banta bedeutet Jan, in Deckung zu bleiben.

»Ich hab ihn gecheckt, du Arschloch!«, meldet sich da Avriel. »Franks Rechner *ist* sauber! Glaub's mir. Oder lass es!«

Während Jan leise auflacht, nimmt Banta Avriel in Schutz. »Wahrscheinlich ist er wirklich clean. Der Typ ist gerissener.«

Jan sieht ihn fragend an. »Du lässt ihr echt alles durchgehen, hm?«

Darauf antwortet Banta nicht, er fixiert noch immer die zwei Beamten. Die Frau geht zum Revisionsschacht.

»Wer immer uns die Nachricht mit der Tür geschickt hat. Er ist gerissen. Er ist nicht in meinem Laptop. Dieses Dreckschwein ist viel schlauer ...«

Die Polizistin hat die Zange entdeckt.

»Tu es nicht«, zischt Banta, als er mit ansehen muss, wie sie sich neugierig zur Klappe runterbeugt.

»Was meinst du mit *gerissener?*«

Banta geht nicht drauf ein, sondern zückt seine Pistole und checkt sie schnell.

Benutzung der Schusswaffe nur im äußersten Notfall, das ist ihre Regel – und es nervt Banta ungemein, ständig aus Zwang seine eigene Maxime brechen zu müssen. Aber Anna geht vor.

Die Frau tippt die Klappe mit dem Fuß an, wendet sich uninteressiert ab, aber da ist Banta bereits aus dem Schatten getreten. »Alles okay«, ruft er.

Die beiden Polizisten fahren zu ihm herum.

Banta nimmt die Arme hinter den Kopf, hat die Waffe in den Hosenbund gesteckt. »Ich und ein Freund, wir sind hier. Wir leisten keine Gegenwehr.«

Die Polizistin beäugt ihn skeptisch. »Bleiben Sie da stehen!«, ruft sie, muss erst das Halfter öffnen und die Waffe ziehen. »Keine Bewegung, bleiben Sie einfach da stehen. Und Sie auch!«, fährt sie Jan an, der ebenfalls zum Pool vortritt. Immerhin lässt sie die Klappe links liegen, hat nicht in den Schacht gesehen.

Mit erhobener Waffe tritt sie auf Banta zu. »Sind Sie bewaffnet?«

»Hosenbund.« Banta nickt nach hinten. Es tritt ein, worauf er gehofft hat: Die Polizistin wartet nicht, bis ihr Kollege sie sichert, sondern will ihn allein entwaffnen. Dazu muss sie sich leicht vorbeugen, ihre Konzentration auf seine Waffe lenken … Kaum streckt sie sich nach der Pistole, schlägt Banta zu. Mit einer blitzartigen Drehung ihrer Hand entwindet er ihr die Pistole, sie fällt zu Boden, und noch ehe sie wirklich begreift, verpasst er ihr einen Seitenhieb. Sie landet unsanft vor dem Pool, beinahe lautlos. Als Banta sich zu Jan umsieht, hat der bereits seine Pistole gezückt und hält sie dem anderen Polizisten an die Schläfe.

»Ganz ruhig«, beschwört er den Mann. »Keine Bewegung, kein Mucks, dann passiert nichts.«

Banta sieht sich zu den Fenstern um. Es ist nicht klar, ob jemand sie gesehen hat. »Kümmer dich um beide«, befiehlt er Jan und stürmt zum Haus.

Er tritt durch die Terrassentür in seinen Stillen Raum, der jetzt gar nicht mehr so still ist, weil Richard zwei Kollegen dirigiert, die Unterlagen aus der Küche in Plastikwannen zum Lieferwagen schleppen. Banta registriert sofort, dass die Männer nicht bewaffnet sind.

Die restlichen Beamten beißen sich wahrscheinlich in der Tiefgarage die Zähne an der Tür zum Kabuff aus. Zumindest hofft Banta das.

Er hält Richard die Pistole vor und drängt den Mann zu den beiden anderen. »Wer sind Sie?«, fährt er Richard an. »Was wollen Sie in meinem Haus?«

Richard spielt verängstigt, leiert seinen Staatsanwaltstext herunter, während die anderen beiden Beamten verstört auf Banta und seine Geisel starren.

»Keiner rührt sich. Alle auf den Boden setzen«, befiehlt Banta und sieht zufrieden, dass die beiden Männer gehorchen. Richard kann sich nicht setzen, Banta muss ihm helfen. Kaum hat er dem Alten unter die Arme gegriffen, raunt er: »Mach keinen Fehler!«

»Tut mir leid«, flüstert Banta und fährt laut fort: »Die Situation hat sich entscheidend geändert. Wir haben leider keine Zeit.« Er wendet sich einem seiner Küchenschränke zu und holt eine Rolle Paketklebeband heraus.

26

ZWEI MINUTEN SPÄTER trifft Banta Jan beim Lieferwagen des Landeskriminalamts, der oben an der Auffahrt zur Tiefgarage gehalten hat. Während Banta die drei Männer gefesselt und geknebelt hat, hat Jan die beiden Polizisten mit Kabelbindern ruhiggestellt.

Er reicht die restlichen Binder Banta und nimmt sich eine der Plastikwannen für die Durchsuchung aus dem Wagen. Die beiden sind so eingespielt, dass Jan nicht fragen muss, was Banta vorhat.

Banta schnappt sich ebenfalls eine der Wannen, dann gehen die beiden gemächlich die Rampe zur Tiefgarage hinab. Die Einsatzkräfte haben das Tor von innen geöffnet, Banta zählt vier Männer. Mit geübtem Blick checkt er, wer bewaffnet ist. Ein dicklicher Typ und sein Kollege bestaunen seinen Café Racer, beide tragen ihre Dienstwaffe. Zwei weitere Polizisten in Zivil kümmern sich um die Tür zum Kabuff. Einer von ihnen hat einen Trennschleifer in der Hand und müht sich ab, irgendwie das Schloss rauszuschneiden. Der andere hat ebenfalls eine Pistole. Banta bedeutet Jan, sich um ihn zu kümmern, während er sich die beiden beim Motorrad vornimmt.

»Staatsanwalt Dr. Trimmer schickt uns. Sollen

Unterlagen holen«, schreit Banta durch das Kreischen des Trennschleifers und tritt lässig zu den beiden am Motorrad.

»Dauert noch mit der Tür«, schreit der Dicke zurück, stutzt aber, als er sieht, wie Jan an der Tür seine Pistole zieht. Der Dicke ist flink. Im Gegensatz zu seinem Kollegen, der sich vors Motorrad gekniet hat, reißt er blitzschnell seine Pistole aus dem Halfter.

Innerlich fluchend weicht Banta mit einem schnellen Schritt aus. Er hatte ihn bewusstlos schlagen wollen, aber die Option ist dahin. Pfeilschnell schleudert er dem Beamten die Wanne entgegen, zieht gleichzeitig seine Waffe und drückt ab. Der Schuss bleibt im linken Oberschenkel des Dicken stecken, schreiend sackt er zusammen. Ehe er die Waffe erneut hochreißen kann, hat Banta sie ihm schon aus der Hand getreten. Seinen Kollegen schickt er mit einem zweiten Tritt zu Boden.

Fluchend hält der Dicke sein Bein. Banta steckt drei Kabelbinder zusammen, wirft sie dem Mann hin. »Bind's ab«, befiehlt er und sammelt die Funkgeräte und Waffen ein. Wie er sehen kann, hält Jan die beiden von der Tür in Schach, hat den einen Polizisten entwaffnet.

»Die sollen sich rüber an die Wand setzen. Alle«, meint Banta.

Kurz darauf kümmern sie sich schweigend um die Tür, die durch die Flex reichlich ramponiert ist. Sie benötigen lange fünf Minuten, um das zerstörte Schloss endgültig aufzutrennen.

Mit einem kräftigen Ruck zieht Banta sie auf.

»Was wollen wir hier?« Jan sieht sich im Kabuff um. Seit sie es vor zwanzig Minuten verlassen haben, hat sich nichts geändert.

»Wie gesagt, er ist gerissen. Und ich glaube Avriel. Er ist nicht in meinem Laptop …« Unbeirrt packt Banta eines der Regale und zieht es von der Wand. »Dieses Arschloch ist in meinem Router!«

Dahinter, an die kalte Betonwand geschraubt, sitzt eine weiße, nicht einmal schuhkartongroße Kiste, in der die Glasfaserkabel von außen münden. Sie verteilt das Netz in der ganzen Villa.

»Das ist krass.« Avriel blickt von ihrem Laptop auf, den sie mit einem Kabel direkt mit dem Router verbunden hat. Sie ist vor wenigen Minuten eingetroffen. »So wie's aussieht, hat er den EEPROM getauscht. Den Chip in deinem Router.«

»Sekunde.« Banta stutzt. »Warte. Er ist nicht von außen eingedrungen und hat die Firmware des Routers manipuliert?«

»Nein.«

»Du meinst, er war hier? Hier drinnen? Und hat den Chip getauscht?«

»Ja. Er ist hier gewesen. Direkt hier. Wo wir stehen. Physisch. In diesem Raum. Krass, nicht wahr? … Wir müssen an den EEPROM ran. Damit kriegen wir ihn!«

»In meinem Haus …« Banta muss das erst einmal sacken lassen. Ungläubig sieht er auf den Plastikkasten an der Wand. »Es ist was Persönliches. Eindeutig.«

»Kannst du einen drauf lassen … Wer kennt alles

den Zugangscode? Zum Haus, zur Garage, hier zum Verschlag?«

»Oder er hat auch den gehackt«, antwortet Banta erschöpft. »Wir müssen die IP-Cams checken, alle Überwachungskameras.«

»Wenn das mal was bringt.« Avriel muss schmunzeln. »Wenn er deinen Router in der Hand hat, dann …«

»Dann auch die IP-Cams.« Banta reibt sich die Augen. »Alle Cams sind per WLAN verbunden.«

»Ganz genau. Geiler Typ.«

Abfällig schüttelt Jan den Kopf. »Wenn du auf Vergewaltigung stehst!«

Avriel verdreht die Augen. »Du weißt genau, dass ich das nicht so …« Sie winkt ab. »Ich lese den EEPROM aus. Ich hab Buspirate und den ganzen Schnickschnack. Damit ist er zu weit gegangen. Ich bin mir sicher, dass wir ihn zurückverfolgen können.«

Banta nickt.

»Ich schlage vor, den Chip komplett zu kopieren. Dann können wir damit rumspielen. Vorher muss ich da aber ran.« Avriel wartet nicht auf Bantas Antwort, sondern zückt einen Schraubendreher und widmet sich dem Gehäuse. Mit mulmigem Gefühl verfolgt Banta, wie sie das Plastik löst und die Innereien zum Vorschein kommen.

Während Jan in die Garage tritt, um die Polizisten zu überwachen, versucht Banta mehr zu sehen, aber Avriel verdeckt ihm die Sicht.

»Sei bloß vorsichtig.« Wenn eine Platine bricht, Avriel unbeabsichtigt für eine Entladung sorgt, ist der

Stream verloren. Reflexartig sieht er auf den Countdown. Sie haben mittlerweile eine gute Stunde verloren. Der Laptop hängt noch immer im Schacht, und dort soll er sicherheitshalber auch bleiben.

»Wie lange brauchst du für das Kopieren?« Banta rechnet mit höchstens einer halben Stunde, bis die Leitstelle merkt, dass was nicht stimmt.

»Stunde. Das Kopieren geht schnell, aber ich muss erst mal an den Chip ran und sehen, wie ich an die Pins komme.« Avriel kratzt sich am Nasenpiercing. »Die Unterlagen vom Hersteller habe ich schon bekommen.«

»Versuch's in zwanzig Minuten.«

»Ey, ich bin nicht Scotty. Kopieren dauert so lange, wie es halt braucht.«

»Darf nicht«, ist Bantas einziger Kommentar, dann lässt er sie arbeiten und überprüft an einem der Monitore seine Überwachungskameras. Im Schnelldurchlauf spult er zurück. Seit Annas Verschwinden bekommt er keinen Besuch. Jedenfalls nicht von Menschen, die er nicht kennt. Vor Jahren hat er eine Putzfrau aus dem Ort engagiert. Vor ein paar Wochen arbeitete eine Gartenbaufirma für ihn, die er seit dem Hauskauf ab und an beschäftigt. Für gewöhnlich kommen immer dieselben drei Männer.

Als Banta sich kurz umsieht, bemerkt er, dass Avriel völlig in ihrer Arbeit versunken ist. Sie hat sich eine ihrer Zigaretten in den Mund geschoben, aber nicht angezündet. Routiniert macht sie ihren Buspirate betriebsbereit, kniet vor dem offenen Router wie ein

Chirurg vor einem geöffneten Körper. Kabel in der Hand, Lupe und LED-Licht auf dem Kopf.

»Wie geht's dem Polizisten?«, fragt Banta, als Jan kurz reinschaut.

»Noch ist alles okay. Er sollte aber ins Krankenhaus.« Jan lehnt sich über Bantas Rücken und sieht auf die Überwachungsbilder. »Was gefunden?«

»Ich bin dabei.« Banta spult weiter zurück. Die beiden mustern alles, hängen gebannt an den Aufnahmen. Gestern, vorgestern, vor drei, vier, fünf Tagen. Vor einer Woche …

Mit einem Mal hält Banta an. »Da …«, flüstert er und spult noch ein wenig zurück, um dann das Material in Normalgeschwindigkeit abzufahren.

Ein weißer Lieferwagen ohne Aufschrift hält vor dem Tor der Einfahrt. »Hm«, grübelt Jan. »Später Besuch.« Er deutet auf den Zeitstempel. 21:37.

Banta spürt, wie sein Herz zu rasen beginnt.

Er konzentriert sich ganz auf das Bild, vergisst die Polizisten in der Garage, den Kellerverschlag …

Der Wagen steht einen Moment in der Abendsonne, dann rollt er ein paar Meter weiter, stellt sich leicht quer, sodass er einen Großteil des Tors und die Konsole für die Codeeingabe abdeckt.

»Er weiß genau, wo die Kameras sind«, stellt Banta fest.

Auch Jan sieht gebannt auf die Bilder. »Der muss dich gründlich ausspioniert haben.«

»Ja.« Bantas Zeigefinger streicht über die Enter-Taste, die vom hunderttausendmal Drücken bereits feinste Rillen hat. Er kann jede davon spüren, als er behutsam, ganz behutsam Bild für Bild weiterschaltet. Klack. Klack. Klack …

Ein Gesicht, betet er. Zeig uns ein Gesicht. Komm schon, du musst doch aussteigen. Komm! Wer bist du …? Los, zeig dich!

Klack. Klack. Klack …

Da wird die Fahrertür geöffnet. Ein Schatten steigt aus, kaum hinter dem Wagen zu erkennen. Banta macht weiter – Bild für Bild.

»Da!« Jan zeigt auf den Monitorrand. Ein schlanker, sportlicher Mann. Angeschnitten. Gesicht abgewendet. Kopf unter der Kapuze eines schwarzen Kapuzenpullis. Er ist lediglich drei Schritte im Bild, geht äußerst bestimmt und zielsicher zur Codeeingabe.

»Ziemlich professionell.« Banta spult noch einmal zurück, vergrößert das einzige Bild, auf dem der Unbekannte ein Stück weit zu sehen ist, auf dem sein Kopf … Nein. Nur ein Schatten. Da ist nichts. Nur ein dunkler Fleck in der Kapuze. Gespenstisch.

Kennen Sie das, wenn da nichts ist. In den Augen? Keine Seele …?

»Agnos Nagy«, vermutet Jan.

»Keine Ahnung. Aber der macht das nicht zum ersten Mal. Er weiß, wo die Kameras sitzen, er weiß auch genau, wie er sich bewegen muss, um nicht einen Hauch von sich preiszugeben.«

»Meinst du, er war schon mal hier? Bei dir im Haus?«

Banta will sich das gar nicht vorstellen. Aber es sind nicht viele, die seinen Code kennen.

Jan spricht seinen Gedanken laut aus: »Glaubst du, es ist einer von uns? Cordt, Avriel, ich?«

»Ich … Ich weiß es nicht. Meine Putzfrau hat einen Code, Richard … und noch zwei, drei andere.«

Auf einer weiteren Aufnahme huscht der Schatten nun im letzten Tageslicht zur Tiefgarage und gibt den Code ein. Da ist kein Zögern in seinem Schritt, kein Wegducken, kein Huschen. Er geht bestimmt und absolut zielsicher vor. Er weiß, was er will, und er zieht es durch.

»Du meinst, er ist für so was ausgebildet worden? Militär?«, fragt Jan.

Die beiden sehen zu, wie der Mann die Tiefgarage betritt.

»Kann gut sein. Oder er hat's schon hundertmal gemacht.« Banta schaltet auf die einzige Kamera, die hier unten installiert ist. Sie erfasst die Garage und die Tür zum Kabuff. Aber auch hier, im grellen Licht, ist sein Gesicht stets verborgen.

Ein Piepen reißt Banta aus den Gedanken. Jan und Avriel fahren herum. Die Sicherheitssoftware meldet eine Bewegung im Garten. Banta schaltet auf Livebild um, sieht, wie zwei Polizeiwagen durch das Eingangstor rollen.

»Avriel? Wir kriegen Besuch … Jan!« Banta zögert nicht, sondern greift sich die Abdeckung des Routers. »Hast du's?«

»Kopie komplett.« Sorgsam löst sie die Kabel, die sie am EEPROM angeschlossen hat. Sofort steckt Banta die Abdeckung aufs Gehäuse, die Schrauben können warten. Jan hat bereits das Regal gepackt, schiebt es wieder vor.

»Weg hier. Los!«, befiehlt Banta. Die beiden stürmen raus, während er sich vergewissert, dass im Raum alles in Ordnung ist. Dann wirft er noch einen letzten, schnellen Kontrollblick auf sein Handy: Der Stream steht noch. Alles so weit gut.

27

OBWOHL DIE PARKLÜCKE gegenüber der JVA Moabit relativ groß ist, rangiert Cordt mit seinem alten Saab x-mal hin und her. Just in der Sekunde, als er den Zündschlüssel abzieht, beginnt es zu regnen. Ein lautloser Regen mit Tropfen, die von überall her zu kommen scheinen.

Er steckt sein Notizbuch unter die Jacke und eilt über die Straße. Hinter der roten, gut fünf Meter hohen Mauer erhebt sich in dreckigem Gelb das Hauptgebäude. Cordt muss ein Stück durch den Regen gehen, bevor er an der Seite des Areals zum Besuchereingang gelangt. Der flache, mit Stacheldraht bewehrte Bau liegt etwas zurück neben einem der niedrigen Wachtürme. Cordt mag Gefängnisse nicht – egal in welcher Ausführung, egal in welchem Land.

Er nimmt die wenigen Stufen zum Eingang und tritt ein. Im Innern ist es kühl und ruhig. Er zückt zwei Euro Pfand für das Schließfach, legt sein Handy, den Autoschlüssel und sein Notizbuch hinein. Dann klopft er noch einmal seine Taschen ab, um ja nichts Persönliches mitzunehmen. Eine mürrisch dreinblickende Beamtin verlangt seinen Personalausweis und checkt die Liste.

Cordt hat sich telefonisch angemeldet, aber die Beamtin fordert ihn auf zu warten.

28

»OKAY, SEHEN WIR mal, was wir hier haben.« Avriel setzt sich auf dem Fahrersitz zurecht, ein Bein raus, eins im Wagen. Lässig zieht sie sich einen Laptop heran und beginnt zu arbeiten. Die gelbe Leuchtreklame der Agip spiegelt sich im Monitor, während sie ihre Beute aus dem Router durchsieht.

Banta steigt aus und wirft einen Blick auf den Parkplatz vor der Tankstelle. Eine Horde Schulkinder fegt umher, ein paar osteuropäische Autos mit Anhängern, zwei schwarze Limousinen mit Frankfurter Kennzeichen. Einen Moment lauscht er in das Rauschen der nahen Avus, weil er meint, Polizeisirenen zu hören. Sicher wird bereits nach ihnen gefahndet.

Sie sind durch die Nachbargärten entkommen, haben Avriels Tesla genommen und sind die Avus runter bis zur Raststätte Grunewald West gefahren.

Fehlalarm. Die Sirenen verhallen irgendwo in Berlin, auf der anderen Seite der Autobahn.

Banta wirft einen Blick auf die Tankstelle, in der Jan verschwunden ist, um ihnen was zu trinken zu kaufen. Schließlich geht er um den Wagen herum zu Avriel. Er stellt sich so, dass sie etwas Schatten bekommt und besser sehen kann.

»Was ist mit Cordt?«, will er wissen. »Habt ihr was über Agnos Nagy rausbekommen?«

Avriel hört nur mit halbem Ohr zu, sie ist auf ihre Analysen konzentriert. »Der kümmert sich, hat er gesagt«, brummt sie, ohne aufzublicken.

Er sieht auf ihren Monitor, beobachtet, wie sie ein paar Linux-Tools öffnet, um sich einen Überblick von der manipulierten Router-Firmware zu verschaffen. Ohne hinzusehen, zieht sie eine Mentholzigarette aus der Packung, steckt sie an und lässt ihre Finger über die Tastatur gleiten. Sie benutzt hexdump und strings, dann lzma. Banta kennt diese Programme, auch wenn er aus der Übung ist und sie sich in den letzten Jahren rasant entwickelt haben.

Nachdem sie ein Tool namens binwalk laufen lässt, hellen sich ihre Züge ein wenig auf. Sie kratzt sich ihr Piercing, und Banta denkt, sie kommt mit einigen Infos rüber, aber sie versenkt sich abermals in ihren Computer.

Jan bringt ein paar Wasserflaschen. Geduldig wartet er mit Banta. Ein kühlender Wind setzt ein. Als Banta aufsieht, bemerkt er erste dunkle Wolken über Berlin. Kaum merklich beginnt es, nach Sommergewitter zu duften …

»Ha!«, schreit Avriel plötzlich auf, und beinahe rutscht ihr der Laptop vom Schoß. Vor den Augen der drei übersetzt ein Decompiler den Binärcode der Firmware zu einigermaßen lesbaren Programmzeilen. Aus den Einsen und Nullen, den Bits und Bytes fügt sich eine Programmiersprache zusammen, die die drei verstehen können.

»Und?« Jan wischt sich die Stirn und trinkt einen Schluck.

»Wart's ab. Sekunde …« Sie wühlt sich durch den Code.

Der Wind nimmt zu, weht das Autorauschen der Avus zu ihnen, ansonsten hat sich Stille über den Parkplatz gelegt. Die Kinder sind fort.

Avriel vergleicht, springt, blättert vor und zurück. »Okay. Hm … Ja …«, grübelt sie. »Das sieht ganz schön verstaubt aus.«

»Was meinst du?«, hakt Banta nach und sieht noch einmal zu den Wolken. Tatsächlich braut sich über Berlin etwas zusammen.

»Hier«, sie deutet auf eine Zeile, »und das hier …« Abermals scrollt Avriel durch die Programmzeilen, die der Decompiler rekonstruiert hat.

Der Code ist extrem schwer zu lesen, weil er von einem Programm und nicht von einem Menschen generiert wurde. Ist es möglich, darin auch noch einen Stil zu erkennen?

Banta merkt, dass Jan ebenso zweifelt wie er. »Was soll'n das heißen – *verstaubt?*«, fragt er und tritt näher.

Avriel weist auf ein paar Zeilen, scrollt dann vor und wieder zurück. »Hier zum Beispiel! Das soll Encryption sein … Hm … Hier werden die Daten verschlüsselt, damit sie unterwegs keiner mitlesen kann. So weit, so gut. Das ist clever gemacht, aber sehr, sehr old school. Der programmiert alles zu Fuß.«

»Zu Fuß? Er benutzt nicht die gängigen Befehle, die die Prozessorhersteller anbieten?«

»Ja. Genau. Keine der seit Jahren gängigen Funktionen zur Verschlüsselung. Der hat sich, wie früher, einfach seine eigene Verschlüsselung ausgedacht. Alles von der Pike auf selbst programmiert. Das geht heutzutage viel eleganter, aber nur, wenn man die neueren Prozessorbefehle auch nutzt.«

Jan brummt. »Vielleicht hat er die Prozessorfortschritte verpennt.«

»Oder er vertraut ihnen nicht«, wirft Banta ein. »Oder er will sichergehen, dass sein Programm auch auf alter Hardware läuft.«

»Oder er ist«, ergänzt Avriel lächelnd, »wie alle Programmierer, ein Gewohnheitstier. Und ist es gewohnt, alles selbst zu stricken – wie man es eben früher gemacht hat. Old school eben! Der Typ ist älter als ich.«

»Du verarschst uns!«, meint Jan ungläubig.

Ist es wirklich möglich, dass Avriel aus dem Decompilat einschätzen kann, wer die Firmware manipuliert hat?

»Guckt nicht so«, fährt sie die beiden an. »So einen Code liefern dir aktuelle Compiler nur noch, wenn du ihnen schlimme Dinge antust und sie auf Einstellungen vor meiner Geburt zwingst.«

»Du willst damit sagen«, hakt Banta nach, »derjenige, der das programmiert hat, ist so alt wie ich?«

Grinsend fährt sich Avriel durch ihre neongrünen Haare. »Gehe ich von aus! Ich meine, der Code ist nicht schlecht gedacht, aber so würde das heutzutage eben niemand mehr programmieren. Der Typ hat was drauf, aber er ist nicht ganz up to date.«

»Oder er hat nicht deine Ausbildung«, wirft Banta ein.

»Danke, mein Schatz«, haucht sie ihm übertrieben zu.

»Oder er macht's, um was zu verschleiern«, mutmaßt Jan.

Grübelnd sieht Avriel auf den Sourcecode. »Alles möglich. Aber ich bleib bei meiner Einschätzung. Wer immer das programmiert hat – er ist aus der Übung. Jedoch ziemlich raffiniert.« Sie zeigt ihnen, was sie meint. »Der Router tut nur so, als ob du mit Chat-Roulette verbunden bist, Banta. Er gaukelt dir die Chat-Roulette-Adresse an deinem Computer vor, aber in Wirklichkeit bist du mit jemand anderem verbunden. Eine ganz andere IP.«

»Erklär das mal für normale Menschen«, brummt Jan, der noch nicht verstanden hat, worauf Avriel hinauswill.

»Der Livestream. Er kommt nicht von Chat-Roulette, sondern von einer anderen Adresse. Es sollte nur so aussehen, als wäre es zufällig.«

»Er schickt mir die Adresse von Dhaka, aber in Wirklichkeit bin ich irgendwo anders ...«

Avriel nickt. »Genau, Banta. Der Kerl hat die Oberfläche von Chat-Roulette nachgebaut. In Wirklichkeit schaltet der Router, nachdem du ein paar Kanäle im Roulette durchgeklickt hast, auf eine völlig andere IP um, die mit Chat-Roulette nichts mehr zu tun hat. Auf die Stream-IP.«

»Auf Annas Bild.« Banta wird wütend. »Er dringt bei mir ein, manipuliert den Router, und ich tue genau, was er will. Ich stolpere über Anna und beginne zu recherchieren.«

»Du musstest unweigerlich Anna im Stream sehen. So hat er die Software im Router umgeschrieben.«

Banta schnauft. Und er dachte an Schicksal!

»Alles, was der Typ tut, ist minutiös geplant«, wirft Jan ein. »Und mein Scheißgefühl sagt mir, dass er immer zwei Schritte voraus ist!«

»Aber warum?«, grübelt Banta. »Das ist doch die entscheidende Frage. Warum? Wieso Anna? Es ist fünf Jahre her … Wer hat es auf mich abgesehen?«

»Da will dich einer dort treffen, wo es wehtut. Richtig weh«, stellt Jan fest.

Banta haut auf den Wagen. »Aber warum?!«

Jan lacht auf. »Soll ich mal einen Stein werfen? Egal wohin. Ich treffe sicher wen, dem wir in den letzten Jahren auf den Schlips getreten sind. Eigentlich ist es unser Job, allen in den Hintern zu treten.«

Das erste Mal schenken sich Jan und Avriel ein Lächeln.

»Ja, und das ist cool«, meint sie.

Banta hat gar nicht zugehört. »Was ist, wenn dieser Agnos Nagy mit anderen Fällen von uns in Verbindung steht? Nicht nur mit den Barbu-Brüdern?«

»Ich ruf Cordt an, vielleicht hat der inzwischen was rausgefunden.« Jan zückt sein Handy und geht ein paar Schritte über den Parkplatz.

»Was ist mit der Tür?«, fragt Banta grübelnd. »Wieso die Tür? Die Spur führt ins Tornetzwerk und damit ins Nichts.«

Sie übersehen etwas, überlegt Banta. Ihr Gegner hat diese Aktion bis ins letzte Detail geplant. Wozu die Tür, wenn sie keine Nachricht an ihn ist?

»Tornetzwerk«, stimmt Avriel leise zu, aber er bemerkt, dass sie ebenfalls intensiv nachdenkt.

»Was ist los?«, will er schließlich wissen.

»Ich ... Ich weiß nicht, warum er uns die Tür schickt, keine Ahnung. Aber er muss seine IP hier in der Firmware versteckt haben. Die kann ich rauskriegen. Und dann haben wir ihn.«

Jan kommt zurück. »Soll ich dir was sagen?«, mault er. »Das ist wieder 'ne Adresse vom Tornetzwerk. Ab ins Dunkel und weg. Spur verloren! Bei Cordt geht übrigens auch keiner ran.«

»Tornetz? Bestimmt nicht!« Avriel rutscht vom Autositz und baut sich vor Jan auf. »Ein bisschen Nachdenken hilft. Das Videosignal kommt ruckelfrei durch die Leitung. Da verwett ich doch meinen süßen Hintern drauf, dass uns die IP ziemlich direkt zu ihr bringt. Maximal ist ein Computer zwischengeschaltet, aber das war's. Dann sind wir genau dort! Da! Bei ihr!« Sie tippt auf Bantas Smartphone, der schon wieder nach Anna sehen musste. Sie sitzt nicht mehr am Tisch, kauert, Haare vor dem Gesicht, völlig ermattet an einem der Regale. Ihre Hände sind gefesselt, eine Kette führt zum Tisch. Keine Ahnung, ob sie lebt oder tot ist.

»Direkt zu ihr?«, wiederholt Banta. *»Direkt.«*

Direkt! Er hat einen Fehler gemacht. Chat-Roulette hat keine Spur zu ihr gebracht, aber der Router führt uns zu ihr.

Er spürt, wie Hoffnung in ihm wächst. »Das heißt«, er zeigt auf Avriels Laptop, den sie auf den Fahrersitz geschoben hat, »da drin ist eine IP, die direkt zu Anna führt?«

Er spürt Avriels Hand sanft an seinem Arm, als sie ihm ein aufmunterndes Lächeln schenkt. Sie nickt. »Ich glaube, ja. Der Typ hat sie sicher verschleiert, aber ich finde sie raus. Und dann sind wir bei Anna.«

Bantas Kehle ist trocken. Er nimmt die Wasserflasche vom Wagendach und trinkt. Einen Moment sagt er kein Wort, sondern sieht auf den sich anbahnenden Regen. »Bevor wir weitermachen, muss ich euch eine Frage stellen. Ob es Agnos Nagy ist, wissen wir nicht. Aber wir wissen, dass er mir droht. Er war bei mir zu Hause. Er will, dass ich zusehe, wie Anna stirbt. Dieser kranke Typ will mir beweisen, dass er schlauer ist, und ich soll leiden.«

»Ich weiß, was du fragen willst«, winkt Jan ab. »Und meine Antwort ist ein klares Ja.«

Avriel nickt ebenfalls. »Ja. *Gebt sie auf! Sonst seid ihr alle tot!* Die Drohung an der blauen Tür betrifft uns alle … Wir hören nicht auf. Wir suchen weiter, bis wir sie gefunden haben.« Sie streckt die Hand aus – wie in einem Sportlerteam vor dem Anpfiff eines wichtigen Spieles. Erst legt Jan seine in Avriels, schließlich folgt Banta.

»Danke«, sagt er. Es kommt aus tiefstem Herzen.

29

EINER DER SCHLIESSER, ein trainierter, nach Schweiß stinkender Mann um die dreißig, begleitet ihn durch drei schwere automatische Türen bis ins Sprechzentrum. Der Besucherraum ist nüchtern eingerichtet. Diverse Tische mit jeweils vier Stühlen. Auf einer Seite stehen Automaten mit Getränken, Zigaretten und Süßigkeiten. Der Raum versprüht den Charme einer lausigen Kantine.

Möglichst leise zieht sich Cordt einen der Stühle vom Tisch und setzt sich, während der Wärter loszieht, um den Insassen zu holen.

Manfred Bräuner setzt sich keine zwei Minuten später Cordt gegenüber. Mit unverhohlenem Argwohn mustert der Mann seinen Besuch. Bräuners nikotingelbe Finger tippen nervös auf seine Zigarettenpackung. Seine Handrücken sind tätowiert, ziemlich schlechte Arbeit im Gegensatz zu Agnos Nagys Tattoos. Bräuners Lächeln wirkt aufgesetzt, extrem steif. Bevor Cordt sich ordentlich vorstellen kann, meint Bräuner: »Ich hab nur alle vierzehn Tage eine Stunde Sprechzeit. Bin ’n exklusiver Seelenklempner.« Er grinst schief. »Ich kenn Sie nicht, und Sie sind kein Anwalt. Also, was können Sie mir Gutes tun?«

»Hängt von den Informationen ab. Sie wissen, weswegen ich hier bin.«

Bräuner grinst. »Hat man mir geflüstert. Agnos Nagy.« Er lacht und schüttelt den Kopf. »Scheiße. Mit Nagy hatte ich das letzte Mal zu tun … Ach Scheiße, das is' Jahre her.«

»In München?«

Bräuner zieht ein Einweg-Feuerzeug aus der Schachtel und steckt sich eine Zigarette an. »Nein. Hier. In Berlin. Hab ein paar Waffen bei ihm gekauft.«

»Waffen? Keine Frauen?«

Lächelnd inhaliert Bräuner. »Die gab's bei ihm auch.«

»Gab's?«

»Gab's? Gibt's? Was weiß ich. Ich bin hier drin. Er ist da draußen. Ich bin nicht sein Geschäftspartner. Wär ich vielleicht gern, so viel Asche, wie der gemacht hat.« Er nimmt noch einen Zug. »Machte? Macht? Ach Scheiße. Der Typ war bei der OK.«

»Organisierte Kriminalität. Ja, weiß ich.«

»Der hatte seine Finger überall mit drin. Angeblich verkauft der Frauen aus Osteuropa, aber auch Thais und so. Man kann sich auf 'ne Liste setzen lassen und eine bestellen. Geil, wa? Nach ganz Europa.«

»Perverser Scheiß.«

Bräuner nickt und verbeugt sich, als sei Cordt sein Guru.

»Waren Sie mal bei ihm?«, wagt sich Cordt etwas aus der Deckung, woraufhin Bräuner aufhört, nervös zu trommeln, und seine Zigarette aus dem Mund nimmt. Er mustert Cordt von oben bis unten, sehr lange und äußerst eindringlich.

»Sie sind wegen einer Frau hier? Richtig?«

Cordt nickt.

»Sie glauben, dass Agnos Nagy sie hat?«

Abermals bejaht Cordt stumm.

Bräuner zieht einmal, zweimal, dreimal an seiner Zigarette, bevor er weiterspricht. »Kann gut sein. Der hatte immer mehrere am Start. Dutzende. Macht sie schön gefügig, um sie zu verkaufen. Gab da wohl so Videos. Was weiß ich?«

»Gute Frage. Was wissen Sie denn?«, knurrt Cordt. »Dem Richter haben Sie weder was von den Frauen noch von Agnos Nagy erzählt.«

»Ich hab mit dem Arsch ja auch nichts zu tun!« Er drückt energisch seine Zigarette aus. »Hören Sie, der Nagy ist ein Geist, ein Gespenst. Das letzte Mal habe ich vor einem Dreivierteljahr von dem gehört.«

»Dreivierteljahr? Was gehört?«

Bräuner zieht eine zweite Zigarette aus der Packung, blickt dann zu den Lampen hoch und meint genießerisch: »Eine Frau … Ach …«

»Wo haben Sie von ihm gehört? Von wem?«

»Sieben …«, meint Bräuner unvermittelt.

»Was?«

»Zwei …«

»Bräuner, kommen Sie! Wer hat Ihnen was über Nagy erzählt? Hat wer Kontakt zu ihm?«

»Sieben …« Er lächelt süffisant.

Cordt wird lauter. »Wo ist Agnos Nagy? Wo!«

Alarmiert horcht der Schließer auf und tritt heran. »Alles in Ordnung?«

»Alles gut«, knurrt Cordt und sieht in Bräuners Grinsen. Seine Zähne sind ebenso gelb wie die Finger.

»Wo ist Nagy? Wie kann ich ihn finden?«

»Noch mal sieben ...«

»Hör auf mit dem Scheiß«, duzt Cordt ihn genervt. Am liebsten würde er den Kerl packen und ihm die Zigaretten zwischen die Zähne schieben. Mit gebotenem Nachdruck. »Es geht um ein Menschenleben. Kapieren Sie das?«

»Hunderteins ... Menschenleben? Darum geht's immer. 7277101. Das ist die Hauskontonummer.« Bräuner steht auf. »Könnte ich wohl bitte in meine Zelle?«, wendet er sich an den Beamten.

»Warten Sie!« Auch Cordt steht auf, will schon rüberlangen und den Mann festhalten, besinnt sich dann aber eines Besseren.

»Bleiben Sie bitte kurz sitzen«, ermahnt ihn der Beamte. »Es kommt gleich jemand und führt Sie raus.«

»Raus – raus – raus!« Bräuner lacht laut und wartet, dass der Beamte die Tür aufschließt. »7277101. Und schön meinen Namen und mein Geburtsdatum als Betreff angeben«, ruft er noch, bevor sich die Tür lautlos hinter den beiden schließt.

Cordt wischt sich über die Glatze und schnauft. Entweder der Typ weiß mehr über Agnos Nagy, oder er hat eine gute Show abgezogen.

30

ALS MÜSSTE SICH Gropiusstadt ihnen unbedingt von seiner trostlosesten Seite zeigen, umwehen Schleier aus Regen die Betonklötze. Die Tropfen sind so schwer, dass Banta kaum etwas durch die Windschutzscheibe sieht.

Unter einem Vordach lehnen ein paar Gestalten in Trainingsanzügen und rauchen, die Kapuzen in die Gesichter gezogen. Drei Omis mit zahlreichen Tüten, die ihre Haare in Plastiküberzügen verstecken, eilen gebückt durch die Pfützen. Zwei Jugendliche haben sich vor dem Regen mit ihren Mopeds unter einen Baum geflüchtet.

Avriel hat die IP aus dem Router geholt wie ein Angler einen störrischen Fisch aus dem Meer. Die IP erwies sich als Volltreffer, denn Avriel gelang es über sie, in weniger als einer Stunde in den Rechner dahinter einzudringen. Und der steht ausgerechnet in einem der berüchtigtsten Stadtteile Berlins.

Bantas Gedanken schweifen kurz ab, während er die regengrauen Parkplätze und betonbalkonbewährten Blocks ansieht. Entweder hat der Angreifer niemals damit gerechnet, dass sie den Router auseinandernehmen und auf die IP stoßen – oder aber er hat sein

System *absichtlich* kaum gegen Angriffe von außen geschützt.

»Du denkst nach, ob er seinen Computer bewusst so offen gelassen hat. Stimmt's?«, fragt Jan, der Banta aufmerksam mustert.

»Manchmal find ich dich unheimlich, Jan.«

»Wir kennen uns eben einfach schon so verdammt lange.« Jan lächelt. »Ach ja. Außerdem hilft der Gedankenlese-Chip von Yamaha, den ich mir eingebaut habe.«

Das entlockt Banta ein Lächeln.

»Mit Porno-Modul … He! Ist da etwa ein Lächeln?«

Banta geht nicht drauf ein. »Wenn er die Möglichkeit nicht in Betracht gezogen hat, dass wir seinen Routerhack aufspüren, war es sehr fahrlässig. Und so, wie ich diesen Mann einschätze, ist er genau das Gegenteil von fahrlässig.«

»Also wirklich Absicht?«

»Weißt du noch, wie die Barbu-Brüder unsere Backdoor benutzen wollten?«

»Gegen uns? Ja.«

»Ihr Rechner war absichtlich so offen gehalten worden und kaum geschützt. Das könnte jetzt genau so eine Honigfalle sein.«

»Entweder, die Kleine ist einfach gut, oder sie baut wieder Scheiße.« Jan nickt. »'n Topf voll süßem Honig im Internet, an dem möglichst viele Idioten kleben bleiben. Kann schon sein.«

»Ein Rechner, gerade genug geschützt, um nicht zu offensichtlich als Falle auszusehen«, sinniert Banta.

»Aber offen, um uns möglichst anzuspornen, ihn zu kapern.«

Banta biegt ab, lenkt Jans Wagen tiefer zwischen die Betonklötze. Er möchte sich nicht ausmalen, was Avriel mit ihrem Eindringen in den PC in diesem Fall ausgelöst hat. Wenn es eine Honigfalle ist, weiß Annas Entführer nun genau, wie weit sie mit der Recherche sind. Auf der anderen Seite konnte Avriel aber durch ihren Hack so tief in den Fremdrechner einsteigen, dass sie in der Lage war, den GPS-Chip auszulesen. Sie haben nicht nur den Stadtteil, sondern auf den Meter genaue Koordinaten. Wahrscheinlich handelt es sich um einen Laptop, zumindest deutet der GPS-Chip darauf hin. Andere Bereiche des Computers sind hingegen sehr gut geschützt und noch unerreichbar für Avriel. Immerhin konnte sie erkennen, dass eine externe Kamera angeschlossen ist. Auch Teil der Honigfalle?

Nein, betet Banta, Anna sitzt davor.

Direkt. Dieses Wort flammt vor ihm auf. Direkt zu Anna.

Er überfährt eine rote Ampel, bemerkt, wie sich einige Köpfe nach ihnen umsehen. Die Gegend wird immer ungemütlicher, die Häuser verwahrloster, die Grünflächen verschmutzter.

Wo der Laptop ist, ist Anna.

Sieben Minuten später halten sie inmitten des Plattenbau-Areals. Irgendwann in den Achtzigerjahren hat die Stadtverwaltung versucht, ein wenig mehr Pep in das Wohngebiet zu bringen, und einige der Häuser moosgrün gestrichen. Die Farbe ist mittlerweile großflächig abgeplatzt. Einige der Einheiten stehen offensichtlich seit Jahren leer, und die Natur hat begonnen, sich zurückzuholen, was einst ihres war. Moos und Flechten ziehen sich über den mit Graffiti getränkten Beton, die schmalen Plattenwege zwischen den rechts und links aufragenden Gebäuden sind durch junge Bäumchen gesprengt worden. Unwillkürlich erinnert Banta die Wohnanlage an Fordow im Iran. An das ärmliche Viertel, in dem er damals bei seinem letzten geheimen Auftrag für die NCI Agency eine MQ-9-Reaper-Drohne der USAF herausholen musste.

Banta und Jan steigen aus dem Wagen, wie sie es bei Dutzenden Aufträgen geübt haben: Waffe an der Seite, wacher Blick in alle Richtungen. Zwei Dealer drücken sich in den Schatten eines Hauseingangs.

Wahrscheinlich halten sie uns für die Polizei, denkt Banta, kann aber nicht sagen, ob das gut oder schlecht ist.

»Hübsch hier«, frotzelt Jan. »Ganz bezaubernd.«

Banta lässt den Blick über die Eingänge und die verwinkelten Wege springen. Für seinen Geschmack gibt es hier zu viele Schatten, zu viele Mäuerchen, hinter denen man sich verstecken kann. Er packt den wasserdichten, 12-Zoll-Outdoor-Laptop aufs Autodach und checkt die GPS-Daten, während er sich ein Headset ans Ohr steckt.

Jan nimmt eine Kameradrohne aus dem Kofferraum und macht sie mit wenigen Handgriffen bereit. »Dann sehen wir uns dieses Elend mal an«, meint er und lässt das Ding in die Luft steigen. Durch den Regen und den schneidenden Wind zwischen den Blocks hat er Probleme, sie ruhig zu halten.

»Stream steht.« Banta sieht sich die Übertragung am Laptop an.

Gut hundert Meter lässt Jan die Drohne gerade in die Höhe schießen, schwenkt dann die Kamera und liefert einen Panoramablick auf das Gelände. Die meisten Wohnsilos ragen sechs, nur einige wenige acht Stockwerke in den gewittrigen Himmel.

Sie begutachten alles ausführlich. »Sieht verlassener aus, als es ist. Wetten?«, meint Banta argwöhnisch.

»Gehe ich auch von aus. In welchem Gebäude ist unser Ziel?«

Bantas Finger huschen über die Tastatur, eine Karte erscheint, das GPS-Signal des gehackten Laptops wird eingetragen. Er deutet auf das Livebild der Drohne. »Das Gebäude dahinten. Ostrand der Siedlung.«

Er hat kaum zu Ende gesprochen, da steuert Jan bereits die Drohne in Richtung des Hauses. Die triste Aussicht wiederholt sich. Betonbau an Betonbau, schmale Gehwege, ein gesplitterter und ausgebrannter Baum, ein paar viel zu teure Autos und ein Spielplatz. Komplett demoliert. Plötzlich tauchen vier Kids auf Fahrrädern auf. Sie starren direkt hoch in die Kamera. Die Jungs sind vielleicht elf, zwölf Jahre alt, doch anstatt zu lachen und zu winken, zückt einer plötzlich eine Pistole und schießt.

Volltreffer. Ihre Übertragung bricht zusammen.

»Fuck«, stößt Jan aus. »Das kann ja heiter werden.«

Banta überspielt die GPS-Daten in ihr militärisches Navigationssystem, ein robustes, smartphone-großes Device. Mit einer routinierten Bewegung pappt er sich das Gerät mittels Klettband an seinen Unterarm. Prüfender Blick auf das Display. Anna ist ungefähr zweihundert Meter entfernt in einem der Wohnsilos am östlichen Rand der Anlage.

»Ziel markiert. Lass uns los.« Banta wischt sich den Regen aus den Haaren und nickt Jan zu. Sich gegenseitig Deckung gebend, dringen sie in das Labyrinth der Betonklötze ein.

Obwohl Banta niemanden sehen kann, weiß er, dass Dutzende Augen auf sie gerichtet sind. Er kann Stimmen hören, irgendwo hinter ihnen telefoniert jemand laut, und in einem der Blöcke schreit ein Mann seine Frau an. Ein Kind ruft, ein anderes weint. Aus dem ersten Stock im Haus direkt neben ihnen dröhnt laute Disco-Musik. Jemand hat die Anlage voll aufgedreht.

Sie gehen weiter, da reicht Jan ihm eine der Restlichtverstärkerbrillen. Banta streift sie routiniert über, lässt sie aber auf der Stirn. Auch wenn die meisten Straßenlampen und die Beleuchtung in den Hauseingängen eingeschlagen sind – einige brennen noch und spenden genug Licht. Außerdem weiß Banta aus Erfahrung, wie hinderlich die Brillen trotz all der schönen Technik sein können. In stockfinsterer Nacht irgendwo in der Wüste mögen sie einen erheblichen strategischen Vorteil bieten, aber hier, in den Schluchten der Plattenbauten?

Sie dringen weiter vor. Banta bemerkt, dass er

unwillkürlich jede Haustür mustert. Ist sie blau? Ist sie besprüht?

»Wie weit noch?«, will Jan wissen.

»Hundert. Elf Uhr.« Banta zeigt zwischen zwei Wohnblocks hindurch zu einem dritten. Er sieht genauso schäbig und verlassen aus wie alle anderen hier.

Mit einem Mal ertönt die Alarmanlage des BMW. Glas splittert, und Banta hört, wie jemand – wahrscheinlich die Kids – mit einem Baseballschläger auf das Auto einschlägt.

»Die sind ja sogar zu doof, um 'n Auto zu klauen«, stellt Jan grummelnd fest. »Fuck. Auf die romantische Stadtwanderung zurück freue ich mich jetzt schon.«

Im Gegensatz zu Jan nimmt Banta die Sache nicht auf die leichte Schulter. Lieber streift er sich jetzt doch das Nachtsichtgerät über. Wahrscheinlich sind es wirklich bloß die Kids, die Jans BMW demolieren. Aber dass sie es überhaupt wagen, heißt, dass sie nicht mit Polizei als Nachhut rechnen. Sie gehen davon aus, dass sie beide die einzigen Eindringlinge in ihrem Revier sind.

Banta sieht sich durch das Nachtsichtgerät um. Eine grüne Welt schwimmt im Schwarz. Was er sieht, schmeckt ihm ganz und gar nicht. Hinter jeder Ecke lauern zwei, drei Gestalten. Bereits dieser erste kurze Blick offenbart mehr als fünfzehn potenzielle Gegner, die scharf auf ihr Equipment sind. Auf das GPS-Gerät, die Nachtsichtbrillen und die Waffen. Vor allem die Waffen. Wenn sie Anna finden, muss er sie durch diese Idioten raustragen.

Sie erreichen das Ende der beiden Häuser. Ihr Zielobjekt befindet sich nun direkt vor ihnen. Lediglich der verwaiste Spielplatz liegt noch zwischen ihnen und dem Plattenbau. Sämtliches Spielgerät ist demoliert und beschmiert.

»Fünfzig Meter. Mehrere GWBs.« Ihre Kennung für gewaltbereite Personen.

»Bestätigt. Fünfzehn und mehr. Wahrscheinlich viel mehr.«

Die Eingangstür ist nicht blau, trotzdem hält Banta darauf zu. Sie bewegen sich zügig, Rücken an Rücken, decken sich gegenseitig. Gesprayte Schwänze und Mösen, gemixt mit Totenschädeln und Tags, verzieren die Front des Betonklotzes. Die Tür hängt halb eingetreten in den Angeln. Viele Fenster des Erdgeschosses sind vernagelt. Trotzdem meint Banta, zwischen den Bretterritzen eine Bewegung wahrzunehmen. Der verdammte Regen drückt ihm ins Gesicht. Obwohl sie erst seit fünf Minuten aus dem Auto sind, ist er klatschnass.

»Okay. Gehen wir rein«, befiehlt er.

»Verstanden.«

Er umklammert seine Pistole fester, fixiert die Tür und gibt Jan ein Zeichen, dass er sich bereithalten soll.

Banta zückt sein Handy, sieht nach Anna. Der Stream steht, sie hat sich noch immer nicht gerührt und liegt reglos auf dem Boden. Einmal durchatmen, dann stürzt er vor, lässt seine Schulter gegen die Tür krachen.

31

DIE ZWEI STÜRMEN, Waffen im Anschlag, in den Flur. Der beißende Geruch von Urin schlägt ihnen entgegen. Stumm bedeutet Banta Jan, tiefer in das Haus einzudringen. Mit einem schnellen Blick vergleicht er ihre Position und das GPS-Signal. Es muss eine der Wohnungen hinten links sein.

Kaum zeigt Banta in die Richtung, als plötzlich vor ihm ein Mann aus der Tür tritt. Der Typ hat nur eine Unterhose an, ist stark tätowiert und aschfahl. Er schwitzt stark und schreit in einem durch. Er schreit seine russisch getränkten Worte so schnell und laut, Banta kann ihn kaum verstehen.

»In die Wohnung!«, ruft Banta und hält ihm die Waffe vor, doch der Typ ist völlig außer sich, lässt sich nicht einschüchtern. »Geh in die Wohnung! Zurück.«

Mit einem Mal macht der Mann einen Schritt auf Banta zu. Er will ihm in die Waffe greifen. Adrenalin pumpt durch Bantas Adern. Nicht abdrücken, auf keinen Fall! Kein Schuss hier. Also reißt er die Schusshand herum. Da sieht er, wie Jan sich an ihm vorbeidrückt, den Typen an der Kehle packt und ihn gegen das Türblatt donnert.

»Schnauze!« Jan greift abermals zu, dreht dem

Fremden den Arm auf den Rücken und versetzt ihm einen Stoß, sodass er in seine Wohnung taumelt.

Aber der Kerl hat noch immer nicht genug, rappelt sich auf, springt zurück in den Flur. Für den Bruchteil einer Sekunde kann Banta hinter ihm zwei junge Frauen erkennen, hagere Gestalten, ausgemergelt. Der Geruch von Schweiß, Alkohol und Dope weht ihm entgegen. Bevor der Typ sich wieder auf Jan stürzen kann, verpasst Banta ihm einen glatten Schlag gegen das rechte Ohr. Der Fremde schreit auf, Banta schlägt ein zweites Mal zu, präziser, härter. Bewusstlos geht der Angreifer zu Boden.

Sofort richtet Banta die Waffe auf die beiden Frauen im Wohnungsinnern. Immerhin heben sie kurz die Arme, signalisieren, dass sie keinen Ärger wollen.

Die beiden huschen am Treppenhaus vorbei zur Tür der Wohnung hinten links. Eine gewöhnliche Wohnungstür. Kein Spruch drauf. Banta drückt sich mit dem Rücken an die Wand, Jan tut es ihm gleich.

Völliger Wahnsinn. Hier ist kaum Deckung, denkt Banta. Wenn jemand sie gehört hat und von innen durch die Tür schießt …

Er nickt Jan zu. Der hat verstanden.

Mit einem Tritt bricht Banta die Tür auf. Eine Frau schreit, rennt in den Wohnungsflur. Graue Haare, über sechzig. Geschockt starrt sie die beiden an, beginnt auf sie einzureden, zu fluchen, zu zetern. Sie hat ein buntes Kleid an, die Wohnung sieht ordentlich und fröhlich aus.

Sofort hebt Banta entschuldigend die Waffe. Verfluchte Scheiße, schießt es ihm durch den Kopf. Wir hinterlassen hier nur Scherben. Wir gehen viel zu stürmisch vor. Noch zwei Minuten, und die wollen uns alle lynchen.

Er sieht sich zu Jan um. Dem scheint das alles reichlich egal zu sein, er ist bereits zum Treppenhaus geeilt und will nach oben.

Unter den lauten Verwünschungen der Alten folgt Banta ihm. Er hat kaum die ersten Stufen genommen, als er abermals Lärm aus dem Flur unter sich hört. Sein Blick fällt durch ein zerschlagenes Fenster vor den Wohnblock. Da stehen die Fahrräder der Jugendlichen, die die Drohne abgeschossen haben. Sie rufen und grölen, reden mit der Alten.

Im nächsten Moment reißt Jan die Tür zum zweiten Stock auf, und ein Dutzend Tauben schreckt auf. Wild flattern sie herum, fliehen durch ein kaputtes Fenster. Banta und Jan betreten den Flur der ersten Etage. Sämtliche Wände mit Graffiti übersät, der Boden mit Taubenscheiße paniert. Zigarettenstummel und dreckiges Papier auf kaltem Boden. Zwei der sechs Türen sind aufgebrochen, neben einer stehen Mülltüten. Es ist die einzige mit einer Art Klingelschild. Aber von dort stammt nicht das GPS-Signal.

Sogleich wenden sie sich der Wohnung hinten links zu. Die Tür ist aufgebrochen, im Spalt erwartet sie Dunkelheit. Sonst ist nichts zu erkennen. Während die Jugendlichen immer lauter werden, die Stimmen zahlreicher und näher kommen, pirschen sich Banta und Jan an die kaputte Tür heran.

Banta stößt sie auf.

Verlassen. Ausgeräumt. Nur ein paar Matratzen auf dem Boden. Kistenweise leere Flaschen. Spritzen liegen herum. Banta sucht nach irgendetwas, das auf Anna hinweisen könnte. Währenddessen geht Jan die drei Räume systematisch ab und meldet sich mit einem »Gesichert«.

Fehlanzeige.

Sie rennen zurück ins Treppenhaus. Nächste Etage. »Polizeieinsatz!«, brüllt Banta im Rauflaufen. »Gehen Sie zurück in Ihre Wohnungen. Wir sind bewaffnet! Verstärkung ist unterwegs.« Er glaubt nicht, dass die Lüge die Jugendlichen auch nur eine Sekunde aufhält.

In der zweiten Etage hat irgendwer ein Flurende mit ramponierten Schreibtischen verstellt. Aus einer der Wohnungen sickert leise Musik. Der Flur sieht noch schäbiger aus als der unter ihnen. Kabel sind herausgerissen worden, Steckdosen zertrümmert, sämtliche Lampen eingeschlagen. Als Banta sich der Wohnung hinten links zuwendet, sieht er auf den ersten Blick, hier sind sie richtig.

Die Tür ist mit drei schweren Balkenschlössern gesichert. Der Rahmen wurde verstärkt, indem Stahlprofile angeschweißt wurden. Die Tür wurde von außen verriegelt. Selbst mit einem mobilen Rammbock hätten sie Schwierigkeiten, sie einfach aufzubrechen. Aus irgendeinem Grund – Angst? – haben die Sprayer und Randalierer die Finger von der Tür gelassen, was vielleicht an der Kamera liegt. Sie ist über der Tür angebracht und nimmt jeden auf, der den Flur betritt. Jan schnappt sich einen der Schreibtische, Banta hilft ihm, mit ein paar von ihnen die Treppenhaustür zu blockieren.

Dann tritt Banta beherzt vor die verriegelte Tür. Wer immer sie beobachtet, er weiß längst, dass sie hier sind.

Banta legt sein Ohr ans Türblatt. Absolute Stille.

Er will Jan sagen, er solle sichern, aber Jan hat sich längst auf den Boden gehockt und hält den verbauten Zugang zum Treppenhaus im Visier.

Banta nimmt seinen Rucksack ab, holt einen Akkubohrer heraus. Er wählt einen Punkt tief unten am Türblatt und versenkt den Bohrer innerhalb von Sekunden. Als Nächstes setzt er ein Videoendoskop auf sein Smartphone und schiebt den Schlauch vorsichtig durch das Loch.

Auf der anderen Seite erwartet ihn Finsternis. Er schaltet die winzige LED am Kopf des Endoskops an, lässt die Kamera kreisen, sieht sich zuerst die Tür von der Rückseite an …

Keine Drähte und auch kein Mechanismus.

»Keine Sprengfalle«, gibt er an Jan weiter und richtet das Endoskop neu aus, aber das Einzige, was auf seinem Smartphone erscheint, ist ein kurzer, leerer, absolut dunkler Flur.

»Das kann hier einen Moment dauern«, meint Banta, zieht das Endoskop wieder raus und schnappt sich aus dem Rucksack einen Dietrich mit Akkubetrieb. Konzentriert widmet er sich dem ersten Balkenschloss, führt den Spanner ein und dreht das Schloss auf Spannung. Dann lässt er die Stifte im Innern mit dem elektrischen Lockpicker vibrieren. Durch das Rütteln stehen sie irgendwann in der richtigen Position. Die Aktion dauert eine Minute.

Mit einem satten Klack öffnet sich das erste Schloss. Sofort kümmert sich Banta um das zweite. Egal, wie viel Zeit es kostet – er wird diese Tür öffnen. Er muss sich nicht vergewissern, er weiß, dass Jan alles im Blick hat. Bisher lungern die Jugendlichen bloß im Treppenhaus. Wahrscheinlich rotten sie sich zusammen, rufen noch mehr herbei.

Banta entriegelt das zweite Schloss.

»Wenn die Arschlöcher hier hochkommen«, will Jan wissen, »wie lautet der Einsatzbefehl?«

»Nur verteidigen. Keine tödlichen Schüsse.«

»Na dann …«, antwortet Jan, seine Anspannung ist nicht zu überhören.

Klack. Das dritte Schloss ist offen.

Banta wirft Jan einen Blick zu. Der nickt. Auch er ist bereit, streift sich wie Banta den Restlichtverstärker über die Augen und richtet sich auf.

»Los geht's«, meint Jan, woraufhin Banta kraftvoll die Tür aufdrückt.

Im Gegensatz zum Hausflur ist es in der Wohnung geradezu … *steril*. Die Wände sind schwarz gestrichen. Keine Bilder. Der Boden ist mit Linoleum ausgelegt, glatt, absolut sauber gewischt. Banta registriert das alles in Millisekunden, während er sich mit gezückter Waffe in die fremde Wohnung hineinschiebt. Sie dringen von Zimmer zu Zimmer vor, decken sich gegenseitig, checken jede Ecke. Sie sichern Raum für Raum.

Die Küche – auch sie ist schwarz gestrichen – wurde

leer geräumt. Alles ist entfernt worden. Es gibt keine Anrichte, keine Hängeschränke, weder Tisch noch Stühle.

»Sauber«, bestätigt Banta und betritt hinter Jan den zweiten Raum. Er ist ebenfalls leer.

Die beiden wenden sich dem letzten Zimmer zu.

Die Tür ist geschlossen.

Ohne zu zögern, nimmt Banta beherzt Anlauf und …

»Warte! Sprengfallen!«, ruft Jan. Zu spät.

Banta kracht bereits gegen das Türblatt, fällt in den Raum. In dieser Sekunde setzt Annas qualvolles Wimmern ein. Laut und deutlich erfüllt es die ganze Wohnung.

»Anna! Annnnna!«, ruft Banta und …

… bleibt wie angewurzelt stehen.

32

CORDT HOLT SEINE Sachen aus dem Schließfach. Ihm ist klar, dass eine Zahlung wenig bringt. Bräuner wird den Betrag immer höher treiben. Außerdem haben sie nur noch wenige Stunden, bis Annas Countdown abgelaufen ist. Was Bräuner über Agnos Nagy sagte, passt jedenfalls zum Stream und Annas Schicksal. Sie sind auf der richtigen Spur – hoffentlich nicht zu spät.

Draußen regnet es Fäden vom Himmel. Die Stufen vor dem Gebäude sind überflutet. Cordt bleibt am Ausgang stehen und sieht dem Regen zu, während er sein Handy zückt und Banta anwählt. Der ist nicht zu erreichen. Er versucht es bei Avriel.

»Cordt! Wir haben dich schon vermisst«, meldet sie sich.

»Informier Frank. Er muss Richard anrufen, den Staatsanwalt. Der muss irgendwas Schnelles dealen. Mit einem Insassen hier in Moabit. Ich schick dir die Daten. Er soll ihm was Leckeres hinwerfen. Frühere Haftentlassung, bisschen mehr Freigang. Muss nur schnell gehn.«

»Bist du dir sicher, dass der Knasti weiß, wo Nagy steckt?«

Cordt zögert. »Ganz ehrlich? … Nein. Vielleicht macht er nur eine Show. Angeblich hat er seit anderthalb Jahren nichts von Nagy gehört.«

Sie gleichen sich in wenigen Worten über den Stand der Dinge ab. Es ist nicht zu überhören, wie eingeschnappt Avriel ist, weil Banta und Jan sie nicht beim Zugriff mitgenommen haben.

»Er will dich aus der Schusslinie halten«, nimmt Cordt Banta in Schutz. »Das ist alles.«

»Mist«, murrt sie. »Ach, noch was. Nimm dir 'n Zimmer. Das LKA hat dich vielleicht auch wegen der Schießerei bei Guigous auf dem Kieker.«

»In der Gummifabrik? Dachte, Richard mauschelt da was.«

»Hat er wohl versucht … Banta meldet sich sicher bald.«

»Verstanden.« Beim Schusswechsel in der Gummifabrik war er nicht dabei, die Polizei muss erst über Frank auf ihn kommen, doch das ist sicher nur eine Frage der Zeit.

Cordt legt auf, steht einen Moment ratlos da und sieht dem Regen zu.

»Is' kein Hotel hier«, motzt die Beamtin vom Einlass, und Cordt winkt ab. Ohne sich umzudrehen, tritt er hinaus in den Regen. Die Luft ist empfindlich kalt geworden. Der Wind bläst ihm schwere Tropfen ins Gesicht.

Auf den wenigen Metern zu seinem Wagen wird er bis auf die Knochen nass. Er rutscht auf den Fahrersitz, wischt sich das Wasser von der Glatze und zückt sein

Notizbuch. Es ist einigermaßen trocken. Er reibt es am Polster des Saab ab und schreibt in ein paar Stichworten die Begegnung mit Bräuner auf.

Ein erster Donnerschlag dringt dumpf zu ihm, lässt ihn noch einmal nach draußen sehen. Der Tag ist schlagartig dunkel geworden. Hinter Regenschleiern liegt die JVA trist da. Ein Blitz zerreißt das Regengrau. Nicht weit von hier muss er niedergegangen sein, denn der Donner folgt schnell. Cordt klappt sein Notizbuch zu und streckt sich. Er spürt den Stress der letzten Stunden. Als Anna noch zu ihrem Team gehörte, blieben sie immer nach den Einsätzen bis in die frühen Morgenstunden im Polygon, das damals noch Kosmonaut hieß. Damals hat er die Feierei mit links weggesteckt. Das Tanzen mit Anna.

Er hat sich gezwungen, diesen ekelhaften Stream als eine Art Hollywoodfilm zu betrachten, als etwas Fernes, das bloß inszeniert ist – keine wirklichen Qualen, kein wirkliches Blut, keine wirklichen Schmerzen. Aber die Selbsttäuschung hat nicht funktioniert. Allein der Gedanke, dass Anna seit ihrem Rumänien-Einsatz von einem Perversen malträtiert wird …

Was hat Banta, was haben *wir* diesem Agnos Nagy nur angetan, dass er uns durch Anna quälen will?

Er versucht, die Gedanken abzuschütteln, sich auf das Wesentliche zu konzentrieren: Wo befindet sich Annas Gefängnis?

Noch einmal blättert er sein Notizbuch durch.

Sollen die anderen doch mit ihren Internetspielereien versuchen, Anna zu retten. Er wird es auf die klassische Art tun. Keine Spähsoftware, keine IP-Verfolgung, keine Trojaner und Trackingsysteme.

Sirenen der Feuerwehr dringen durch den Regen zu ihm. Eine SMS kommt rein. Ein Militariahändler und Antiquar namens Leutholt. Leider hat er bloß zwei Zeilen geschickt, in denen er bedauert, nicht weiterhelfen zu können. Cordt hat gehofft, über Leutholt einen Hinweis auf einen Metallschrank in Annas Gefängnis zu bekommen. Oft werden solche Spinde von Firmen oder ehemaligen Kombinaten versteigert. Vielleicht hätten sie so das Gebiet eingrenzen können.

Cordt legt das Handy beiseite. Er ahnt, dass seine Nachforschungen über die Gegenstände in Annas Gefängnis ins Leere laufen. Da ist Bräuner der bessere Ansatz. Ein erster Funke im Dunkeln.

Jäh blitzt es erneut, und Donner zerreißt die Luft. Es war so nah, dass Cordt unwillkürlich zusammenzuckt. Missmutig sieht er zum Himmel, startet den Wagen und reiht sich in den Verkehr ein. Ein zweiter Blitz, diesmal entfernter, lässt Wolken grell pulsieren.

Cordt starrt nach draußen, nicht auf die überflutete Straße oder die Autos vor ihm, sondern auf das Gewitter. Zwei Blitze. Einer weit weg, einer direkt bei ihm. Donner, abzählen … Blitze sind Licht. Licht bewegt sich … Ohne zu blinken, hält Cordt in zweiter Reihe, lässt hupende Hintermänner passieren. Abermals zückt er sein Notizbuch. Er hat eine Idee.

33

AUCH DIESER RAUM ist komplett schwarz gestrichen, doch im grünlichen Schimmer des Restlichtverstärkers seiner Brille meint Banta, es habe im Zimmer ... *geschneit*.

In der Mitte des Raumes – exponiert platziert – wächst ein schlichter Holzstuhl mitten in den weißen Flocken. Darauf ruht, als thronendes Zentrum des Zimmers, der schwarze Laptop. Drum herum sieht es aus, als wären wuchtige Schneeflocken gefallen. Es ist niemand da. Annas Wimmern dringt aus Lautsprechern, die beim Türöffnen aktiviert wurden.

»Was is' das für 'n Scheiß«, haucht Jan, der sich konsterniert umsieht.

Banta zieht die Brille ab. Noch immer von diesem kuriosen Anblick verwirrt, geht er in die Hocke und greift kurzerhand in diesen Schnee.

Es sind Zettelchen. Weiße Zettelchen. Zusammengefaltet. Tausende.

Sie rieseln durch seine Finger. Neugierig faltet er einen auf. Der Zettel ist nicht viel größer als sein Daumen. Ein Fetzen, kein Zettel, wie er jetzt feststellt. Es steht nur ein einziges Wort darauf.

Hilfe.

Banta klaubt einen zweiten Schnipsel auf und entfaltet ihn, dann einen dritten, einen vierten, fünften, sechsten …

Hilfe. Hilfe. Hilfe. Hilfe. Hilfe. Hilfe. Hilfe …

Hilfe. Hilfe. Hilfe. Hilfe. Hilfe. Hilfe. Hilfe …

Hilfe. Hilfe. Hilfe. Hilfe. Hilfe …

Auf allen steht nur dieses eine Wort.

Es ist Annas Schrift.

Anna.

Sie ist nicht hier. Dieser Raum ist nur eine weitere Demütigung …

Hilfe. Hilfe. Hilfe. Hilfe. Hilfe. Hilfe. Hilfe …

Die Hoffnungslosigkeit flutet Banta und droht ihn auszufüllen.

Der schwarze Schmerz, fürchtet er. Es schmeckt wie der schwarze Schmerz.

Die Aussichtslosigkeit, die ihn so lange gelähmt hat, die ihn zu Dr. Gerlicher brachte. Die sein Leben mit Dunkelheit und böser Trägheit füllte. Der schwarze Schmerz hat ihn an einem Sommerabend einmal dazu gebracht, sich seine Walter PPK in den Mund zu stecken. Er hat ihn dazu gebracht, den Finger auf den Abzug zu legen.

Er hat ihm zugeflüstert, die Trägheit zu beenden. Den einen immer existierenden Ausweg aus der Ausweglosigkeit zu wählen.

Nein. Nein!, kämpft er dagegen an. Auch wenn Anna nicht hier ist. Technisch können nicht viele Computer zwischen ihm und ihr liegen. Dazu ist der Stream zu flüssig, die Übertragung zu … zu gut.

Reiß dich zusammen! Du findest sie, Banta! Du findest sie!

Plötzlich reißt Jans verzweifeltes Lachen Banta aus den Gedanken. Es ist ein eigenartiges Lachen, das Banta von ihm so noch nie gehört hat. Irgendwo zwischen Wahnsinn und Erleichterung. »Mach das aus. Mach das bloß aus!«, zischt sein Freund und wirft zornig eine Handvoll der Zettelchen zurück auf den Boden. Er sieht fix und fertig aus, angeschlagen wendet er sich dem Flur zu. »Ich halt's hier drin nicht aus.«

Annas schmerzvolles Wimmern kratzt auch an Bantas Verstand. »Ich lese den Laptop aus. Du sicherst ab«, ruft er Jan nach, der bereits aus dem Zimmer ist und die Tür mit den Schlössern ins Visier nimmt.

Behutsam, als wären die Schnipsel Lebewesen, die er zertreten könnte, setzt Banta seine Schritte und geht zum Laptop. Er ist aufgeklappt. Irgendwo unter den Hilfezetteln verläuft das Kabel und versorgt ihn mit Strom. Langsam geht Banta um den Laptop herum, um auf den Monitor zu sehen. Ihm ist klar, dass Annas Wimmern von dort kommt. Der Stream. Er läuft auf dem Rechner.

Wie in Trance gleitet seine Hand über die Tasten und drückt auf »Stumm«.

Sofort senkt sich Stille in den Raum, bloß die Rufe der Jugendlichen sind dumpf zu hören. Anscheinend beratschlagen sie vor den Schreibtischen, ob sie in den Flur stürmen sollen.

Banta starrt auf den Monitor. Anna ist so nah,

so verflucht nah und dennoch unendlich weit weg. Sie kennen nicht einmal das Land, nicht einmal eine Stadt …

Das Einzige, was sie haben, ist … der schwarze Schmerz. Erneut zerrt er an ihm.

Banta schluckt. Da bewegt sich Anna mit einem Mal. Sie öffnet die Augen. Sie blickt in die Kamera. Sie sieht ihn an. Einen Moment geschieht nichts, aber dann zuckt sie mit den Fingern der rechten Hand.

Sie haben ihr den Ehering abgenommen, den Finger abgeschnitten. Aber trotzdem sieht es für einen erschreckenden Moment so aus, als drehe sie einen imaginären Ring an einem imaginären Finger.

Ihre Tränen sind getrocknet. Banta ringt um Fassung, steht vor ihrem winzigen Abbild, sieht sie und sich selbst als sein Spiegelbild. Überlagert. Wie ein Wesen. Ein einziges Wesen.

Er blickt weg, holt tief Luft. Dann wischt er über seine feuchten Augen.

Hilfe. Hilfe. Hilfe. Hilfe …

Seine Finger zittern leicht. Er lässt sie über die Tastatur huschen, öffnet eine Shell und gibt ein paar Befehle ein.

Konzentriert checkt Banta die Bereiche, die gegen Avriels Zugriff abgesichert sind. Die Daten sind verschlüsselt, aber es handelt sich um ein altes Verschlüsselungssystem. Er wird es mit einer Brute-Force-Attacke in weniger als fünf Minuten knacken. Banta holt ein Laufwerk aus seinem Rucksack, auf dem er die nötigen Tools gespeichert hat, und startet das Programm. In dem Moment, als er Enter drückt, erwacht mit einem Mal der Cursor im Chat.

Er jagt über den Monitor und formt einen Satz:

So viele vergebliche Hilferufe.

Dann einen zweiten:

Gefällt es dir in meinem schwarzen Zimmer ……… Frank?

Banta starrt seinen Namen an. Die Drohung nun direkt und so persönlich adressiert zu lesen jagt ihm einen Schauer über den Rücken.

… *Frank.*

Was willst du von mir?

Wetten, du findest sie niemals.

Ich finde Anna. Wenn ihr was geschieht, töte ich dich.

Diesmal dauert es einen Moment, bis sich der Cursor wieder in Bewegung setzt.

Du hast sie schon einmal verloren. Du wirst sie noch mal verlieren.

Wer bist du?

Banta muss seine Wut unterdrücken, nicht sofort eine Drohung in die Tastatur zu hauen. Es gelingt ihm nicht.

Korrektur. Ich töte dich. So oder so.

Ich töte dich … Agnos! Agnos Nagy.

Banta starrt auf den Cursor. Zeigt die Provokation Wirkung? …

Er wartet auf eine Antwort. Er wartet. Er wartet. Wartet. Wartet …

Hat er Agnos Nagy verschreckt?

Stumpf pulsiert der Cursor, in softwarekalter Gleichmäßigkeit.

Mit einem Mal kommt Bewegung in das Videobild. Der Unbekannte trägt die Kamera nun in der Hand und tritt näher an den Tisch, schwenkt genüsslich über sein Opfer, so als filme er ein leckeres Stück Fleisch in der Auslage. Sieh her! Ich habe sie. Und du wirst sie niemals bekommen, scheint er zu sagen.

Zumindest erkennen wir so ein bisschen mehr vom Raum, denkt Banta. Es ist tatsächlich ein Keller, jedenfalls spricht ein schmaler Lichtschacht am Ende des Raums dafür.

Die Zeit läuft, Frank. Meep-Meep.

»Frank? Wir sollten hier weg. Und zwar schleunigst.« Jan steckt den Kopf durch die Tür. »Die IP?«, will er wissen.

Banta antwortet nicht, denn er konzentriert sich auf den Stream. Das Bild rauscht kurz über eine Batterie von Monitoren, auf denen sich stetig ändernde Beträge angezeigt werden. Gebote, schießt es Banta durch den Kopf. Gebote für Anna. Er spürt, wie ihm flau wird. Sind da etwa noch andere online und sehen dem Schauspiel zu?

»Sekunde noch«, vertröstet er Jan, hört aber hinter ihm die Kids grölen. Sie sind bereits draußen im Flur.

»Schätzung?«, zischt Jan.

»Fünfzehn Sekunden.« Bantas Finger huschen über die Tastatur, während Jan ein Seil entrollt.

»Fürchte, die haben wir nicht.«

Keine Zeit für eine Antwort. Banta tippt weiter Befehle, die Brute-Force-Attacke beginnt. Jan schlägt eines der Fenster mit dem Griff seiner Pistole ein und will sich abseilen.

»Wir gehen vorne raus«, stoppt ihn Banta.

»Was? Die haben eine Waffe. Mindestens eine. Das weißt du.«

»Wir gehen vorne raus«, beharrt er. »Die Tür lässt sich nur von außen verriegeln. Und wir müssen sie verriegeln, Frank. Das hier …« Banta zeigt auf den Laptop. »Das muss geschützt bleiben.«

»Fuck. Verdammte Scheiße. Ich hab kein' Bock, auf einen von denen zu schießen, Frank.«

»Ich weiß. Glaubst du, ich?«

Der Laptop meldet sich und zeigt an, dass die Attacke beendet ist. Er hat Zugriff auf den Bereich, an den Avriel nicht herangekommen ist.

Hektisch speichert er alles, was er über das Netzwerk finden kann. Log-Dateien, Protokolle, Systemmitschnitte.

»Selbst wenn wir alles verriegeln, meinst du nicht, die kommen hier rein?«

»Muss nicht zwingend sein. Bisher haben sie's nicht gemacht, und ich glaube, die wollen nur, dass wir abhauen.«

Jan nickt. »Ja, in 'nem Leichensack.«

»Selbst wenn sie hier eindringen«, fügt Banta an, »haben wir dadurch noch ein wenig Zeit gewonnen. Vielleicht können wir den Knoten hier überbrücken. Ich will nur nicht, dass der ganze Stream zusammenbricht. Und wenn wir nicht rauskommen, dann stürmen die die Bude.«

Wortlos stimmt Jan zu, wirft noch einen letzten Blick auf den Laptop und wendet sich dann entschlossen abermals dem Hausflur zu. Banta, der das Laufwerk abgezogen hat, folgt ihm.

Jan zieht die demolierte Zimmertür zu.

»Halt sie zu!« Banta hat schon einen Akkuschrauber gezückt und beginnt, Dutzende langer Schrauben schräg durchs Türblatt und in den Rahmen zu jagen. An liebsten hätte er die Tür zugemauert, aber es muss so gehen. Hauptsache, niemand fasst den Laptop da drin an.

Endlich ist das Türblatt fixiert – auch wenn es nicht viele Tritte aushält. Sie wenden sich ab.

»Raus hier.« Banta sieht durch die offene Wohnungstür, dass es mehr geworden sind. Knapp ein

Dutzend Jugendlicher hat sich im Flur versammelt. Sie haben die Treppenhaustür eingeschlagen und sind über die Schreibtische geklettert. Drei von ihnen haben Baseballschläger in der Hand, johlen und grölen. Jan hält sie mit gezückter Pistole in Schach. Banta zieht die Wohnungstür zu, beginnt in Windeseile die drei Balkenschlösser zu verschließen. Er spürt seinen Puls rasen und die Augen der Angreifer in seinem Nacken.

»Hast du's bald?« Jan klingt nervös.

Banta verriegelt das dritte Schloss, bricht den Dietrich absichtlich drin ab. Er streift sich den Rucksack über, wendet sich um. Der Zorn der Jugendlichen liegt wie dreckiger Schweißgeruch in der Luft. Die Blicke, die sie ihm entgegenfeuern, sind beängstigend. Sie überlegen allen Ernstes anzugreifen – auch wenn das heißt, einer oder mehrere von ihnen würde geradewegs in Jans Feuer laufen.

Sämtliche Deeskalationsstrategien werden hier vergeblich sein, stellt Banta sofort fest. Und er kennt einige.

Mit drohender Miene hebt er die Waffe und zielt wie Jan direkt auf ihre Köpfe. Dann nickt er Jan entschlossen zu, und sie beide gehen los. Stumm, ohne etwas zu sagen, ohne anzuhalten, es sind nur wenige Schritte bis zu den Jugendlichen.

Banta fixiert vor allem denjenigen, den er für den Anführer hält. Es ist nicht der Junge mit der Pistole, der auf ihre Drohnen geschossen hat, sondern ein etwas älterer Typ. Er hat eine Daunenweste an, trägt schneeweiße Turnschuhe und Ballonseidenhosen. Und er schreit in einem fort. Er brüllt sie die ganze Zeit an, was sie hier treiben, will, dass sie abhauen, will ihren Tod und ihre Mütter ficken. Das volle Programm. Banta ist es egal. Er lässt ihn nicht aus dem Blick, fixiert die Augen vom Schreihals, blinzelt nicht, zielt und schiebt sich weiter an ihn heran.

Die Jugendlichen weichen zögerlich zurück, jedoch nur einen Schritt – bloß keine Schwäche zeigen. Bis auf ihren Anführer, der gar nicht daran denkt, Banta Platz zu machen. Provozierend baut er sich sogar vor ihm auf. Banta lässt sich nicht beirren, tritt an den Typen heran. Er kann Schweiß und billiges Parfüm riechen, dann schiebt er sich keine Armlänge von ihm entfernt vorbei, die Waffe weiter auf die Stirn des jungen Mannes gerichtet.

Mit einem Mal hört Banta Jan aufschreien! Er fährt herum. Ein Typ mit Eisenrohr. Jan, schmerzgekrümmt, blutet an der Schläfe, reißt die Waffe rum …

»Nein!«, schreit Banta, aber Jans Schuss dröhnt bereits in seinen Ohren. Eines der Kids wird getroffen, schleudert nach hinten, die anderen springen weg. Gebrüll, Flüche. Jan hat den Jungen am Oberschenkel getroffen, zwei seiner Freunde kümmern sich um ihn.

Alles geschieht blitzschnell. Bevor Banta nachdenken kann, hat der Anführer schon zum Schlag ausgeholt. Aber Banta ist schneller. Anstatt zu schießen, boxt er ihm wie gewohnt mit voller Wucht gegen den Hals. Eine Schrecksekunde lang denkt er, den durchtrainierten Jungen nicht zu Fall zu bringen, doch dann geht ein Zittern durch dessen Körper, und er sackt weg.

Bantas Hand pocht vor Schmerz. Seite an Seite, ihre Waffen erhoben, schieben sich die beiden rückwärts zur zerschmetterten Treppenhaustür vor. Gleichmäßig, ohne Zögern. Bantas Schlag gegen den Chef hat ein Zeichen gesetzt, zumindest starren alle fassungslos den Anführer an. Immerhin ein paar Atemzüge lang.

Da springt mit einem Mal der Junge mit der Waffe vor. Er hat genug Erfahrung, um nicht zu zittern, hält die Pistole professionell, nicht wie die Idioten in irgendeinem Rapper-Video.

Banta sieht in die grünen Augen des Jungen, strahlende Augen.

Sie fixieren sich.

Immerhin sind seine Pupillen nicht groß wie Stecknadelköpfe, sondern normal. Sie messen sich mit Blicken, eine Ewigkeit …

Tu es nicht, betet Banta. Drück nicht ab, bitte. Ich will dich nicht erschießen …

Ganz langsam, beinahe schüchtern, schüttelt Banta den Kopf.

Komm schon. Tu es nicht. Komm. Bitte.

Glas knirscht, als Jan hinter ihm durch die Tür klettert. Sicher zielt auch er jeden Moment wieder auf den Jungen.

Drück nicht ab. Ich muss dich sonst erschießen. Lass es.

Sie taxieren sich weiter. Auge in Auge stehen sie sich gegenüber. Mit einem Mal nimmt der Junge den Finger vom Abzug. Und Banta atmet ein. Er atmet ein, und sein Blick ist ein einziges Danke.

Die Zeit rastet wieder ein, weil der Junge seine Waffe in den Bund steckt und sich, als wäre Banta gar nicht da, einfach um seinen verletzten Freund kümmert.

Banta atmet erleichtert aus.

34

CORDT IST AUSSER Atem, als er die vierte Etage des Altbaus in der Ackerstraße erreicht. Schnaufend sucht er nach einer Klingel, findet jedoch keine. Es gibt auch kein Namensschild, aber Avriel hat ihm vor ein paar Wochen gesagt, wo sie in Berlin illegal zur Miete untergekommen ist. Damit ist sie wahrscheinlich vorerst fein raus, denn sie ist die Einzige des Teams, bei der die Bullen nicht sofort aufkreuzen.

Er wischt sich das Regenwasser von der Stirn und wartet, bis er nicht mehr ganz so hektisch atmet, dann klopft er. Es dauert keine Minute, und Avriel öffnet. Sie trägt nur Tanktop und Slip.

»Cordt?« Sie ist überrascht.

»Stör ich?«

»Nein«, sagt sie, steht aber unschlüssig da. Anscheinend weiß sie nicht, ob sie ihn hereinbitten soll. Aus der Wohnung dringt klassische Musik. Ein Stück von Haydn. Unauffällig versucht Cordt, einen Blick an ihr vorbei zu erhaschen, aber der Flur liegt im Dunkeln.

»Habt ihr was bei der IP entdeckt? Anna war nicht da, oder?«

Sie schüttelt den Kopf.

»Wie geht's Banta?«

»Keine Ahnung. Die wollten ja nich', dass ich mitkomme!«

»Jan?«

Sie nickt stumm.

»Ich … Also, das ist kein Privatbesuch«, stammelt er.

»Ach?«

»Ja … Ich … Ich bin wegen was anderem hier … Wegen Annas Gefängnis, mein ich.«

»Ach. Hast du was rausgefunden?« Sie macht noch immer keine Anstalten, ihn hereinzubitten, mustert ihn stattdessen mit einem Blick, als würde sie sagen: Na, dann erklär mal. Ihr Ausdruck ist fordernd, und er meint, ein feines Schmunzeln auf ihren Lippen zu sehen. Normalerweise ist er nicht der Typ, der in der Nähe von Frauen nervös wird. Normalerweise.

»Ich brauch deine Hilfe, Avriel. Hab da 'ne Idee, aber ich weiß nicht, wie man das umsetzt. Programmiert und so.«

»Du meinst, wie wir Anna finden?«

»Ja. Ich kann es dir zeigen, wenn …« Er nickt zur Wohnung.

»Ach, wie unhöflich. Komm doch rein. Es ist nur ein bisschen unordentlich.« Sie gibt den Weg frei und hält die Tür für ihn auf.

Cordt tritt ein. Das Erste, was ihm auffällt, ist der süßliche Geruch ihrer Zigaretten. Er hat sich in der Wohnung festgesetzt. Das Nächste ist tatsächlich die Unordnung. Sie hat ein wenig untertrieben. Ihre Bleibe ist ein einziges Chaos.

Schon nach zwei Metern verengt sich der Flur, weil Avriel Umzugskisten windschief rechts und links an den Wänden gestapelt hat. Einige sind aufgerissen, andere noch immer zugeklebt. Cordt muss seinen massigen Körper längs hindurchzwängen.

Avriel knipst kein Licht an, folgt ihm wortlos. Aus einem der Räume fällt Monitorlicht in den Flur. Cordt folgt dem Schein, steht nach ein paar Schritten vor einer offenen Zimmertür. Das Licht stammt von vier Monitoren, die alles in ihr künstliches, fahles Licht tauchen. Auch in diesem Raum herrscht die blanke Unordnung. Ein Trockenständer mit Klamotten, Umzugskisten, diverse Teller mit Essensresten, leere Weinflaschen und Bierdosen. Inmitten des Chaos eine simple, aufgebockte Sperrholzplatte, auf der die Monitore stehen. Daneben eine Lötstation, Platinen für Netzwerkkarten, für Kameras und Router. Er meint, auch Mülltüten zu erkennen, prall gefüllt. Alte Schuhe, irgendwelche Papiere, zerknickt, unter anderem Unrat. Er muss über einen Werkzeugkasten und einen Stapel Computerausdrucke hinwegsteigen, um auf dem schmalen Pfad bis zu den Computern zu gelangen. Vergeblich sieht er sich nach etwas zum Sitzen um. Es gibt nur ihren Bürostuhl, und den will er nicht blockieren.

»Richtig häuslich eingerichtet hier.«

Avriel geht nicht auf den Scherz ein. »Ich tue, was ich kann. Okay.«

»Entschuldige, ich …«

Brummelnd drückt sie sich an ihm vorbei, lässt sich auf den Bürostuhl fallen und startet den Bildschirmschoner. Für eine Sekunde hat er das Gefühl, sie will nicht, dass er sieht, was auf dem Computer läuft.

»Wie ist denn nun deine Idee?«

Noch einmal sieht er sich nach etwas um, auf das er sich setzen kann. Er hofft, sie bemerkt seinen suchenden Blick und bietet ihm irgendeine Sitzgelegenheit an, aber er täuscht sich. Sie lässt ihn einfach stehen.

Cordt kommt sich vor wie ein kleiner Junge, der vor seine Lehrerin treten muss, weil er eine Frage falsch beantwortet hat. »Vielleicht kannst du noch mal unsere Aufzeichnungen vom Stream öffnen. Da ist mir was aufgefallen.« Er reicht ihr sein Notizbuch, in dem eine Tabelle mit Uhrzeiten eingetragen ist. Sekundenangaben.

Fragend sieht sie ihn an.

»Der Lichtschacht. Man kann es nur sehen, wenn man drauf achtet. Ich glaub nicht, dass Anna in Berlin ist.«

»Sondern?«

»Tag und Nacht stimmen nicht überein. Sieht aus, als wäre sie ein paar Stunden weiter östlich. Richtung Russland.«

»Russland?« Avriel nimmt sich eine ihrer Mentholzigaretten von der Bierdose, die als Ascher dient. Die Asche ist bereits einen halben Finger lang. Behutsam streift sie sie ab.

»Es fällt zu wenig Licht in den Raum, um das besser zu bestimmen. Auf jeden Fall hat's heute hier ja gewittert. Aber da bei Anna auf dem Video nicht. Ich hab mir die ganzen Aufzeichnungen angesehen, die wir haben. Man kann es kaum erkennen, wenn man nicht weiß, wonach man sucht, aber ich glaube, es gab auch bei ihr ein Gewitter.«

»Aber nicht heute? Nicht in Berlin?«

Er nickt. »Bei ihr war's vor rund sieben Stunden, wenn's wirklich ein Gewitter ist – und nicht irgendwas anderes, das den Schacht erhellt. Na ja, aber wenn's Blitze sind … Da habe ich mich gefragt, ob es keine Datenbank gibt. Ich meine für Blitze und so.«

»Eine Blitzdatenbank?«

»Ja, und ich dachte, wenn man die Datenbank abgleicht … Also die Blitze, müsste man doch rausbekommen, wo Annas Gefängnis ist. Grob … Land oder Gebiet oder so.«

Avriel zieht sich eine der Tastaturen heran. Ihre Finger klackern auf den Tasten. »Schräge Idee, Cordt. Die Intervalle der Blitze als Fingerabdruck. Hm …« Sie ruft Browserfenster auf, logt sich in ein Wettersystem ein und durchsucht die Site nach passenden Datensätzen. »Was ist denn mit der Tür?«

»Auf dem Video ist es immer taghell. Sie wird von Strahlern beleuchtet. Keine Blitze, keine Uhrzeiten auszumachen.« Cordt schiebt ihr das Notizbuch hin, während sie die Aufzeichnungen der letzten Tage durchgeht, die sie von Anna haben. Längst ist sie für eine Antwort zu tief in der Arbeit versunken.

Er zeigt ihr kurz, welche Bildveränderungen er meint. Es sind lediglich Nuancen in der Helligkeit um den schmalen Streifen an der Decke des Verlieses. Kaum zu sehen, wenn man nicht weiß, wonach man sucht. Zwei

Minuten sieht er zu, wie sie das Videomaterial vor- und zurückspult, wie sie anhand des Timecodes seine Angaben im Notizbuch kontrolliert. Mittlerweile hat sie ihn völlig vergessen.

»Ich hol mir was zu trinken.« Weil sie nicht reagiert, wischt er mit seiner Hand vor ihrem Gesicht herum. »Hallo?«

Endlich erwacht sie und nickt Richtung Flur. »Ja. Da ist irgendwo noch ein Wein. In der Küche«, meint sie, ohne vom Monitor aufzublicken.

Die Küche trägt ihren Namen zu Unrecht. Es ist unmöglich, hier zu kochen. Alle Ablagen, der Tisch, selbst die Stühle sind mit Bergen von Unterlagen, Schachteln, und Tüten vollgestellt. Die mit Pizzaschachteln übersäten Hackerbuden in irgendwelchen Filmen, denkt Cordt, sind ein Witz gegen das, was Avriel hier zusammengetragen hat.

Er muss an eine Dokumentation über Messies denken, die nicht mehr in der Lage sind, in ihrem Leben Ordnung zu schaffen. Die zwanghaft alles anhäufen und sammeln, weil sie kein Stück ihrer Identität verlieren wollen. Weil Weggeben und Loslassen immer Verlust bedeutet. Verlust des eigenen Selbst.

Vielleicht braucht sie Hilfe, denkt er kurz. Auf der anderen Seite könnte es auch sein, dass sie einfach keine Zeit findet, zu sehr mit Frank und ihnen allen beschäftigt ist. Als er nach der Militärschule nach Berlin gezogen ist, hatten einige seiner Kameraden noch jahrelang Umzugskisten in allen möglichen Ecken stehen. Kisten, die sie wahrscheinlich bis heute nicht geöffnet haben. Er weiß, dass Avriel erst seit einem Dreivierteljahr in Berlin ist. Vielleicht war's bei ihr genauso, nur dass sie noch weniger Zeit gefunden hat als seine damaligen Freunde und jetzt einfach direkt aus den Kartons lebt. Tag für Tag kommt mehr Improvisiertes hinzu, und das Chaos wächst und wächst.

Er öffnet den Kühlschrank und ist erstaunt. Im Gegensatz zur Wohnung sieht er nicht aus wie der eines Messies. Neben einem Glas russischem Kiefernsirup mit Pinienkernen stehen – in Reih und Glied – eine Packung Eier, Aufschnitt und gewöhnliche Marmelade. Es wirkt alles sauber und aufgeräumt.

In der Tür findet er einen halb vollen, sehr billigen Weißwein.

Cordt sucht sich ein Glas und schenkt sich ein, dann räumt er einen der Stühle leer, indem er den ganzen Kram einfach zum Haufen auf dem Tisch packt, und setzt sich. Einen Moment überlegt er, den Stuhl in ihr Zimmer zu schleppen, entscheidet sich jedoch dagegen. Sie wird sich schon melden, wenn sie etwas gefunden hat.

Er nippt an seinem Wein und verzieht das Gesicht. Die Plörre schmeckt nach Discounter. Kurz lässt er den Blick schweifen. Durch das Fenster kann er den Friedhof an der Ackerstraße sehen. Daneben ein Stück der alten Berliner Mauer, die man aus Besichtigungsgründen hat stehen lassen. Die wenigen Meter bilden plastisch ab, wie die Stadt einst geteilt wurde. Britischer, amerikanischer, russischer Sektor. Russisch … Kiefernsirup … Sein Blick fällt zurück auf den Kühlschrank.

Cordt stutzt.

Avriel hat diverse Zettel mit Magneten angepappt. Neben Einkaufslisten und irgendwelchen Hexdumps, die Cordt nicht lesen kann, erregt ein Brief seine Aufmerksamkeit.

Er trinkt seinen Wein aus und steht auf. Als er näher herantritt, erkennt er, dass der Brief in Kyrillisch verfasst wurde.

Doch seine Aufmerksamkeit erregt ein Stempel.

35

DIE SCHEIBEN DES BMW sind zerschlagen, die Motorhaube ist die reinste Mondlandschaft. Auch die Armaturen haben Bekanntschaft mit einem Baseballschläger gemacht. Die Sitze sind aufgeschlitzt. Selbst auf dem Dach sind sie rumgesprungen. Es regnet noch immer. Banta hilft Jan, der sich auf den Beifahrersitz voller bröckligem Sicherheitsglas sinken lässt. Sie sind beide klitschnass.

Jan öffnet seine Weste, um mehr Luft zu bekommen. »Ich … Ich wollte ihn nicht erschießen«, bringt er hervor und tastet nach der Wunde an seiner Schläfe. Blut rinnt seine Wange hinab und vermischt sich mit dem Regen.

»Das hast du auch nicht, Jan«, beruhigt Banta seinen Freund und sieht sich die Verletzung an. »Ich hab's gesehen. Steckschuss, Oberschenkel.«

»Wirklich?«

Banta nickt. »Er wird's überleben. Halt mal still. Ich muss das kleben. Okay? Ist dir schlecht?« Die Wunde sieht böse aus, eigentlich ein Fall fürs Krankenhaus.

»Bisschen flau. Aber das kann auch der Kreislauf sein.«

Nachdem Banta ihren Verbandskasten geholt hat,

desinfiziert er die Wunde und trägt den Kleber auf. »Müsste in ein paar Sekunden vorbei sein.«

Stöhnend lehnt sich Jan zurück und presst die Wundränder zusammen. »Danke fürs Zusammenflicken.«

»Ich hab zu danken – so oft, wie du mich schon durchgebracht hast.«

»Wenn du auch immer Scheiße baust, Frank.« Er ringt sich ein Lächeln ab.

»Ich mein's ernst, Jan.« Vorsorglich leuchtet Banta Jan erst ins linke, dann ins rechte Auge. Die Pupillen schließen synchron, ein gutes Zeichen. »Ich wollte mich damals umbringen. Das weißt du, oder?«

Jan will nicken, besinnt sich eines Besseren. »Ja. Ich weiß. Was meinste, warum ich dich in die Klapse geschleppt hab?«

»Klinik für Psychiatrie und Psychotherapie.«

»Klapse. Sag ich ja.« Grinsend versucht er, ob die Wunde schon verklebt ist. »Klinik für Psychiatrie und Psychotherapie. Okay. Dafür sind wir doch da. Freunde, mein ich.«

Banta bestätigt stumm. »Jemand hat mal gesagt, dass Depression nicht nur Trauer ist, sondern das absolute Fehlen von Tatkraft. Du fühlst dich wie in deinem eigenen Körper gefangen. Du kannst den ganzen Tag damit verbringen, nur aus dem Fenster zu sehen. Den ganzen Tag, die ganze Woche, den ganzen Monat …«

Mitfühlend klopft Jan Banta die Wange. »Das hast du ja nun hinter dir … Da versucht irgendwer ein perverses Psychospiel. Deswegen die Zettel, die Drohungen, dieser ganze Scheiß.«

»Glaubst du, es ist dieser Agnos Nagy?«

»Keine Ahnung. Weißt du was, zieh Leine. Geh los. Selbst bei diesen Bruchbuden hier muss es doch so was wie ’n Hausmeister geben. Irgendwer muss diese verfickte Wohnung doch gemietet haben.«

Banta zögert. Er ist sich nicht sicher, ob er Jan zurücklassen soll, aber sein Freund zeigt ihm seine Pistole. »Nur wenn ich gezwungen werde. Ich glaub aber nicht, dass die Idioten noch mal aufkreuzen.« Behutsam nimmt er die Finger von der Wunde, die Klebenaht hält. »Los! Ich will endlich Ergebnisse«, fordert er Banta auf, aber der spurtet nicht los, sondern eilt um den Wagen und setzt sich hinters Steuer. Der BMW springt immerhin an. Banta fährt nur hundert Meter um den Block, parkt den demolierten Wagen etwas versteckt und steigt aus.

»In fünfzehn Minuten bin ich zurück.« Er verpasst seiner Pistole einen Kontrollschlag, checkt, ob das Magazin sitzt, und huscht durch den Regen zurück zwischen die Betonsilos.

36

CORDT LEHNT SICH vor, schiebt Postkarten und Flyer von Lieferfirmen beiseite, um den Brief im Ganzen zu begutachten.

Es ist der Stempel des russischen Konsulats in Berlin.

Er beherrscht kein Kyrillisch, kann nicht sagen, wer den Brief geschrieben hat. Die Unterschrift ist unleserlich. Russisches Konsulat?

»Das dauert. Weiß nicht, ob das mit deiner Idee so gut ist«, reißt Avriels Stimme ihn plötzlich aus den Gedanken. Er fährt herum. Sie steht im Türrahmen, einen Laptop unter den Arm geklemmt. »Ist alles okay, Cordt?«

»Was? … Ja … Grad 'n Wein genommen.« Er prostet ihr lässig zu, aber wahrscheinlich sieht sie ihm an der Nasenspitze an, dass er lügt. »Was heißt das: *dauert?* Wie lange?«, versucht er sie abzulenken.

»Mindestens acht Cocktails und die ganze Nacht. Ich hab deine Zeiten in den Rechner übertragen. Jetzt muss ich mich für die Blitzdatenbank erst mal durch die API wühlen. Die haben eine undokumentierte Schnittstelle. Voll der Scheiß. Dann ist das Problem, dass die Zeiten, die du notiert hast, nicht hundert Prozent auf die Sekunde stimmen.« Sie nimmt ihm den Wein aus der Hand und trinkt einen Schluck, gibt ihm das Glas zurück. »Vielleicht kann man sogar mit Triangulation was anstellen.«

»Triangulation? Cool.«

»Ich brauch den Kopf frei. Kommst du mit? Es gibt da ’n Club. Da kann man ganz gut arbeiten und trinken.«

Er winkt ab. »Danke für das Angebot, aber … nein.« Er folgt ihr in den Flur, sieht zu, wie sie sich eine Hose vom Kleiderständer nimmt und überstreift.

Cordt verabschiedet sich von Avriel und setzt sich in seinen Wagen. Er startet den Motor, tut, als müsste er sein Handy anschließen, als müsste er noch einen guten Radiosender suchen, und sieht dabei verstohlen im Rückspiegel, wie Avriel die Ackerstraße hinuntergeht. Schließlich ist sie außer Sichtweite. Sicherheitshalber wartet er weitere fünf Minuten, dann steigt er aus und öffnet seinen vollgerümpelten Kofferraum. Seine zweite Werkstatt. Er kramt zwischen Brecheisen, diversen Akkuschraubern und Nusskästen ein Dietrich-Set hervor und macht sich abermals auf den Weg in den vierten Stock.

Er wartet nicht, bis das Flurlicht ausgegangen ist, ganz im Gegenteil, sondern drückt es vorsorglich an. Aus seinem Bund Schlagschlüssel sucht er den richtigen heraus. Kaum ins Schloss eingeführt, verpasst er dem Schlüssel mit dem Griff eines Schraubendrehers einen gekonnten Hieb. Der Schlüssel lässt sich drehen. Perfekt.

Schnell tritt er ein, auch wenn er nicht genau weiß, was er sucht. Dieser Brief vom Konsulat kann kein Zufall sein.

Nichts von alldem, was ihnen in den letzten zwei Tagen widerfuhr, geschah zufällig.

Banta packt den Mann am Kragen und drückt ihn zurück in die Wohnung. Der Hausmeister sieht gepflegt aus, gestutzter Schnauzer, schlohweiße Haare, gertenschlank. Er riecht nach kaltem Zigarettenqualm und Bratfett.

»Aufhören! Ich … Ich geb Ihnen Geld.«

»Ich brauch kein Geld. Ich brauch Antworten. Und zwar schnell.« Er lässt den Mann los, weicht aber keinen Millimeter von ihm.

»Was?«

»Was ist mit dem Apartment in Block C. Dritte Etage. Das mit den Kameras.«

»Oh fuck.« Der Mann sackt regelrecht in sich zusammen. »Sie können die Kohle haben. War nicht viel. Wirklich.« Er versucht, an Banta vorbei zur Küche zu entkommen, aber Banta packt ihn abermals und presst ihn gegen die Zinkteller, die den Flur schmücken.

»Ich will Ihr Geld nicht«, herrscht er den Mann an. »Jemand hat Sie für die Wohnung bezahlt?«

Ängstlich mustert der Hausmeister Bantas Hände, die sich in sein T-Shirt gekrallt haben, dann nickt er endlich. »Ja. Ich … verdammt.« Er ringt mit sich, überlegt, ob es schlau ist, mit der Wahrheit rauszurücken.

Banta sorgt dafür, dass der Typ seine Waffe im

Hosenbund sieht, indem er seine nasse Jacke etwas zurückstreift. Das Argument hilft dem Hausmeister bei der Entscheidungsfindung.

»Ey. Ganz cool. Ich … Ich hab Geld genommen. Tausendfünfhundert. Für ’n ganzes Jahr. Ich hab’s noch da. Ist alles noch da. Fast! Ich …«

»Ich will dein Scheißgeld nicht. Wer hat dich bezahlt?«

»Die Wohnungen, die … die stehen doch fast alle leer. Die kriegen da doch keinen mehr rein. Nicht mal Scheißasylanten. Da hab ich … Ab und an. Na ja …«

»Wer? Ich will ’n Namen.« Abermals baut er sich drohend vor dem Mann auf. Er kann Aknenarben erkennen, riecht das billige Deo. Einen Moment überlegt er, die Pistole zu zücken, sie diesem Typen unters Kinn … Er unterdrückt den Impuls. Panisch springen die Augen des Mannes hin und her.

Banta schluckt und hat Mühe, klare Worte zu finden. »Ich vergeb die Wohnungen und halt die Schnauze. Das mit der Kamera … Das ist vor sechs Monaten bezahlt worden. Da war ’ne Frau hier.«

»Was?«

»’ne Frau. So ’ne schmale. Hat nicht viel gesagt.«

»Eine Frau?« In Banta rasen die Gedanken. Er hat nicht wirklich geglaubt, dass Agnos Nagy persönlich hier aufkreuzt, aber eine Frau? »Wie sah die aus? Groß, klein? Blond, braun, schwarz? Tätowiert? Kleidung? Was, hm?«

»Ich … Die, die hatte einen Kapuzenpulli an. Keine Ahnung. Lederhose, Pulli. Eher lässig. Äh, schlank.

Bunt lackierte Fingernägel. Hab mich noch gefragt, warum die verschiedene Farben – ach, egal. Ich hab die kaum gesehen.«

»Wie alt? Hat sie was gesagt?«

»Also, wie alt? Ähm …« Fahrig kratzt er seine weißen Haare. »So mittel. Keine Ahnung. 'ne Omi war's nicht. So dreißig? Hatte 'ne Perücke auf, glaub ich. So bunte Haare. Sie hat gesagt, sie will die Wohnung, und ich soll die Schlösser da anbringen. Irgendwann sind zwei Typen gekommen, mit Farbe, die haben die Bude gestrichen, glaub ich. War nicht drin. Und jemand hat die Kamera angeschraubt. Das … Das war ich aber nicht.«

»Ich nehm an, sie hat bar bezahlt.«

Der Mann nickt eingeschüchtert. »Tut mir leid. Das ist schon 'n halbes Jahr her, und hier laufen so viele Penner rum. Ich hab die mir nicht gemerkt.«

Es klingt ehrlich. Seufzend tritt Banta einen Schritt zurück, woraufhin der Typ sofort zur Küche spurtet. »Ich kann Ihnen den Umschlag geben. Ich geb den Ihnen. Kein Problem. Ich … Das Geld ist noch fast alles da …«, sagt er vor sich hin, aber Banta ist längst nach draußen geeilt.

Cordt schießt mit dem Handy ein paar Fotos vom Brief, sieht sich erneut um. Die Unordnung ist ernüchternd. Normalerweise würde er Schubladen aufziehen, nach Aktenordnern stöbern, nach irgendetwas, das mehr über Avriels Leben erzählt. Angesichts der Berge hat er jedoch keine Ahnung, wie er vorgehen soll.

Einen Augenblick überlegt er, ihren Computer durchzusehen, vielleicht ihre E-Mails zu öffnen, aber dann wird ihm sofort klar, dass sie sicher alles per Passwort geschützt hat. Wahrscheinlich sogar per Kamera. Ein falscher Handgriff an ihrem Rechner, und er schlägt sicher Alarm oder zeichnet auf, wer sich an ihm zu schaffen macht. Außerdem hat er nicht die nötigen Computerkenntnisse, um irgendwelche Passworthürden zu überwinden.

Es muss eine Schachtel geben, eine Kiste, in der sie private Sachen aufbewahrt, überlegt er. Die nicht in den Bergen von Umzugskartons und Wäschesäcken gelandet ist.

Egal, wie unordentlich Avriels Wohnung auch ist, sie wohnt trotzdem hier. Es muss also eine innere Ordnung geben, ein System, wie sie ihr Leben organisiert. Er hat schon so ziemlich in jedem Land der Welt Wohnungen durchsucht. Egal, ob ein Penthouse in New York oder eine Lehmhütte in Mogadischu. Lieb gewonnene und wertvolle Dinge möchte jeder gerne um sich haben, und aus Erfahrung weiß Cordt, wo Schmuck, intime Papiere und pikante Fotos liegen.

Im Gegensatz zu Avriels restlicher Wohnung ist das Schlafzimmer eine Wohltat. Es ist zwar auch nicht aufgeräumt, aber längst nicht so zugemüllt wie die anderen Räume. Sie hat sich eine Matratze auf Europaletten gepackt, ringsherum liegen Bücher verstreut, die meisten sind Computerfachbücher auf Englisch. Dazu Berge von kopierten und ausgedruckten Seiten aus dem

Internet und von Hackerkongressen. Ein alter Bauernkleiderschrank mit traditioneller Bemalung ist das Highlight des Zimmers. Bevor Cordt ihn sich genauer ansieht, nimmt er sich erst einmal die Kommode vor, auf der Schmuckschatullen und ein paar Armreife liegen.

Er zieht die Schubladen auf. Findet aber nur etwas Unterwäsche, schlichtes, sportliches Zeug. In der Hoffnung, einen Schuhkarton oder eine Kiste zu finden, wendet er sich dem Bauernschrank zu.

Es hängen kaum Kleider darin. Behutsam, damit Avriel sein Eindringen nicht bemerkt, beginnt er, ihre Pullover und Jeans hochzunehmen und dahinter zu sehen. Keine Schachtel. Kein Geheimfach. Nichts, was mehr über sie verraten würde.

Enttäuscht setzt sich Cordt aufs Bett, lässt den Blick schweifen und denkt nach. Die Umzugskartons und Bananenkisten durchzugucken dauert Stunden. Vor allem, wenn er es diskret macht.

Er ruft Frank an, aber der nimmt immer noch nicht ab, also hinterlässt er eine kurze Nachricht, bittet darum, ihm sofort Avriels Referenzen und ihren Lebenslauf zu mailen. Dann geht er in ihren Arbeitsraum und sieht sich dort um. Vorhin ist es ihm nicht aufgefallen, aber die Regale und Schränke, die mit Avriels Habseligkeiten voll gerümpelt sind, sehen extrem edel aus. Sicher waren sie beim Kauf teuer und stammen aus irgendwelchen Designerläden.

Cordt schiebt ein paar Kisten beiseite, um eines der Regale genauer zu inspizieren. Er hofft auf ein Foto, auf einen Familienschnappschuss oder einen Pokal, irgendeine Sportauszeichnung oder Urkunde zu stoßen.

Nichts. Da steht lediglich eine einsame Matroschka in einem der Fächer. Er sieht in jede der Figuren – leer.

Es ist zum Haareraufen – diese winzige Zweizimmerwohnung ist vollgestopft mit Unterlagen, Heften, Büchern, Tausenden von Informationen – aber nicht der Hauch von etwas Persönlichem.

Kann das sein?

Packt man nicht für gewöhnlich in den ersten Stunden auch persönliche Dinge aus, wenn man einzieht?

Er hätte es so gemacht. Auch wenn die Wohnung über Wochen und Monate immer mehr aussieht wie eine Müllhalde, hängt man in den ersten Tagen nicht irgendwelche Bilder an die Wand, stellt Fotos auf?

Ein merkwürdiges Gefühl beschleicht ihn. Auf einmal ahnt er, dass es Absicht sein könnte, dass Avriel bewusst nichts von sich preisgeben will.

Obwohl es langsam Nacht wird, drückt die stickige Hitze. Kaum war das Gewitter verklungen, zog die Hitze zurück in die Stadt, nun jedoch vermischt mit zu viel Feuchte. Cordt tupft sich die tätowierte Glatze ab. Er ist schon ziemlich lange in der Wohnung.

»Verdammter Mist«, flucht er brummelnd, weil er einsehen muss, dass hier nichts zu holen ist. Das Einzige, was er gefunden hat, ist sein ungutes Bauchgefühl.

Er wird ein paar Kontakte fragen, ob sie ihm den Brief übersetzen, und wenn nötig, wird er noch einmal hier einbrechen, aber vorerst ist es schlauer abzuhauen.

Er geht zurück in den Flur. Jetzt fällt ihm auf, dass

zwischen den Kisten keinerlei Fotos, keinerlei Bilder an den Wänden hängen. Überhaupt sieht die Tapete aus, als habe Avriel nicht einmal gestrichen, bevor sie eingezogen ist. Bevor er geht, wendet er sich einer Kiste zu, in der ein paar Schals und Tücher liegen. Unter ihnen findet er zwei kleine Rucksäcke und zwei Handtaschen. Er öffnet sie, aber sie sind leer. Schwer zu sagen, ob Avriel die Accessoires jemals benutzt hat. Handtaschen, Schals, Schmuck …

Schmuck …

Avriel trägt keinen Schmuck. Keinen richtigen, wie er findet, höchstens mal ein paar Totenkopfringe.

Cordt dreht noch einmal um, geht zurück ins Schlafzimmer. Die Kommode mit dem Schmuck, in deren Schubladen nichts zu finden war …

Obenauf liegen ihre billigen Ringe, Plunder vom Jahrmarkt oder aus dem Internet. Martialisches mit Skeletten und Fantasyzeug, von denen er schon einige bei ihr gesehen hat. Daneben sieht er dünne silberne Armreife, die entschieden zu grazil wirken, und Ohrringe, die ebenso wenig zu ihr passen. Vielleicht Erbstücke? Eine kleine Holzschachtel mit filigranen Schnitzereien, bunt bemalt in russischem Stil, steht prominent da. Er will sie aufklappen, aber die Schachtel ist verschlossen. Weil er keine Lust mehr auf die Sucherei hat, holt er ein Messer aus der Küche und hebelt sie kurzerhand auf. Obwohl er sehr sorgsam vorgeht, werden die Aufbruchspuren nicht zu übersehen sein.

Im Schächtelchen liegt lediglich ein Paar Ohrringe. Brillantohrringe, golden. Sie sehen sehr teuer aus. »Ich sag's ja, Erbstücke …«, murmelt er und schiebt sie mit dem Zeigefinger beiseite. Er klopft sanft den Boden ab. Es klingt hohl. Ein blinder Boden?

Mit der Messerspitze gelingt es ihm, ein Holzplättchen zu entfernen. Darunter kommt ein kleiner Hohlraum zum Vorschein. Cordt greift hinein und holt ein paar stinknormale Quittungen heraus. Und eine Key-Card.

37

24/7 **STEHT AUF** der blinkenden Neon-Reklame am verwaisten Parkplatz. Cordt fährt mit seinem Saab auf die extrem hell beleuchtete, gepflasterte Wüste und hält möglichst weit weg von den auf Pfählen aufgepflanzten Kameras.

Der Bau, zu dem der Parkplatz gehört, ist ein schmuckloser Kasten. Vergeblich hat die Firma versucht, ihm mit etwas Farbe Freundlichkeit zu schenken. Cordt ist der Einzige, der zu so später Stunde herkommt. Er steigt aus. Leichter Wind hat eingesetzt und die Schwüle etwas vertrieben. Er holt die Key-Card heraus, die er bei Avriel fand. 24/7–UStore. Da er für die Logistik der Crew zuständig ist, kennt er solche Lagerhallen. Es gibt sie in vielen Ländern.

Bevor er aussteigt, sieht er im Internet noch einmal nach der Adresse und zoomt ein paar Innenaufnahmen heran, die der Betreiber zu Werbezwecken ins Internet gestellt hat. Leider muss er feststellen, dass alles mit Zehnertastaturfeldern verschlossen ist. Avriels Key-Card wird ihm nur bedingt helfen.

Aus dem Kofferraum seines Saab holt er einen Blaumann heraus und streift ihn über, dann legt er sich ein Bündel Kabel mit Krokodilklemmen über die Schulter und steckt ein kleines silbernes Schächtelchen aus Alu ein. In ihr befindet sich ein Raspberry-Pi, ein Mini-Computer. Er hat die Komponenten selbst zusammengelötet und den Winzling von Frank programmieren lassen. Im Gegensatz zu den anderen hat er nur rudimentäre Kenntnisse in Sachen Programmierung. Exceptions, Verzweigungen, Klassen und Funktionen oder wie der ganze Kram heißt, lassen ihn kalt.

Er tritt an eine gesicherte Tür und zieht die Karte in ein Lesegerät. Sofort summt es, und er kann die Tür aufdrücken.

Die Halle ist geradezu steril. Ein Schachbrettmuster von Fluren breitet sich vor ihm aus. Rechts und links ziehen sich in allen Fluren immer dieselben Rolltore entlang. Hinter ihnen liegen moderne, teils garagengroße Abstellboxen. Jedes Tor trägt eine gut lesbare Nummer.

Cordt bleibt kurz bei der ersten Box stehen, tatsächlich besitzt jedes Tor des Store-Rooms ein Zehner-Eingabefeld für den Zugangscode. Das Eingabefeld ist chinesische Billigware, kein Militärstandard, aber dennoch effektiv. Er kennt das Fabrikat.

Cordt braucht gut drei Minuten, um sich in den Fluren zu orientieren und die richtige Ecke zu finden. Es ist totenstill in der Lagerhalle. Er geht die Boxen ab und hält vor dem Tor mit der gelben Aufschrift: H 21.

Anhand von Avriels Quittungen kontrolliert er es. Ein schneller Blick zurück in den Flur sagt ihm, dass er von mindestens zwei Kameras beobachtet wird.

Es muss sehr schnell gehen. Sicher sitzt der Objektschutz irgendwo anders in Berlin, aber sie werden nicht zögern, sofort rauszufahren oder die Polizei zu rufen.

Behände nimmt Cordt einen Torx-Schrauber aus seiner Tasche und schraubt mit wenigen Umdrehungen die Frontplatte mitsamt den Tasten vom Eingabefeld. Er kennt die Elektronik, hat sie schon des Öfteren geknackt, doch ihm ist auch klar, dass seine kleine Verkleidung als Hausmeister den Objektschutz höchstens für ein paar Minuten täuscht.

Kurz klemmt er seine Elektronik an die Platine hinter den Tasten. Vor ein paar Jahren hat er damit herumgespielt, sie mechanisch zu drücken, hat sich einen Kasten mit Noppen gebaut, den er auf das Feld kleben und das schnell Kombinationen eingeben konnte. Es war recht ineffizient. Viel schneller geht es, die Eingaben direkt von seinem Mini-Rechner übernehmen zu lassen.

Er startet Franks kleines Programm und betet, dass es keine Zeitverzögerung geben möge. Wenn er zwischen jeder Kombination auch nur eine Sekunde Pause machen muss, sitzt er bis morgen Früh vor dem Rolltor. Sein Alu-Schächtelchen besitzt kein Display, lediglich eine LED zeigt durch ihr Flackern, ob sein Computerprogramm die Zehnertastatur mit Kombinationen füttert. Cordt starrt das Lämpchen an, hofft, dass es gleich aufgeregt zu flackern beginnt.

Das Lämpchen bleibt stumm.

Da bemerkt Cordt, dass eine der Klemmen abgerutscht ist. Er fixierte sie neu. Wieder startet er sein

Programm und sieht hoffnungsvoll auf das Licht. Es beginnt zu leuchten, aber ... es flackert nicht.

»Scheiße«, flucht er, denn die LED hat begonnen, in regelmäßigen Abständen zu leuchten. Und die Pausen sind gute drei Sekunden lang.

Eine Brute-Force-Attacke kann er vergessen. Es würde ewig dauern, sämtliche Kombinationen zwischen 000 und 99999 durchzuspielen.

»Willst es auf die altmodische, hm ...«

Cordt zieht sein Equipment vom Zehnerblock ab und schraubt ihn notdürftig wieder an. Im Laufschritt eilt er hinaus zu seinem Wagen und durchwühlt den Kofferraum. Er findet ein Döschen Agenturat und einen Pinsel.

Kaum zurück am Rolltor, streicht er die Tasten ein. Durch das fein gemahlene Aluminiumpulver zeichnen sich die Tasten, die Avriel oft drückt, dunkel ab. Es sind lediglich vier sowie die Eingabetaste. Wie viele Kombinationen sind es noch mal, wenn er die Ziffern kennt? Mit etwas Glück kann er die Kombination einfach erraten.

Cordt drückt die erste Kombination ein. Nichts geschieht. Die zweite Kombination. Nichts. Die dritte, vierte, fünfte.

Da meint er, einen Schatten hinter sich wahrzunehmen. Er reißt den Kopf herum ...

Der Flur ist leer.

Cordt horcht. »Hallo?«, ruft er, erhält aber keine Antwort.

Noch einmal horcht er in die Stille. Die Lagerhalle liegt verlassen da. Nicht einmal die Straße hört er von draußen. Nur das Summen ferner Lüftungen. Er wendet sich wieder den Tasten zu und tippt weiter.

Ein paar Kombinationen später meint er, abermals jemanden zu spüren. Es ist nur ein vages Gefühl, aber irgendwer ist hier.

Erneut fährt er abrupt herum.

Niemand!

Dennoch bleibt, als er sich wieder den Tasten widmet, das unangenehme Gefühl, beobachtet zu werden. Cordt beschließt, sich nicht darum zu scheren. Wahrscheinlich ist er einfach zu aufgeregt, und seine überreizten Sinne spielen ihm einen Streich. Er tippt weiter, aber so langsam wird ihm bewusst, dass es sehr viel länger dauern wird. Er kann nur hoffen, dass die Kombi vierstellig ist und Avriel nicht dieselbe Ziffer zweimal … Er hätte sich viel besser vorbereiten und erst morgen herkommen sollen. Andererseits, wenn Avriel etwas zu verbergen hat, hat es sicher mit Anna zu tun …

Als das Schlimmste entpuppen sich die ewigen Pausen, die er zwischen jedem Versuch einlegen muss.

Die drei Sekunden!

Er tippt blind weiter. Längst hat er aufgehört mitzuzählen, wie viele Zahlenkombis er schon eingegeben hat, doch mit einem Mal hört er ein feines Piepen. Erstaunt nimmt er die Finger von den Tasten.

Ratternd beginnt das Rolltor hochzufahren. Geradezu unheimlich hallt das Geräusch in den Fluren wider. Cordt bückt sich, will endlich einen Blick riskieren, sieht jedoch bloß in ein schwarzes Loch.

Erst als das Tor halb oben ist, flackern Neonröhren auf und offenbaren, was Avriel eingelagert hat.

»Au, Scheiße …« Cordt bückt sich unter dem Tor hindurch.

38

AVRIELS STORE-ROOM IST kaum gefüllt, aber was sie eingelagert hat, reicht ihm voll und ganz … Fassungslos tritt Cordt näher an die Kartons heran.

Auf einem lehnt eine Pinnwand. Sie ist mit Fotos bestückt. Schnappschüsse von ihm, von Jan, von Frank. Daneben eine ganze Reihe von Aufnahmen der Unglücksstelle im Rodna-Gebirge. Fotos von Anna und von Jelisaweta.

Hektisch reißt er einen der Kartons auf, stößt auf Karten- und Recherchematerial, hingekritzelte Notizen auf Kyrillisch, die er nicht entziffern kann. Cordt öffnet eine Sporttasche und entdeckt eine Handvoll zerstörter Festplatten sowie zusammengeklebte Unterlagen, die eindeutig von ihrer Crew stammen. Avriel muss Franks Müll durchsucht haben.

In einer nächsten Kiste sind Fotos, akribisch sortiert. Hunderte Aufnahmen diverser Observationen aus den letzten Jahren. Cordt kann die Barbu-Brüder erkennen und haufenweise Aufnahmen von ihnen dreien. Avriel hat sie aus einem Auto geschossen. Auf einer der Aufnahmen sieht er sie halb durchsichtig als Reflexion in der Scheibe. Sie hat sie observiert, stand vor Franks Haus. Der Zeitstempel einiger Bilder ist zwei Jahre alt. Herbst. Mehrere Aufnahmen zeigen Frank am Tor, am Ziffernblock. Detailaufnahmen seiner Finger. Die Fotos reichen bis in den Sommer, bis Frank sich entschloss, Avriel einzustellen.

Cordt spürt, wie ihm die Galle hochsteigt. Jan hat mit seinem verdammten Bauchgefühl recht gehabt.

Sie sind alle auf sie hereingefallen.

In einer alten Kommode findet er ihre Geburtsurkunde, einen Impfpass, Zeugnisse einer Schule aus St. Petersburg. Und ihren Reisepass.

Valeria Wladimirowna Achmatowa.

Achmatowa. Sie ist die Tochter ihres Auftraggebers von damals. Achmatow.

Jelisawetas Schwester.

»Ganz toll«, brummt er, während er einen Koffer öffnet. In ihm liegen gerahmte Bilder von Avriel und Jelisaweta. Ein Tennispokal eines Jugendturniers, Auszeichnungen und Briefe von Jelisaweta.

Ihre Schwester starb damals, Anna überlebte. Was, wenn sie hinter dem Stream steckt?

Ihm wird schlecht.

Cordt tritt zurück. Einen Moment starrt er auf die ganzen Kartons. Avriel hat die Crew über mindestens zwei Jahre beschattet und sie dann infiltriert. Ein Leichtes für sie, irgendwie Franks Computer zu manipulieren.

Ein Racheengel in ihrer Crew.

Wir haben es nicht geschafft, ihre Schwester aus Rumänien zu holen, und nun rächt sie sich. Kaum ist sie bei uns, kaum vertrauen wir ihr, taucht der Stream auf …

Er zückt sein Handy, wählt Frank per Hotkey an. Die Leitung bleibt stumm. Das Display sagt ihm, dass er hier drin keinen Empfang hat. Es wird höchste Zeit, ein paar Fotos zu schießen. Er lässt den Finger auf dem Smartphone, hört das Klacken der App und tritt noch einmal in den Store-Room. Ein paar Details können nicht schaden, und dann nichts wie weg.

Als er sich umdreht, sieht er erneut den Schatten. Erschrocken starrt er in den Flur. Tatsächlich! Da! Jemand taucht um die Ecke ab.

»Avriel?«, ruft er.

Mein Gott, sie muss mir gefolgt sein, denkt er. Sie war die ganze Zeit hier.

Ohne einen seiner üblichen Flüche beginnt Cordt augenblicklich Richtung Ausgang zu laufen. Alle Ecken sehen gleich aus. Links, weiter, rechts, rechts. Wo ist das Exit-Schild? Da. Weiter.

Schon nach wenigen Metern muss er keuchen. Die letzten Monate hat er sein Training schändlich vernachlässigt. Seit Annas Tod hat er Jan und Frank die Außeneinsätze übernehmen lassen und sich immer weiter zurückgezogen. Er hat sich in seiner eigenen kleinen Welt eingerichtet, zwischen seinen Lötkolben, Munitionskisten, den Schraubenschlüsseln und Wagenhebern. Cordt hat lieber mit seinen Lieferanten gesprochen als mit seinen Freunden. Eigentlich hat er sich die letzten Jahre in seiner Garage beinahe eingeschlossen und immer weniger Verantwortung übernommen. Das In-sich-Zurückziehen, die fehlenden Trainingseinheiten mit Frank und Jan, die immer seltener werdenden Besuche im Fitnesscenter – all das rächt sich jetzt.

Sein Herz rast. Er biegt in den nächsten Flur ein. Während er den Ausgang vor sich wähnt, muss er feststellen, dass dort nichts als ein weiterer Flur auf ihn wartet. Eine Abzweigung zu spät? Zu früh?

Mit einem Mal hat er die Orientierung verloren, weiß nicht mehr, ob rechts oder links.

Er rennt weiter, meint hinter sich Laufschritte wahrzunehmen, unmöglich, oder? Denn durch sein Schnaufen hört er gar nichts mehr. Hektisch dreht er sich um.

Wieder niemand da.

Er biegt abermals ab. Endlich. Die Tür. Der Ausgang. Etwa sechzig Meter noch.

Gerade passiert er eine Kreuzung, als der Schuss ihn zur Seite reißt. Er hört und spürt ihn gleichzeitig. Schalldämpfer, kleines Kaliber, denkt er, strauchelt bereits. Die Beine knicken ihm nach vier Schritten weg, und er kracht gegen eines der Rolltore, sackt auf dem Boden zusammen. Vor Schmerzen zitternd, reißt er den Kopf herum und sieht die Gestalt im Nebengang. Stöhnend und nach Luft ringend, versucht er, die Wunde abzudrücken, spürt jedoch immer mehr Blut unterhalb seiner Brust austreten.

Die Gestalt kommt auf ihn zu. Er hebt den Kopf, versucht verzweifelt, Luft zu bekommen.

Da tritt die Gestalt ins Licht.

Cordt erkennt sie.

Seine Atmung kollabiert. Er spürt, wie sich seine Lunge nicht mehr füllt. Er muss husten, spuckt Blut.

Verdammte Scheiße, denkt er, will sich irgendwie am Rolltor hochziehen, sackt aber wieder zu Boden. Mit einem Mal hat er das Gefühl zu ertrinken, er spuckt noch einmal Blut, hustet es auf den Flur und auf die Stiefel der Gestalt.

Der Schatten baut sich weiter über ihm auf.

Cordt zittert am ganzen Körper und atmet nur sein Blut.

Die Gestalt zielt auf seinen Kopf.

Er blickt direkt in den Schalldämpfer. »Warum … tust …?«, stößt er gurgelnd und keuchend aus, nicht zu verstehen.

Als Antwort drückt die Gestalt kaltblütig ein weiteres Mal ab.

39

SEIT EINER HALBEN Stunde sitzt Banta im Polygon und wartet auf eine Nachricht von Richard, der versprochen hat, noch einmal mit Bräuner zu sprechen. Nachdem sie mit dem demolierten BMW aus Gropiusstadt hinausgefahren sind, haben sie den Wagen stehen gelassen, und Banta hat Jan, der über Kopfschmerzen klagte, in die erstbeste Ambulanz gebracht.

Nervös lässt Banta den Blick über sein Smartphone gleiten. Keine Nachricht von Richard. Er schaut auf und sieht den Tanzenden zu, die sich ekstatisch zur Musik winden, als mit einem Mal Avriel hinter ihm steht.

»Verdammt, hast du mich erschreckt«, entfährt es ihm.

»Oh. Tut mir leid. Ich … Cordt war bei mir. Ich hab noch etwas programmiert.« Fahrig wischt sie durch die Luft. »Hat nicht ganz funktioniert.«

»Wo ist Cordt jetzt? Ich kann ihn nicht erreichen.«

Sie zuckt mit den Achseln.

»Geht's dir gut?« Er mustert sie. Avriel ist verschwitzt und ringt nach Luft, als wäre sie gerannt. Sein Blick fällt auf ihr Shirt. Rote Spritzer haben sich auf ihren Pailletten verteilt.

»Was? … Ach so. Nein … Sieht fies aus, hm?«, beginnt sie zu stammeln. »Ist nur ’n Cocktail.« Sie setzt sich ihm gegenüber und fächelt sich Luft zu. »Als du angerufen hast, bin ich sofort los.«

Banta taxiert sie abermals. Ihr Blick scheint seinem auszuweichen.

»Alles okay?«, fragt sie. »Was hast du denn?«

Kann sie es sein? Ist sie die Frau, die die Wohnung angemietet hat? Macht das Sinn?

Avriel kreuzt hier auf, und kaum ist sie im Team, empfängst du diesen Stream …, erinnert er sich mit einem Mal an Jans Worte.

Weil er nicht antwortet, fährt sie fort: »Banta, ich weiß, ich hab in den letzten Tagen nicht immer deine Anweisungen befolgt.«

»Du meinst, du hast dich drüber hinweggesetzt.«

»Von mir aus … Ja.« Avriel seufzt. »Aber ich wollte dich damit nicht infrage stellen.«

»Da mach dir mal keine Sorgen.«

»Ich meine, deine Entscheidungen. Wenn ich was gemacht habe, dann nur weil … weil …«

»Weil du davon überzeugt warst, pfiffiger zu sein als wir?«

Reichlich betreten sieht sie weg. »Nein. Weil ich mich auskenne. Deswegen.«

»Du hältst uns für eingerostet. Alt. Nicht mehr auf der Höhe der Zeit, richtig?«

»Was?« Entgeistert fährt sie zu ihm herum. »Was soll’n das heißen! Schwachsinn«, empört sie sich.

Gerade will Banta ihr antworten, als sein Smartphone klingelt. »Über deine Haltung unserer Crew gegenüber müssen wir noch einmal ernsthaft sprechen. Aber jetzt ist nicht die Zeit.« Er nimmt ab.

»Ich hab was«, meldet sich Richard. Seine Stimme klingt ruhig. »Ich hab Bräuner einen Deal angeboten, und er ist drauf eingestiegen. Und zwar habe ich ihm …«

»Richard«, unterbricht Banta ihn und steht auf. »Komm zum Punkt. Wo steckt dieser Nagy?«

»Polnische Grenze. Nicht weit von hier …«

Banta winkt Avriel mitzukommen. Sie folgt ihm ohne Widerworte.

»Da ist ein ausgedehntes Waldgebiet. B158 vor Alttornow. Ich hab Bräuners Angaben gecheckt. Ein Anwalt aus Madrid hat da eine Villa erworben und ausgebaut. Im Wald. Wahrscheinlich nur der Strohmann für Agnos Nagy.«

40

OBWOHL DER WALD zunehmend dichter wird, kann Banta dank des Mondlichts genug sehen. Sie fahren beide ohne Licht. Avriel ist dicht hinter ihm. Sie hat darauf bestanden, ihren Tesla zu nehmen und nicht in Bantas Mietwagen mitzufahren, weil sie die Laptops und Drohnen mitnehmen wollte, wie sie sagte.

Als sie von der Landstraße, die sich kurvenreich durch das Waldgebiet vor der polnischen Grenze zieht, in den unbefestigten Waldweg einbiegen, bremst Banta auf Schritttempo ab. Er lässt das Fenster ein Stück runter, nicht, um frische Luft zu atmen, sondern um den Sommer zu riechen. Er hat solche nächtlichen Fahrten mit Anna immer genossen. Nur er, die Nacht und ihr Lachen. Es riecht nach warmem Waldboden und kühlen Sternen.

Sie fahren gut einen Kilometer durch den Wald, bis Jans Mietwagen zwischen Kiefern auftaucht.

Banta hält unweit, kann schemenhaft die Villa durch die letzte Baumreihe erkennen. Er sieht Jan nicht, weiß aber, dass sein Freund bereits das Objekt observiert. Und tatsächlich, kaum ist er mit Avriel ausgestiegen, gibt Jan ihnen mit einem roten Lichtsignal zu verstehen, wo er auf der Lauer liegt. In seiner schwarzen Montur ist er mit den Schatten des Waldes verschmolzen. Bevor Banta zu ihm rübergeht, öffnet er den Kofferraum und holt zwei Kevlarwesten heraus.

»Hier. Wenn du schon unbedingt mitwillst.« Er reicht eine Avriel.

Sie sieht ihn ein wenig eingeschnappt an. »In Gropiusstadt hättet ihr meine Hilfe …«, beginnt sie, aber Banta schneidet ihr das Wort ab.

»Jan und ich machen das. Wir machen den Zugriff, und du kontrollierst, ob wer kommt. Verstanden?«

»Warum musst du immer fragen, ob ich es verstanden habe?«

Banta geht auf diese Spitze nicht ein. »Mal sehen, was Jan für Infos hat«, meint er bloß und huscht zu seinem Freund. »Neuigkeiten?«

»Nein.« Jan reicht ihm das Fernglas. »Ich bin seit zehn Minuten hier, aber es gibt keine Bewegung im Haus. Kein Licht, kein Schatten. Keiner ist angekommen oder weggefahren. Gar nichts.«

Konzentriert späht Banta zum Haus, sieht sich das Gebäude mit dem Restlichtverstärker des Fernglases an. Nagys Anwesen ist eine betonkalte Villa. Wie eine verwunschene Burg liegt das Haus mitten im Wald. Vor allem die drei Meter hohen, mit Steinen gefüllten Metallgitterkästen lassen es wie eine Festung wirken. Kameras überwachen die Einfahrt, die durch ein schweres Eisentor gesichert ist. Flutlicht auf den Mauern leuchtet sicher sofort jeden Winkel bis in die Bäume aus, sollte sich jemand nähern.

»Ist er überhaupt da?«

»Schwer zu sagen. Mit Infrarot komme ich nicht durch die Mauern. Ehrlich gesagt, keine Ahnung.«

»Ziemlich wenig Daten.«

Jan steht auf. »Na und?« Ihm ist anzusehen, dass er endlich loslegen will. »Zugriff?«, fragt er und lächelt.

»Bist du denn dafür bereit?«

Jan blickt an sich herunter und winkt ab. »Gut geklebt, die Scheiße! Hält.« Er nickt zum Gebäude. »Hast du einen Grundriss?«

»Nicht mal das, nein. Ging alles zu schnell.«

»Wie wär's mit Drohnen?«, will Avriel wissen. »Soll ich sie aus meinem Wagen holen?«

»Als ob die uns drinnen helfen«, winkt Jan maulend ab. »Vergiss es. Wir sollten zuschlagen!«

»Die helfen bei der Sondierung.«

»Ihr habt beide recht«, beschwichtigt Banta. »Aber lasst uns jetzt keine Zeit mehr verlieren. Kümmer dich um den Strom.«

Avriel brummelt etwas, weil sie die Technik nicht einsetzen soll, fängt sich aber sofort. »Okay. Geht klar«, sagt sie und rennt los in die Nacht.

»Wo ist Cordt?«

»Hat sich bei mir nicht gemeldet«, meint Jan.

Banta blickt noch einmal auf die Villa. »Gut. Holen wir endlich Anna da raus.«

Bei jedem Laufschritt spürt Banta die Pistole an seiner Brust. Im Gegensatz zum Bitcoin-Farm-Einsatz ist er sich nicht sicher, ob er sie nicht gebrauchen möchte. Sie hatten sich geschworen, nur im äußersten Notfall jemanden zu verletzen – doch bei Agnos Nagy macht er mittlerweile gern eine Ausnahme. Die letzten ruhelosen Stunden, die er verzweifelt umherhetzte, hat er sich ständig vorgestellt, was passieren wird, wenn er Annas Peiniger gegenübersteht.

Er weiß wirklich nicht, was besser ist. Professionell zu handeln oder dem Mistkerl einfach das Gehirn aus dem Schädel zu blasen.

Banta spürt seinen Atem, sein Herz, das schnell, aber gleichmäßig schlägt. Im Augenwinkel sieht er Jan, der geduckt neben ihm auf die steinerne Mauer zurennt. Die Eisengitterelemente sind eine schnelle Art, solche Mauern zu bauen – aber auch fantastisch, um an ihnen hinaufzuklettern.

Banta gibt Jan Befehl, sich hinzuhocken und abzuwarten. Ein kurzer Blick in Avriels Richtung. Ihre Taschenlampe morst ein Okay.

Jan hat es auch bemerkt, wartet auf Bantas stummen Befehl, weiter vorzurücken. Ihnen bleiben nur Sekunden, bis sich Agnos Nagy entschließt, ein paar Männer nachsehen zu lassen.

Selbst als sie sich auf fünf Meter der Mauer genähert haben, bleibt das Flutlicht aus. Wenn Avriel ganze Arbeit geleistet hat, dann auch die Kameras. Routiniert klettern die beiden die Gitter hoch. Gerade als sie oben sind, flammt das Flutlicht auf. Sofort ist es taghell.

Für eine Sekunde geblendet, kann Banta kaum die Villa vor sich erkennen. Wahrscheinlich das Notstromaggregat. So schnell es geht, lassen sie sich von der Mauer fallen und rennen geduckt zum Gebäude.

Im Augenwinkel kann Banta einen dunklen SUV vor der Garage sehen. Zwei protzige Limos parken rechts und links. Wahrscheinlich alles Nagys Wagen. Er ist zu Hause. Verdammter Dreckskerl.

»Gesichert«, stellt Jan fest.

Sie wählen die Ostseite des Hauses.

Zweifellos hat Agnos Nagy seine Schergen bereits alarmiert. Jan sichert die Nebentür, während Banta eine murmelgroße Semtex-Ladung andrückt.

Das Ploppen von Jans Schalldämpfer lässt ihn herumfahren, Jan hat eine der Kameras ausgeschaltet. Banta zündet nicht, sondern bedeutet Jan, ums Haus zu huschen.

Sie erreichen eine lieblos betonierte Terrasse. Im Pool schwimmt Laub. Ein kurzer Kontrollblick offenbart Banta, dass im Wohnzimmer Licht brennt.

Er nickt Jan zu, zählt mit den Fingern. Drei ... zwei ... eins.

Klack.

Er sprengt die Nebentür auf und schießt synchron in die Terrassentürscheibe. Der Knall übertönt das Zersplittern der Scheibe. Millionen Scherben. Sofort huschen die beiden ins Haus. Routiniert erledigt Jan zwei Kameras, und sie dringen tiefer in den Raum vor.

Einen Moment hält Banta zwischen Couchecke und pompösem Glastisch inne. Er meint, Hundegebell wahrzunehmen, aber als er genauer hinhört, ist es verklungen.

Es ist absolut still.

Kein Personal, das plötzlich aufgescheucht über den Kies rennt.

Kein Alarm.

Keine Männerrufe.

Seltsam.

Das Haus liegt stumm da.

Bantas Nackenhaare stellen sich auf. Die Stille ist extrem … *lauernd*.

41

IM HAUS IST es kühl. Banta meint, das Surren der Klimaanlage und den entfernten Ruf eines Käuzchens zu hören, der durch die zerschlagene Terrassentürscheibe dringt. Wachsam dringen sie tiefer in die Villa vor.

Vom Wohnzimmer aus betreten sie einen ausladenden Flur. Seine teuren Marmorfliesen, feinster Azul do Macaubas. Der blau durchzogene Marmor passt nicht zu den Bordüren, die sicher aus Blattgold sind. Ein paar Fliegen surren, irgendwo tickt eine antiquierte Uhr monoton vor sich hin. Ansonsten legt sich die Kühle der Klimaanlage um sie wie ein erster, klammer Herbstabend. Banta fröstelt.

Jan möchte etwas sagen, aber er stoppt ihn mit einem Zeichen.

Es sieht alles extrem sauber aus, extra aufgeräumt, wie geputzt. Auch wenn Banta Staub auf den teuren Marmorfliesen bemerkt, sieht es aus, als wäre das Haus gereinigt worden. Er wendet sich der schmuckvollen Eingangstür zu. Seltsam. Das edle Mahagoniholz ist zwischen Blatt und Rahmen leicht gesplittert …

Gemeinsam treten sie näher.

»Aufgebrochen«, stellt Jan leise fest.

Banta nickt und mahnt Jan zur absoluten Ruhe. Die Tür wurde von außen aufgebrochen.

»Das gefällt mir nicht, Frank.«

Banta geht es nicht anders.

»Riechst du das?«, fragt Jan.

Banta hebt den Finger an die Lippen. Der Geruch ist sehr fein, aber Banta erkennt ihn sofort. Der Geruch des Todes.

Sie schleichen lautlos weiter.

Eine offene Küche. Auch sie liegt komplett verlassen vor ihnen. Was Banta als Erstes auffällt, ist die Obstschale. Sie ist reichlich bestückt, doch das Obst ist komplett vergammelt. Schwarz. Vertrocknet. Der Tisch ist abgeräumt, die Ablagen abgewischt, alles sauber gemacht. Jemand hat gründlich gewischt. Ein wenig so, wie sie es bei ihren Hide-outs stets tun. Nur das Obst in der Schale wurde vergessen.

Ein riesiges Esszimmer schließt sich an. Auf dem sündteuren Teppich liegen Zeitschriften verteilt, ein Ölgemälde, die Kopie eines Rubens, lehnt am Designer-Esstisch. Die beiden betreten den Raum und checken jede Ecke. Niemand hier. Das Gemälde ist von der Wand genommen worden, weil sich dahinter ein Tresor befindet. Er steht einen Spalt offen, und als Banta einen Schritt näher herangeht, sieht er, dass er ausgeräumt wurde.

Mit einem Mal taucht ein Schatten hinter ihnen auf.

Banta und Jan reißen die Waffen herum.

»Was um Himmels …«, zischt Banta leise. Avriel. Beinahe hätte er sie erschossen.

Sie hält eine Pistole an der Seite, es ist eine Makarov, und sie ist entsichert. Bei seiner Einweisung hat er gefragt, ob sie eine besitzt. Avriel hat verneint. Aber sie hält sie professionell, als könnte sie damit umgehen. Wieso ist sie überhaupt hier drinnen?

Er hat keine Zeit für Streitereien, sondern gibt den beiden ein Zeichen, ihm zu folgen.

Gemeinsam checken sie jeden Raum, finden aber niemanden. Das Haus scheint verlassen. Banta wendet sich der offenen Treppe zu, die kunstvoll gewunden nach oben führt. Vorsichtig, die Waffe im Anschlag, schleicht er voraus.

Schon auf den ersten Treppenstufen sieht Banta das Blut. Es muss reichlich gewesen sein, denn es wurde zwar weggewischt, blieb jedoch in jeder Ritze, jeder Ecke zurück. Es ist bereits schwarz. Lautlos weist er Jan und Avriel darauf hin und spürt, wie sich noch einmal seine Sinne schärfen. Stufe um Stufe dringt er weiter in den oberen Stock vor. Bereits nach den ersten Schritten bemerkt er den fauligen Geruch. Ein süßlicher Gestank, als hätte jemand Nassmüll in der oberen Etage ausgekippt. Er weiß, was das zu bedeuten hat. Langsam geht er weiter.

Sein Blick gleitet über die letzte Stufe. Vor ihm breitet sich ein Chaos aus. Mehrere Projektile sind in die Wände eingeschlagen und haben Krater hinterlassen. Überall klebt Blut. Teilweise ist es gespritzt, teilweise wurde es von Händen oder anderen Körperteilen hinterlassen. Dort, wo das getrocknete Blut klebt, laben sich Fliegen. Hier oben im Flur erinnert alles an die wirren Hinterlassenschaften eines Serienmörders.

Der Geruch ist intensiv, raubt ihm aber nicht die Sinne.

Hier hat sich niemand mehr die Mühe gemacht, das Blut aufzuwischen. Rote Schleifspuren führen zur Tür am Ende des Gangs.

Behutsam nähern sich die drei der Tür. Banta vergewissert sich, dass Avriel und Jan bereit sind, dann tritt er ans Türblatt und legt seine Hand auf die Klinke. Sie ist eiskalt.

Er deutet den beiden »Auf drei« und zählt ab. Drei … zwei … eins … Zugriff.

Jäh drückt er die Klinke hinunter und stemmt sich gegen die Tür. Sie ist nicht verschlossen und schlägt sofort auf. Die drei stürmen los.

Der Anblick ist entsetzlich.

42

»KÖNNEN SIE SCHON eine erste Einschätzung geben?«

»Soweit ich das sagen kann, wurde er aus nächster Nähe erschossen. Wir haben vier Schuss. Zwei in die Brust, eine in den Kopf.«

»Overkill?«

Der Arzt nickt. »Der Schuss in die Brust hätte wohl gereicht, aber das muss ich im Institut genauer eruieren. Wenn Sie mich fragen, war das eine Art Hinrichtung.« Der Gerichtsmediziner lässt seine Handschuhe schnalzen, als er sie zurechtzupft und weiter den Toten untersucht.

Richard wendet sich von Cordts Leiche ab. Vor einer guten halben Stunde hat die Berliner Kriminalpolizei ihn hinzugezogen. Wie sich herausgestellt hat, wurden die Kameras des Lagerhauses allesamt manipuliert. Die Sicherheitszentrale hat vom Mord nichts bemerkt. Erst eine Bankangestellte aus Moabit, die noch spätabends in ihren Store-Room musste, hat die Polizei alarmiert.

»Hinrichtung? Hm …«, brummt Richard und sieht sich die Leiche ein weiteres Mal an. Er muss dem Mediziner recht geben. Die Schüsse sind präzise gesetzt, und es gibt keine Kampfspuren. »Hier hat ein Profi zugeschlagen?«

»Gut möglich, ja.« Der Gerichtsmediziner nickt, woraufhin Richard sich wortlos abwendet und auf seinen Stock gestützt geht.

»Genau kann ich das aber erst sagen, wenn ich die Leiche vernünftig untersucht habe«, ruft ihm der Mediziner noch nach, aber Richard reagiert nicht, sondern wankt, ganz in Gedanken, zu Avriels Store-Room.

Vor diesem arbeiten ein Dutzend Beamte der Forensik und dokumentieren emsig. Richard tritt hinzu und wirft einen Blick in den Raum. Er hat vor wenigen Minuten schon einmal flüchtig hineingesehen und sofort versucht, Banta zu erreichen. Leider ohne Erfolg. Nachdem bloß dessen AB drangegangen ist, hat er aufgelegt. Jetzt versucht er es erneut. Keine Chance. Bantas Handy ist anscheinend ausgeschaltet.

Eine Sekunde überlegt Richard, ob er Banta eine Nachricht hinterlassen soll. Immerhin wäre es leicht, ihn später als Urheber zu identifizieren.

Schließlich gibt er sich einen Ruck. Cordts Tod ist einfach zu wichtig. So wie es aussieht, hat Bantas neues Teammitglied, diese Avriel, Cordt aus nächster Nähe erschossen. Kaltblütig. Weil er hinter ihr Geheimnis gekommen war. Genau das spricht er Banta auf dessen VoiceBox.

»Banta, lass die Finger von ihr. Halt Abstand, okay? Ich weiß noch nicht, was Avriel vorhat, aber sie hat was vor! Ich schicke dir ’n paar Fotos.« Richard schießt mit seinem Handy mehrere Bilder vom Store-Room und mailt sie an Banta. Kaum sind sie raus, tritt ein bärtiger Beamter der Kriminalpolizei zu ihm.

»Wir haben die Videos gecheckt«, meint er. »Von der Überwachungskamera des Parkplatzes.«

»Und? Wurde sie auch manipuliert, oder ist irgendetwas Verwertbares darauf?«, will Richard wissen.

»Nur wenig. Sie hatten recht. Es ist eine Frau. Man sieht sie kurz auf dem Parkplatz, aber man kann sie kaum erkennen.«

Richard nickt. »Sie ist ziemlich ausgefuchst, ja. Kann ich mir die Aufnahmen ansehen?«

Der Kriminalkommissar zückt sein Handy und ruft die Spurensicherung an. Schließlich bestätigt er stumm. »Kommen Sie mit.«

Richard folgt dem Mann, obwohl er schon ahnt, dass er auf den Aufzeichnungen Avriel erkennen wird.

43

DREI HALB VERWESTE, halb mumifizierte männliche Leichen. Ihre Körper wurden wie achtloser Müll auf dem Boden liegen gelassen. Jemand hat vermutlich einen der Toten durch den Flur geschleift und ihn hier abgelegt. Vor Wochen? Vor Monaten? Die anderen sind wahrscheinlich direkt vor Ort umgekommen. Zumindest nimmt Banta das anhand der Blutspritzer und Projektileinschüsse an. Sie alle tragen eher winterliche Kleidung, dicke Pullover, schwere Hosen, Stiefel. Zwei von ihnen wurde das Gesicht durch die Schüsse zerfetzt. Ihre Schädel sind gesplittert, die Projektile auf der Rückseite ausgetreten. Der Dritte, der dickste der Männer, ist weniger mumifiziert als vielmehr im Endstadium der Verwesung. Trotzdem kann Banta Tattoos auf seinen Handrücken erkennen, die sich unter den Pullover ziehen, wahrscheinlich über den ganzen Arm. Die drei tragen keine Uniform, aber einer von ihnen hält noch immer eine moderne MP in der Hand.

»Was passiert ist«, bricht Banta die Stille, »ging verdammt schnell. Jemand kommt durch die Tür und schießt sofort. Sieht für mich sehr professionell aus. Derjenige, der es getan hat, hat nicht gezögert.«

»Ich wette, die haben nicht mal einen einzigen Schuss abgegeben. Er ist hier rein und hat ihnen sofort den Schädel weggeballert«, bestätigt Jan flüsternd.

Hinter sich hört Banta, wie Avriel angestrengt stöhnt. Sie reißt sich zusammen, um sich nicht zu übergeben. Auf seinen fragenden Blick hin macht sie ein »OK«-Zeichen und fängt sich einigermaßen.

Sie ist härter im Nehmen, als er dachte. Immerhin ist der Gestank auszuhalten, aber nur, weil die Leichen recht alt sind.

»Ich glaube, der Mann hier«, Banta nickt zu einem einst drahtigen Kerl, der an der Tür liegt, »hat den Angreifer bemerkt, im Flur. Auch er wurde ausgeschaltet und hergeschleift. Wahrscheinlich nachdem der Täter die beiden hier drin getötet hat.« Er zückt das Foto von Argos Nagy, hält es neben die Köpfe. Auch wenn die Gesichter schwer lädiert sind, es besteht kein Zweifel: Agnos Nagy ist nicht unter den Opfern.

»Ist er geflüchtet?«, fragt Jan.

»Agnos Nagy? Ich hoffe nicht«, meint Banta grimmig. »Ich hoffe, er hat das hier überlebt. Ich will ihm in die Augen sehen und dabei aus ihm rausprügeln, wo Anna ist.«

»Waren das seine Männer?«, will Avriel wissen.

»Schwer zu sagen. Immerhin liegen sie in seinem Haus. Und das da, das spricht auch dafür …« Banta nickt in den Raum.

Die drei Toten liegen zwischen vier Arbeitsplätzen. Neben Tastaturen und Festplatten kann Banta eine Geldzählmaschine erkennen. Ein sehr neues Modell.

Der Raum ist extrem schmucklos. Er besitzt kein Fenster, dafür diverse Monitorbänke. Bestimmt gut zehn Screens auf der linken Seite und auf der rechten einige ältere Modelle, die eindeutig zu einem Überwachungssystem gehören. Typische Röhrenmonitore, wie sie in den Neunzigerjahren hergestellt wurden. Im Gegensatz zu denen auf der linken Seite sind ihre Gehäuse von Nikotin und der Zeit vergilbt. Banta, der auf seinen Einsätzen in den letzten Jahren Dutzende Sicherheitsräume gesehen hat, erkennt, dass es sich bei den vielen modernen Monitoren um etwas anderes handelt. Ein dickes Bündel von Netzwerkkabeln führt vom Boden zu ihnen.

»Was haben die hier gemacht?«, wendet er sich leise an Avriel.

»Ich müsste die Computer hochfahren, um das genauer zu bestimmen. Einen Blick auf die Festplatten werfen.«

»Wir sollten weiter«, mahnt Jan.

Banta nickt. Dafür haben sie tatsächlich jetzt keine Zeit. »Wir können das alles nicht mitnehmen. Nicht jetzt«, entschuldigt er sich bei ihr.

Avriel bejaht stumm. Es ist einfach zu viel Technik in diesem Raum. Dafür müssten sie ein zweites Mal kommen. Sie räuspert sich. »Wenn du mich fragst, sieht es aus wie eine Art Schnittstudio. Als hätten die hier Videos produziert oder so.« Sie nickt zu einem Tonmischpult und den Tastaturen, von denen drei farblich hervorgehobene Tasten besitzen. »Videobearbeitung, mischen, schneiden … Vielleicht fürs Internet.« Sie nickt zu den Netzwerkkabeln, dann geht sie zu einem der Arbeitsplätze und tippt auf die Tastatur.

Mit einem Mal springen fünf der zehn Monitore an. Sie liefen die ganze Zeit.

Es sind verschiedene Räume zu sehen.

Gestochen scharf.

»Was zum Teufel ...?«, entfährt es Banta. Seine Augen springen von Bild zu Bild. Augenblicklich stellen sich seine Nackenhaare auf.

Die Kameraeinstellungen gleichen ihrem Stream.

Nur die Räume sind verschieden. Keiner ist so wie Annas Gefängnis.

Erst denkt er, dass alle Räume leer sind, doch dann bemerkt er eine Gestalt. In einem der Räume hockt eine Frau nackt in der Ecke. Sie ist nicht gut zu erkennen, weil Tisch und Stuhl die Sicht nehmen.

»Anna?« Entsetzt ist Jan vorgetreten.

»Nein«, beruhigt Banta, denn die Frau hat lange schwarze Haare, und sie ist wahrscheinlich tot. Ihr Zustand gleicht den Leichen hinter ihm.

Banta sieht sich zu Avriel um. Sie kann sich vom Anblick der toten Schwarzhaarigen nicht losreißen, und er bemerkt, wie sich ihre Hand um ihren Pistolengriff schließt, so fest drückt, dass ihre Knöchel weiß hervorstehen. »Er hat mehr Frauen als nur Anna. Dieser Bräuner hat recht.« Banta wird schlecht. Er muss an den Kameraschwenk denken, den er vor wenigen Stunden gesehen hat, als Annas Peiniger die Kamera vom Stativ nahm. Und er die anderen Monitore sah, die anderen Chats. Spontan hat er an eine Versteigerung denken müssen.

War das möglich? Hatte Agnos Nagy die Frauen entführt oder vom Barbu-Clan gekauft, um sie gefügig zu machen und dann zu versteigern? Banta kostet es Kraft, weiterhin auf die Monitore zu blicken, aber er muss sichergehen, dass sich wirklich nichts rührt.

»Wo, um Himmels willen, ist das alles?«, haucht er und schluckt.

»Das sieht mir aus wie ein Keller«, merkt Jan an, und sein Blick fällt auf die Datenkabel, die hinter den Arbeitsplätzen im Fußboden verschwinden.

Wenn sich Bantas Orientierungssinn nicht irrt, liegt der Schneideraum über dem Wohnzimmer.

»Wieso bringt jemand da oben alle um und wischt dann unten auf?«, fragt Avriel, als sie die Treppe wieder hinabeilen.

»Damit niemand Blut sieht, der von außen durchs Fenster blickt.« Banta würde ihr gerne eine bessere Erklärung geben, aber er weiß es selbst nicht. So wie es aussieht, hat jemand die drei erschossen und dann den Tresor geplündert und ist über die Haustür entkommen. Auch diesen Einsatz hat Banta sich ganz und gar anders vorgestellt. Er hat mit Gewalt gerechnet, damit, dass sie in das Haus eindringen und vielleicht mehrere Gegner ausschalten müssten. Aber dass es jemand vor ihnen getan hat, will nicht in seinen Kopf.

Kaum unten angekommen, fühlt er sich mit einem Mal matt. Das Adrenalin, das bisher durch seinen Körper schoss, versiegt langsam und macht der Hilflosigkeit Platz.

Wenn sie Agnos Nagy nicht finden, beginnt ihre Suche wieder von vorne. Und das heißt, dass er schneller als sie ist und das Ultimatum abläuft.

Sie erreichen das Wohnzimmer.

Die Kabel sind nicht zu sehen, müssten aber hinter einem schweren Bücherregal gegenüber dem Tresor hinabführen. Als Banta näher tritt, erkennt er, dass die Fliesen vor dem Regal matter sind. Er hockt sich hin, fühlt über die kalte Oberfläche. Da sind Kratzer.

Banta wirft Jan einen Blick zu. Der denkt dasselbe. Die Riefen sind kaum zu erkennen, aber sie sind da.

44

BEHERZT GREIFT BANTA ins Regal und reißt eine erste Lage Bücher heraus, schleudert sie hinter sich zu Boden. Verzweifelt sucht er nach einem Schalter, einem Mechanismus, um das Regal zu bewegen. Jan hilft, während Avriel die Tür zum Flur im Auge behält.

Die nächsten Bücher fliegen auf den Boden, da ertastet Banta eine Art Griff. Groß wie der Henkel eines Koffers.

Er zieht.

Nichts geschieht. Schließlich dreht er ihn. Tatsächlich lässt er sich bewegen, und mit einem Mal kommt Leben in das Regal.

»Zurück«, warnt er Jan. Beinahe lautlos schwenkt das Regal zur Seite.

Eine Metalltür kommt zum Vorschein. Banta zieht sie auf.

Kalte Luft strömt ihm entgegen.

Eine schmale, nackte Betontreppe führt hinab in den Keller. Sie ist steil, das Ende liegt im Dunkeln.

Vergeblich sucht Banta nach einem Lichtschalter, zückt schließlich eines seiner Knicklichter. Er entfacht es und wirft das grüne Lichtstäbchen die Treppenstufen hinab, während Jan in die Dunkelheit zielt.

Die grauen Stufen führen nicht sehr tief. Vielleicht drei Meter. Soweit Banta das von oben beurteilen kann, enden sie in einem nackten Sichtbetonflur. Das gleichmäßige grüne Strahlen seines Lichts schimmert auf den glatten Betonwänden.

Banta befiehlt Avriel, an der Tür zurückzubleiben, und zeigt Jan stumm, dass er vorhat, mit ihm in den Keller hinabzugehen.

Er spürt sein Herz, versucht, gegen die Nervosität anzukämpfen, während er die steile Treppe hinabsteigt.

Ein Geruch wie in einem Krankenhaus weht ihnen entgegen. Die Mischung aus Chlor und Reinigungsmitteln ist durchsetzt mit matter Fäulnis.

Sie haben hier keine Deckung. Der einzige Vorteil ist, dass jeder Angreifer ihnen direkt gegenüberstehen muss.

Kein Mucks. Kein Geräusch. Möglichst lautlos treten sie auf die kalten Stufen, bemüht, ihren Vorteil nicht zu verspielen.

Endlich kommen sie unten an. Die Treppe endet in einem schlichten Flurstück aus Sichtbeton. Links ist eine Holztür eingelassen. Das war's. Sie postieren sich. Banta tritt die Tür auf. Dahinter ist bloß ein winziger, aber prunkvoller Umkleideraum. Muschelförmige Waschbecken, goldene Wasserhähne, ein alter Spind, der ihn an den Schrank auf dem Video erinnert, und eine Holzbank. Daneben führt von diesem Raum eine Tür in einen weiteren.

Kaum hat Banta sich umgesehen, als er meint, Anna

wimmern zu hören. Sofort ist er hellwach. Auf den Monitoren haben sie sie nicht gesehen, aber das heißt noch gar nichts, redet er sich gut zu. Sofort stürzt er zur Tür neben der Holzbank.

Sprengfallen? Keine Zeit! Er zögert nicht, kein Abzählen, keine Vorsicht.

Er reißt sie auf. Annas Weinen schlägt ihnen discolaut entgegen. Ihr Keuchen und Wimmern ist ohrenbetäubend.

»Scheiße!« Bantas Enttäuschung kippt in Wut um. Das ist der falsche Raum.

Bunte Lichtkleckse kreisen, gleiten zu Tausenden über den Boden. Sie stammen von einer Discokugel und einem modernen Lichtsystem. Annas Flehen dringt aus den Boxen, der Stream ist mit dem Soundsystem verknüpft.

Jan wirft Banta angesichts dessen, was sie hier sehen, einen verdutzten Blick zu, bevor die beiden weiter in den Raum vordringen.

»Schalt das ab«, befiehlt er Jan und würde sich am liebsten die Ohren zuhalten.

Banta kommt es vor, als wäre er in einen Traum aus Tausendundeiner Nacht getreten. Nein, hier sieht es aus wie in einem Edelpuff. Samtvorhänge, Goldlüster, ein extrem riesiges, rundes rotes Bett mit zwanzig Kissen in der Raummitte und außen herum mehrere gefüllte Whirlpools. Goldene Hähne, ein künstlicher Wasserfall. An den Wänden schwülstige Ölgemälde in prunkvollen, viel zu schweren goldenen Rahmen. Nackte Frauen in eindeutigen Posen, ein bisschen

Rubens nachempfunden, aber von den Stellungen eindeutig eher YouPorn-Style.

Endlich findet Jan ein Mischpult und dreht den Sound ab. Still dreht sich die Discokugel, ungerührt.

Banta meint, den Raum zu kennen. Es ist der mit der Frauenleiche. Er braucht nur einen kurzen Blick, um zu sehen, woher Annas Wimmern stammt. Die Audiokabel führen zum Bett. Zwischen den Kissen steht ein Laptop. Es ist dieselbe Marke wie vom Laptop in der Zettelwohnung, die sie erst vor wenigen Stunden gestürmt haben. Der Computer ist mit einem Netzwerkkabel angeschlossen und bekommt Strom aus der Steckdose. Wer weiß, wie lange er schon läuft?

Am liebsten würde Banta alle Kabel vom Ding reißen und den Laptop in den Whirlpool donnern. Zusehen, wie er gurgelnd untergeht. Er hat diese Charade so was von satt!

»Abgefahrener Scheiß«, lautet Jans Kommentar, als er den Blick schweifen lässt. Mehrere Kameras auf Stativen stehen ums Bett, und in einer Ecke – die im Gegensatz zum restlichen Raum ganz in Schwarz gehalten ist – befinden sich diverse Folterinstrumente. »Der Megaorgie steht nichts im Wege«, brummt Jan ablehnend.

Banta ist absolut nicht zum Scherzen zumute.

Er zieht einen Vorhang beiseite, und sein Blick fällt auf die Leiche der jungen Frau, die sie auf dem Monitor gesehen haben.

Die Frau hat sich in die hinterste Ecke zurückgezogen und auf den Boden gekauert. Banta tritt näher. Da fällt ihm die Kette auf. Die Unbekannte ist noch immer ans Bett gefesselt. Ihre Fingernägel sind mit blauem Lack bemalt. Sie sind teils gebrochen, teils abgerissen und an vielen Stellen blutig. Banta dreht sich zur Tür um, durch die sie kamen. Da sind Blutspuren und tiefe Kratzer.

Anscheinend hat die Frau in ihrer Verzweiflung versucht, die Tür mit bloßen Fingernägeln aufzukratzen.

Banta tritt näher an die Leiche heran, die nur noch Haut und Knochen ist. Irritiert hält er inne. Erst jetzt fällt ihm auf, dass die Haare der Toten für eine so alte Leiche verhältnismäßig dicht sind. Sie sehen beinahe künstlich aus. Er greift hinein.

Sie *sind* künstlich. Eine Perücke. Als er sie vorsichtig nach hinten streicht, kann er es sehen: Jemand hat sie der Toten auf den Kopf genäht.

»Ach du Scheiße«, hört er Jan hinter sich stöhnen. Er fährt herum, sieht seinen Freund wie vom Donner gerührt am Nachttischchen des Rundbetts stehen. »Banta«, meint er voller Ekel und deutet auf den Tisch. Da registriert Banta, weswegen sein Freund so schaut …

Auf dem Nachttisch steht ein Glas. In einer Flüssigkeit schwimmt ein Penis.

Fluchend hebt Jan das Glas hoch und sieht sich den Schwanz an.

Banta konzentriert sich wieder auf die Tote. Behutsam streicht er ihr die Haare noch einmal zurück.

»Nein …«, seufzt er. »Nein!«, ruft er. »Nein!!!«, brüllt er. »Scheiße.« Bantas Blick fällt auf das Totenkopftattoo und die Ziege, die wie ausgeblichen auf der verwesten Haut zu erahnen sind.

Diesmal braucht er kein Foto neben das Gesicht zu halten.

Die Leiche ist keine Frau.

Sie haben Agnos Nagy gefunden.

Agnos Nagy. Kein Zweifel. Er spürt, wie die Anspannung schlagartig von ihm abfällt, spürt, wie sich alles in ihm dreht.

Ihm wird schlecht, als er begreift, was das heißt. Sein Magen rebelliert, denn was diese plötzliche Leere in ihm füllt, ist schlimmer als Stress. Schlimmer als Zorn oder Hass. Was übrig bleibt, sind rasende Gedanken, ein Kreiseln und Drehen. Was übrig bleibt, ist das Unvermögen, irgendetwas zu tun. Was übrig bleibt, ist eine seelentiefe, viel zu schwarze Trauer …

Der schwarze Schmerz!, denkt er. Und spürt, wie dieser Schmerz bei Agnos Nagys Anblick blitzartig in ihn strömt. Bitte, fleht er. Nicht der schwarze Schmerz! Nein, lass ihn nicht wiederkommen.

Doch er ist da. Er lauert. Er lauert mit seiner Trägheit, die mächtig und finster vor ihm liegt. Mit einem Mal steht er vor einem bodenlosen Loch, einem schwarzen Schacht ohne Ende, in den er niemals mehr blicken darf.

Agnos Nagy ist tot …

Der Mann, der Anna quälte und der wusste, wo sie gefangen gehalten wird, ist tot.

Wie eine sich zusammenballende, mächtige Faust drischt die Leere durch seinen Geist.

Sie haben Nagy gefunden, aber er wird ihnen niemals mehr sagen können, wo er Anna festhält. Er ist seit Monaten tot.

Banta richtet sich auf und streckt den Rücken durch. Er atmet bewusst gleichmäßig, versucht, seine Atmung zu kontrollieren, wie er es bei Doktor Gerlicher geübt und mit seiner Meditation vervollkommnet hat. Er muss nachdenken, einen neuen Plan fassen. Seine Mitte justieren, um sich dann neu auszurichten.

Ihnen läuft die Zeit davon.

Wo ist Anna, wer quält sie, wenn nicht Nagy?

Banta zückt sein Handy, schaltet es an und wartet beharrlich aufs Booten. Kein Netz. Hier unten hat er keinen Empfang. »Soll Richard das übernehmen. Das ist Sache der Polizei«, meint er zu Jan und eilt bereits an ihm vorbei, hinaus in den Flur.

Banta kommt zur Treppe, will gerade hinaufeilen, als er oben am Treppenabsatz Avriel sieht.

Sie hat ihre Waffe gezückt und zielt auf ihn.

»Wow! Halt. Ich bin es, Avriel. Alles okay ...«

Sie nimmt die Pistole ein Stück herunter, hält sie jedoch weiterhin schussbereit. »Was habt ihr da unten gefunden? Was ist da los?«

»Wir haben einen Geist gefunden«, brummt Banta. »Nur einen Geist. Agnos ...« Das Piepen seines Handys unterbricht ihn. Es will gar nicht aufhören. Einmal, zweimal, x-mal. Verwirrt sieht Banta aufs Display.

Richard hat zehnmal versucht, ihn zu erreichen, und diverse Nachrichten hinterlassen.

Während er beginnt, sie abzuhören, kommt Jan angerannt. Banta bedeutet ihm, kurz ruhig zu sein, dann lauscht er auf Richards Stimme. Im ersten Moment versteht er nicht, was der Alte ihm sagen will. Es geht um Cordt und seinen Tod. Nein, seine *Ermordung*. Und es geht um Avriel …

Banta sieht die Treppe hoch, sieht sie als Schatten oben stehen, die Waffe in der Rechten …

Er entschließt sich, sich nichts anmerken zu lassen, tut, als hörte er eine weitere Nachricht ab, hält das Handy locker ans Ohr und geht vorsichtig die Stufen hinauf. Kalkuliert im Kopf einen Angriff und seine Bewegungen, wie er sie am schnellsten und effektivsten ausschalten kann, ohne sich eine Kugel einzufangen.

Er sieht in ihre türkisfarbenen Augen. Sie taxieren sich.

45

IHRE AUGEN TASTEN ihn ab, während er die Treppe hinaufkommt, als ringe sie mit sich, als suche sie eine Schwachstelle.

Vielleicht ist sie sich nicht sicher, ob sie mich erschießen kann, ohne dass Jan sie eine Sekunde später erwischt. Definitiv hat sie den Zeitpunkt verpasst, zu dem sie mich am Fuß der Treppe hätte töten können, denkt er. Tatsächlich weicht sie einen kleinen Schritt zurück, als er oben ankommt.

Die Bewegung reicht. Banta schnellt vor, packt sie und dreht ihr in einer fließenden Bewegung die Hand so weit nach hinten, dass sie nicht anders kann, als den Griff um die Waffe zu lockern.

»Spinnst du! Was …«

Die Pistole fällt mit einem dumpfen Klopfen auf die Fliesen. Avriel schreit auf, weiß nicht, wie ihr geschieht. »Was?! Ey!«

Da hat Banta sie bereits herumgewirbelt, zu Boden gedrückt.

»Ganz ruhig! Keine Bewegung!«

»Du hast mir die Nase gebrochen, du Arschloch!«, brüllt sie, versucht, sich aus seinem Griff zu winden.

»Das würde heftiger bluten«, knurrt Banta.

Instinktiv hat Jan seine Waffe gezückt und zielt auf sie. »Was ist los, Frank? Scheiße, was is'?«

Banta wird es ihm später erklären. Jetzt zieht er erst einmal Avriel auf die Beine und presst sie gegen die Wand. Er tritt ihre Füße auseinander. »Beweg dich nicht.«

»Ihr spinnt doch! Was soll das!?«, presst sie heraus, die Wange an der Wand.

Während Jan sie in Schach hält, klopft Banta sie nach einer Waffe ab, findet jedoch keine weitere. Fluchend lässt Avriel die Prozedur über sich ergehen. Er dreht ihr den Arm wieder auf den Rücken und zwingt sie zur Couch. »Wer bist du? Wer bist du wirklich?«

Er stößt sie in die Kissen, setzt sich ihr gegenüber.

»Was soll der ganze Mist?« Sie reibt sich die Handgelenke. »Scheiße, was meinst du?«

»Du hast Cordt umgebracht.«

»Was habe ich? ... Ich? Das ist doch ...« Avriel lacht.

»Was?«, mischt sich Jan ungläubig ein. »Er ist tot?« Aschfahl steht er da und starrt sie an.

Auch Banta mustert sie. Er sieht ihr in die Augen und spürt, dass sie lügt. Avriel spielt ein Spiel mit ihnen. »Willst du Rache? Ist es das?«

»Rache ...« Abermals lacht Avriel. »Ich habe euch eigentlich immer für die Besten gehalten, die es gibt. Aber ich und Rache ...? Das ist wirklich bescheuert.«

»Wir wissen, wie du in Wirklichkeit heißt. Aber deswegen weiß ich noch lange nicht, wer du bist, Valeria Wladimirowna Achmatowa.«

Diesmal lacht sie nicht mehr. Sie sieht auf den Tisch.

Sie sieht auf ihre Knie und denkt fieberhaft nach. »Es stimmt, ich habe euch angelogen. Avriel … Das is' so ein Name. Von 'nem Engel.«

»Achmatowa? Du bist Jelisawetas Schwester? Ihre Schwester?«, fragt Jan, der immer noch versucht, die Fakten zu sortieren.

Sie nickt. »Mein Vater hat ziemlich viele gute Kontakte. Ich habe mir Papiere besorgt, und, na ja, ich hab sie frisiert. Und ich habe ein paar Unterlagen … Sagen wir so, die Universitätscomputer sind nicht gerade die bestgeschützten Systeme dieses Universums. Ich habe mir ein paar Zeugnisse ausgestellt.«

Sie kann nicht weitersprechen, weil Jan plötzlich vorspringt und sie an der Kehle packt. »Wusst ich doch, dass dir nicht zu trauen ist! Was ist mit Cordt? Was hast du mit ihm angestellt?«, brüllt er.

Banta packt ihn und zieht ihn zurück. Es ist nicht leicht, ihn von Avriel zu trennen. In seinen Augen steht blanker Hass.

Avriel schnappt nach Luft. »Cordt? Ich weiß nicht, was mit ihm ist. Er war heute bei mir. Ja.« Fragend sieht sie Banta an.

Es fehlt noch, dass er ihr alles erklärt. »Cordt war bei dir, das wissen wir. Und er hat deinen kleinen Store-Room gefunden. Und daraufhin hast du ihn erschossen. Wenn ich das richtig verstanden habe, dann aus nächster Nähe.«

Bevor sie antworten kann, geht Jan sie an. »Du hast ihn getötet und willst uns in den Rücken fallen. *Du* warst das doch mit dieser Scheißnachricht! Du hackst unser System, damit wir auf dich aufmerksam werden und dich anheuern. Und dein Scheißplan geht auf. Und dann, kaum bist du bei uns in der Crew, taucht dieser Stream auf. Das ist doch kein Zufall!«

»Ich habe Cordt nicht umgebracht, verdammt noch mal«, schreit sie zurück. »Das ist doch krank.«

»Du kreuzt bei uns auf, um uns einen nach dem anderen fertigzumachen. Genau so, wie du es angekündigt hast«, schreit Jan. »Du willst dich rächen, dafür, dass wir deine Schwester nicht gerettet haben.«

Banta beobachtet Avriel genau. Im Gegensatz zu Jan ist er sich nicht so sicher. Ihm kommt ihr Blick zu ängstlich vor ... Aber auf der anderen Seite kann sie auch einfach nur eine sehr gute Schauspielerin sein. »Ich finde, es klingt sehr plausibel, was Jan sagt«, pflichtet er seinem Freund ruhig bei und versucht, sie damit aus der Reserve zu locken.

Avriel schweigt. Ihr Blick geht ängstlich zwischen Jan und Banta hin und her. »Ich habe euch nicht gesagt, wer ich bin, weil ihr mich sonst niemals eingestellt hättet. Ich bin nicht aus Rache hier. Schwachsinn ... Ich bin hier, weil ... weil ich euch bewundere.«

Diesmal ist es an Jan zu lachen.

»Mein Vater, er hat damals wochenlang nach jemandem gesucht, der keinen Scheiß baut. Der nach Rumänien fährt und Jelisaweta rausholt. Und ihr habt es gemacht. Ihr seid da hingefahren. Ihr habt euch mit dem Barbu-Clan angelegt.«

»Einen Scheiß haben wir. Sie ist gestorben. Deine Schwester. Wir haben Jelisaweta nicht rausgeholt. Das

Ganze war ein verdammtes Fiasko.« Wütend schlägt Jan auf den Tisch. »Da gibt's nichts zu bewundern.«

Sie schüttelt den Kopf. »Anna ist gestorben, weil sie versucht hat, meine Schwester zu retten. Was soll daran schlimm sein?« Avriel wird lauter. »Was soll daran schlimm sein!«

Jan will etwas sagen, aber Banta hält ihn zurück. Er wartet einen Moment, bis sich die Lage ein wenig beruhigt hat, dann hakt er nüchtern nach: »Du behauptest allen Ernstes, du wolltest nur sehen, wer wir sind?«

»Nicht nur sehen, wer ihr seid. Ich wollte mitmachen bei euch. Ich wollte in eurer Crew sein. Deswegen habe ich gelogen. Nur deswegen.«

Jan glaubt ihr kein Wort. »Was ist mit der Pistole?«, will er wissen.

»Mein Vater hat mir geholfen, sie zu beschaffen.«

»Das meine ich nicht. Wozu brauchst du sie?«

»Ihr habt doch alle eine.«

»Du bist unsere verdammte IT-Expertin!« Fluchend tigert Jan im Raum auf und ab. »Sie lügt immer noch! Sie erzählt immer noch Mist.«

Im Gegensatz zu Jan bleibt Banta weiterhin ruhig. Er lehnt sich zurück und nimmt die Hände auf den Schoß, um weniger bedrohlich zu wirken. Abermals wartet er einige Atemzüge, bis Avriel ihn endlich fixiert und nicht mehr Jan anstarrt. »Was ist mit Cordt? Erzähl uns, was passiert ist.«

»Dass er tot ist … Darüber weiß ich nichts. Er ist zu mir gekommen, wegen Blitzen und …«

»Blitze!«, unterbricht sie Jan schnaufend. »Blitze. Ich kotze.«

»Ja, Blitze. Gewitter. Er hat welche auf dem Stream gesehen. Bei Anna. Und er hatte die Idee abzuchecken, wo es auf der Welt gewittert hat. Er hat sich an mich gewandt, weil er dachte, ich kann das rausfinden.«

»Und kannst du?«, zieht Jan sie auf.

»Ja … Nein … Ich weiß nicht genau. Das Ergebnis ist nicht ganz klar und …«

Jan schnauft. »Nicht ganz klar.«

»Wo warst du heute Nacht?«, kommt Banta zum Thema zurück. »Bevor du zum Polygon bist.«

»Ich war bei mir zu Hause. Das heißt, erst war ich in einem Club. Und dann bin ich zu mir nach Hause.«

»Und dafür gibt es keine Zeugen, und das sollen wir dir glauben?« Jan setzt sich wieder in den Sessel. Er schüttelt den Kopf. »Lügen, Lügen und nochmals Lügen.«

»Ich … Ich kann es beweisen. Ich meine, ich habe doch … Wir können doch die Positionsdaten aus meinem Handy auslesen. Oder … Ja, ich zeige euch, was ich im Club gemacht habe. Mein Laptop hat sicherlich aufgezeichnet, wo ich war.«

»Und du hast ihn gehackt«, grummelt Jan.

»Ist doch egal, was ich sage! Du Arschloch gehst eh davon aus, dass ich ihn umgebracht habe«, fährt sie Jan an. »Ich kann euch beweisen, dass ich auf eurer Seite bin! Ich habe das Problem für Cordt gelöst. Ich hab es zumindest versucht. Ich habe alles im Wagen. Mein

Laptop, da ist mein Sourcecode drauf. Ich komme nur mit den Daten nicht klar. Irgendwas stimmt noch nicht. Aber vielleicht kann es euch weiterhelfen.«

Banta, der sie unablässig beobachtet, spürt, wie verzweifelt Avriel ist. Wenn das gespielt ist, hat sie einen Oscar verdient.

»Ich programmiere doch nichts für euch, wenn ich euch umbringen will. Das ist Bullshit. Und das Programm, es hat funktioniert. Der Raum, in dem Anna festgehalten wird … Er ist hier, hier in Berlin. Zumindest hat die Datenbank das ausgespuckt. Berlin. Ich kann es euch zeigen.« Mit flehendem Blick sieht sie Banta an.

Eine Pause entsteht. Schweigen erfüllt das luxuriöse Esszimmer.

Banta denkt nach. Lange. Er spürt die Blicke der beiden auf sich ruhen. Schließlich nickt er und gibt Avriel den Weg frei. Sie steht auf und geht.

Ungläubig starrt Jan ihn an. »Nicht dein Ernst!« Er steht ebenfalls auf und folgt Avriel in den Flur, während Banta ruhig sitzen bleibt.

Banta hört, wie Avriel durch das zerbrochene Terrassenfenster nach draußen schlüpft. Er sieht sich um und erkennt ihren Schatten, wie er zwischen den Bäumen Richtung Auto verschwindet. Jan ist auf der kalten Veranda stehen geblieben und sieht ihr nach. Schließlich dreht er sich zu Banta um und fixiert ihn durch die Scheibe des Esszimmers. »Du machst einen großen Fehler«, ruft er. »Sie wird abhauen. Sie haut einfach ab.«

Banta antwortet ihm nicht. Endlich steht er auf und geht zu ihm nach draußen.

Die beiden sehen auf den Wald.

»Sie weiß, dass wir sie überall auf der Welt aufspüren. Wenn sie etwas mit Cordts Tod zu tun hat«, stellt Banta ruhig fest. Das Aufblinken von Avriels Tesla dringt zu ihnen. »Ich weiß nicht mehr weiter, Jan«, gesteht Banta. »Agnos Nagy ist tot. Und wenn Avriel keinen Ansatz hat, weiß ich wirklich nicht, wie wir Anna unter diesen sechs Millionen Menschen hier finden sollen.«

»Noch sechzehn Stunden.«

»Ja«, bestätigt Banta mit gebrochener Stimme. »Ich hatte fünf Jahre Zeit, sie zu finden. Und jetzt geht's um Minuten.« Er kann die Wahrheit selbst kaum glauben. Über vergossene Milch soll man nicht weinen, aber hätte er damals einfach weitergesucht … Vielleicht hätte er sie gefunden und …

Jan legt ihm brüderlich den Arm um die Schulter. »Vielleicht können wir irgendwas mit dem Chat machen. Vielleicht können wir in den Stream eine Art Virus schleusen oder so. Damit der uns verrät, wo dieser Scheißkeller is'.«

Banta schätzt es, dass Jan ihn aufmuntern möchte, aber er weiß, dass sie dazu keine Zeit haben. Die beiden treten zurück, weil Avriel tatsächlich wiederkommt. Sie parkt den Wagen in der Einfahrt, stellt ihn direkt am Haus ab und steigt aus.

»Das hätte ich nicht gedacht«, gibt Jan zu.

»Ich zeige euch meine Ergebnisse«, ruft Avriel zu

ihnen rüber. »Cordts Ansatz war gut, aber die Blitze, da stimmt mit meiner Programmierung noch was nicht.« Sie geht um ihren Tesla herum und öffnet den Kofferraum. Und in diesem Moment bricht die Hölle los.

46

DIE ERSCHÜTTERUNG IST gewaltig. Feuer, brennende Metallteile, das verfluchte Innenleben des Wagens, ein Glasregen. Die ungeheure Wucht der Druckwelle reißt Banta und Jan von den Füßen. Wie Puppen schleudert sie die beiden mehrere Meter zurück und auf die harten Steine der Terrasse. Das Auto zerreißt, wird hochgeschleudert und kracht in die Wand der Villa, deren Fenster nach innen spritzen. Ein Inferno.

Avriels Körper wird zerrissen, im Zentrum der Explosion hat sie keine Chance.

Bantas Kopf schlägt auf die Steine. Er sieht nur Schwärze, driftet weg, wird bewusstlos. Als er wieder zu sich kommt und sich aufrichtet, ist sein Körper ein einziger Schmerz. Einige Schrapnelle haben ihn erwischt und stecken in der Kevlarweste. Ein fingernagelgroßes Metallstück ragt aus seiner Wange. Benommen zieht er es heraus. Der Geruch von verbrannten Haaren und Haut dringt in seine Nase. »Jan? Jan …« Er wendet sich zu ihm um. »Jan …?«

Sein Freund liegt einige Meter entfernt. Er stöhnt, bewegt sich. Gott sei Dank.

Wie durch ein Wunder ist er nur leicht verletzt.

Ächzend kommt Jan auf die Beine und hilft Banta

auf. Fassungslos sehen die beiden auf das Chaos vor ihnen.

Der Tesla ist ein brennender und bizarr verformter Haufen Plastik und Metall. Groteskerweise steckt er halb in der Mauerecke, die die Explosion weggerissen hat, unterhalb des Kontrollzentrums mit den Leichen. Die Villa brennt. Das Feuer breitet sich rasend schnell aus, nimmt sich, was es zu fressen bekommt. Banta bemerkt, dass es auch die Essecke erwischt hat, in der sie noch vor zwei Minuten saßen. Der Raum ist verwüstet, überall Bruchstücke, Betonsplitter und Glasscherben. »Alles okay?«, will Banta Jan fragen, aber er hört seine eigene Stimme nicht. Da ist nur ein permanentes Piepen in seinem Kopf.

Sein Freund antwortet irgendetwas, Banta kann es nicht verstehen. Schließlich zeigt Jan ihm ein Okay und gibt ihm zu verstehen, dass Banta blutet.

Der tastet nach der Wunde in seinem Gesicht. Die Schnittverletzung in der Wange ist nicht sehr groß. Er spürt, dass noch mehrere Teile in ihm stecken. In seinem rechten Oberschenkel, seinem linken Arm. Schwankend steht er da, testet, als wäre er ein Roboter, all seine Funktionen. Er versucht, die Arme zu heben, zu greifen, aufzutreten, sogar zu kauen. Dann versucht er den ersten Schritt, bricht jedoch sofort auf die Knie zusammen. Jan humpelt um ihn rum, versucht, ihm unter die Arme zu greifen, ihn vom brennenden Haus wegzuziehen.

Schwerer Rauch wird in die Einfahrt hinabgedrückt, steigt gleichzeitig vom Feuer über die Baumwipfel auf.

Da bemerkt Banta sein Handy. Es ist aus seiner Tasche geflogen, liegt im Gras. Es sieht reichlich lädiert aus, er kriecht dennoch hin und nimmt es in seine blutigen Finger.

Zitternd drückt er drauf.

Das Feuer spiegelt sich in seinen Augen. Die Flammen schlagen bereits aus dem Dachstuhl. Der erste Stock brennt lichterloh.

Das Handy funktioniert noch.

Sein Finger zieht den Abzug bis zum Druckpunkt. Er atmet ruhig und gefasst. Banta zielt konzentriert. Die Straße ist voller Schlaglöcher, der Regen der letzten Nacht hat sie gefüllt.

Banta ruft den Stream auf …

Schwärze.

Bantas Schuss ist ein Volltreffer. Die Hartkernmunition Kaliber 7.62 mm durchschlägt Annas Stirn. Ihr Kopf zerreißt.

Da ist nur Schwärze. Diesmal ist die Dunkelheit vollkommen. Niemand hat Annas Kamera abgedeckt.

Der Stream ist gekappt.

Anna ist fort.

Offline.

Für immer.

47

DAS WASSER IST so klar, dass Banta meint, bis zum Grund sehen zu können. Doch der Fluss spielt ihm etwas vor. Es ist nur die Sonne auf der Oberfläche, die ihm den Grund vorgaukelt. Irgendwo dort unten liegt sein Mountainbike.

Dieses Lächeln, das durch den glitzernden Sonnenstaub so beiläufig und umwerfend ist.

Sein linkes Trommelfell ist gerissen, die Wunden einigermaßen versorgt. Zumindest die äußeren. Sie haben sich zu den Leihwagen durchgebissen, und Banta hat darauf bestanden, alleine zu fahren. Auf keinen Fall wollte er einen ihrer Wagen im Wald vor der Villa zurücklassen.

Zwischen der polnischen Grenze und Berlin, nahe Werftpfuhl, immerhin über fünfzehn Kilometer von Agnos' Villa entfernt, konnte Banta vor Schmerzen nicht mehr fahren. Er parkte seinen Wagen, von der B158 nicht gleich zu entdecken, hinter einer Hecke und stieg zu Jan um. Gemeinsam entschlossen sie sich, ein entferntes Krankenhaus anzusteuern.

Drei Stunden lang wurde Banta, der eine ihrer gefälschten Krankenkarten benutzte, versorgt. Er hatte einen Betriebsunfall angegeben und ewig auf einen Arzt warten müssen. Die ganze Zeit in Jans Wagen, die Zeit im Krankenhaus, die Zeit im billigen Hotelzimmer – ständig griff er nach seinem Handy und überprüfte den Stream. Er checkte ihn, obwohl er wusste, dass sich das Schwarz nicht mehr ändern würde.

Offline. Er hatte Anna verloren.

Wieder einmal war sie aus seinem Leben geglitten.

Für immer fort.

Er kann sich gar nicht sattsehen an ihr. Auf dem Beifahrersitz, ihre nackten Füße auf dem Armaturenbrett, die blonden Haare im Sommerwind, sitzt sie da und lächelt ihn an.

Banta lässt den Blick über die Havel schweifen. Enttäuschung und Wut sind in den letzten Stunden gewichen. Sie haben der kompletten Leere Platz gemacht. Er blickt auf das Wasser, erinnert sich an den Tag mit Anna und spürt, wie die Leere vom schwarzen Schmerz abermals geflutet wird. Wie dicke, giftige Tinte explodiert er in das kalte Nichts hinein. Wie dichter, tödlicher Rauch.

Es ist der Schmerz des Verlustes.

Er spürt, wie der schwarze Schmerz zu seiner eigenen inneren Schwärze wird. Die eisige Dunkelheit, die sich mehr und mehr in ihm ausbreitet. Sie füllt ihn mit Angst. Unendlich viel Angst, denn er hat von dieser Schwärze schon einmal zu viel trinken müssen. Vor fünf Jahren wäre er beinahe an seinem Verlust erstickt.

Dieses Lächeln, das durch den glitzernden Sonnenstaub so beiläufig und umwerfend ist.

Die Erinnerung vermischt sich mit neueren Bildern. Mit der weinenden Anna.

Banta starrt auf das Wasser.

Die Schwärze breitet sich ungehindert in ihm aus. Die Angst ist lähmend, denn er ahnt, dass diesmal ihr Verlust noch sehr viel härter, die Wunde sehr viel tiefer sein wird. Noch tiefer.

Vor fünf Jahren, als Anna verschwand, wusste er nicht, was mit ihr geschehen würde. Sie löste sich einfach auf. Trat irgendwann gänzlich aus seinem Leben und wurde zu einer Erinnerung. Doch jetzt ist Anna ihm entrissen worden, hart und brutal, und er weiß sehr genau, was in den übrig gebliebenen fünf Stunden mit ihr geschehen wird.

Und er kann nichts dagegen tun. Nicht das Geringste.

»Was ist los? Warum guckst du so?«

Banta lächelte selig, als hätte jemand ihm gerade Drogen verabreicht.

Banta beginnt zu weinen. Erst leise, zögerlich, dann laut und ohne Hemmung. Er weint, und die Tränen fließen über seine Wangen, benetzen sein Hemd. Er weint und spürt, wie seine Tränen den schwarzen Schmerz ein wenig vertreiben. Ihn immerhin ein bisschen lindern.

Ein Schatten fällt auf ihn. Er bemerkt ihn gar nicht, nimmt Richard erst wahr, als der Alte sich ächzend neben ihn ins Ufermoos setzt.

Stumm sehen die beiden Männer auf den Fluss. Die Havel fließt ungerührt und spielt mit dem Sonnenlicht.

Schließlich bricht Richard die Stille. »Ich habe über

hundert leer stehende Objekte, die wir kennen, durchsuchen lassen. Das kann noch bis in die Nacht dauern. Ich habe jeden verfluchten Berliner Polizeibeamten drauf angesetzt.«

Banta nickt. Er weiß das zu schätzen.

»Die Kripo will dich verhören, das LKA, eigentlich so ziemlich jeder, den ich in dem ganzen Apparat kenne. Ich denke aber, du wirst die nächsten Stunden schwer zu finden sein.«

Banta versteht richtig, dass Richard ihn aufbauen und ihm weitere Zeit bis zum Ablauf des Ultimatums verschaffen will. Auch dafür ist er dankbar. Auch wenn es keinen Unterschied mehr macht. Absolut keinen Unterschied. Nichts macht mehr einen Unterschied. »Ich bin in einem Hotel untergekommen.«

»Unter falschem Namen, nehm ich an. Das ist gut. Meine Kollegen von der Staatsanwaltschaft haben die Fahndung noch einmal verschärft. Und Richter Trondheim ist nicht zimperlich, was das angeht. Aber wenn du den Kopf unten hältst, kannst du weiter nach ihr suchen. Gut.«

Es dauert, bevor Banta reagiert. Seine Antwort ist ein kaum wahrnehmbares Kopfschütteln. Schließlich fügt er mit belegter Stimme hinzu: »Wir werden sie niemals mehr finden, Richard. Das ist vorbei.«

Richard reibt sich die Augen und betrachtet die Sonnenflecken auf der Wasseroberfläche. »Aufgeben kannst du in fünf Stunden immer noch.«

Banta wischt die Tränen fort, aber anstatt zu bejahen, zuckt er bloß mit den Schultern.

Da packt ihn Richard mit einem Mal und wirft ihn nach hinten aufs Moos. Banta leistet keine Gegenwehr, auch nicht, als Richard seinen Kopf nimmt und heftig schüttelt und schüttelt und schüttelt und …

Banta lässt es über sich ergehen. Ihm ist alles egal. Und das macht Richard noch wütender. Plötzlich hat der Alte Bantas Pistole in der Hand und hält sie ihm an die Schläfe.

»Soll ich es beenden?«, zischt er. »Ist es das, was du möchtest? Willst du sterben, Banta?« Er entsichert die Waffe, Banta rührt sich nicht. Er schließt nicht einmal die mit Tränen gefüllten Augen.

»Wenn du aufgibst, stirbt sie. Wenn du dich umbringst, bringst du sie mit um, Banta. Hoffnung, mein Freund, ist etwas für Anfänger«, meint Richard mit verbissener Entschlossenheit.

Mit einem gekonnten Trick umfasst Richard die Waffe quer und schlägt Banta unvermittelt gegen die Schläfe. »Den Scheißgefallen tue ich dir nicht auch noch. Hörst du!« Er sichert die Pistole und wirft sie Banta in den Schoß. »Mach's selbst. Mach endlich ein Ende. Vielleicht siehst du sie auf die Art wieder. In fünf Stunden und siebzehn Minuten!«

Ächzend steht Richard auf, bedenkt Banta mit einem einzigen zornigen Blick und wendet sich ab. »Folge Avriel, folge Cordt. Sie sind dafür gestorben, Anna zu finden. Und du willst sterben, anstatt sie zu suchen? Wenn du sie siehst, deine Freunde, dann erwarte kein Mitleid von ihnen«, ruft er, ohne sich umzublicken. Er geht über den Pfad am Flussufer davon.

Banta sieht Richard nach, bis sein Schemen zwischen den Bäumen verschwunden ist.

Er bleibt noch lange reglos sitzen und sieht auf die Havel.

Wahrscheinlich ist es das, was er mehr als alles auf der Welt vermisst: ihr Lächeln im Sonnenschein. Ihr Lächeln an diesen ganz besonderen Tagen.

Er steckt sich die Pistole in den Mund. Er schmeckt das kalte Metall.

Er lächelt innerlich.

Ihr Lächeln, das ihn stets aufgefangen und ihm gesagt hat: Das Leben ist gut, Banta.

Gleich ist der schwarze Schmerz für immer fort.

48

RICHARD STÜTZT SICH auf seinen Stock und wankt das Leichenregal mit den vier Ebenen ab, wendet sich einem der Fächer zu und packt die beiden Griffe der offenen Ablage. Er zieht Cordts Leiche raus.

Unter falschem Namen hat er Banta durch die Hintertür in das Gebäude der Gerichtsmedizin in der Turmstraße geschleust. Der hat sich die Kapuze seines Pullovers weit über das Gesicht gestreift, damit nicht gleich sämtliche Kameras sein Gesicht erkennen. Dass er ihm die Leiche zeigen will, kann eigentlich nur bedeuten, wie sehr Richard seine Arbeit und ihn schätzt. Und wahrscheinlich bedeutet es auch, dass Richard tatsächlich überlegt, bei Banta einzusteigen. Banta rechnet ihm hoch an, dass er ihn unterstützt. Ohne Frage hat der Alte etwas gut bei ihm.

»Vier Schuss. Zwei in die Brust, zwei ins Gesicht. Frontal«, erklärt er und zieht den Plastikbehälter auf, in dem die Leiche liegt. »Und aus nächster Nähe.«

»Du meinst, Cordt kannte den Täter?« Banta beugt sich näher über den nackten Körper.

»Das habe ich nicht sagen wollen.« Richard überfliegt den gerichtsmedizinischen Befund, hängt das Klemmbrett zurück. »Die Schüsse wurden aus ungefähr fünf Metern Entfernung abgegeben. Neun Millimeter. Die Ballistiker meinen, die Verunreinigungen an den Laufspuren der Projektile lassen auf einen Schalldämpfer älterer Bauart schließen.«

»Schalldämpfer. Ein Profi?«

Richard nickt. »Cordt ist liquidiert worden. Da wusste einer, was er tut, und wollte auf Nummer sicher gehen … Soweit wir es rekonstruieren konnten, hatte Cordt als Letztes mit Avriel Kontakt.«

»Ja, sie hat gesagt, er sei bei ihr gewesen.« Banta lässt den Blick über den nackten Körper gleiten. Obwohl Cordt in den letzten Jahren sehr zugelegt hat, erkennt Banta, wie durchtrainiert er war. Cordts tätowierter Oberkörper ist mit Narben übersät, die noch aus Fordow stammen.

Gebt sie auf! Sonst seid ihr alle TOT.

Ich kenne ihn länger, denkt Banta mit einem Mal, als ich Anna kenne.

Einer nach dem anderen. Von unserer Crew sind nicht mehr viele übrig, denkt Banta bitter. Dass es was Persönliches ist, wissen wir. Aber hat Jan recht, und es ist Rache?

»Vor ein paar Stunden habe ich noch geglaubt, Avriel war es. Aber da hat es jemand ganz anderes auf euch abgesehen. Er benutzt Anna als Köder, um euch einen nach dem anderen auszuschalten.«

»Rache?«, fragt Banta, weil er Richards Einschätzung dazu hören will.

»Wahrscheinlich. Ich meine, was habt ihr in den letzten neun Jahren getan? Wirf einen Stein, und du triffst wen, dem ihr mächtig auf die Füße getreten seid. Ich weiß nur nicht, warum er euch nicht einfach auflauert und umbringt.«

Banta schiebt die Lade vorsichtig zurück. »Weil es ein Spiel ist«, stellt er fest. »Die Rache ist ein Gericht, das man kalt verspeisen muss. Er will das langsam tun, er möchte sich mit uns messen und uns quälen«, antwortet Banta und denkt: Nein, mich. Mich quälen. Ich soll die Leere spüren und mir, wie vorhin, die Pistole in den Mund stecken.

»Wahrscheinlich hätte es ihm gefallen, wenn du heute tatsächlich einen Schlussstrich gezogen hättest.«

»Das habe ich auch gerade gedacht.« Banta nickt zum Leichenregal. »Was habt ihr bei ihm gefunden? Irgendetwas, das wir brauchen können?«

Richard wendet sich ab und geht in ein mit Aktenkisten zugestelltes Büro, in dem ein hagerer Gerichtsmediziner gerade seinen Bericht am PC einpflegt. »Warte bitte hier«, wendet er sich leise wegen des Mannes an Banta. »Ich riskiere schon genug.«

Banta nickt und hält sich zurück. Richard grüßt den Mediziner und nimmt eine Plastikbox vom gegenüberliegenden Schreibtisch. Banta muss lächeln, als er damit bei ihm aufkreuzt, denn anscheinend hat der Staatsanwalt schon alles für seinen Besuch vorbereitet und an der Havel nicht wirklich mit seinem Selbstmord gerechnet.

»Wir haben hinten einen kleinen Raum, der kaum genutzt wird«, meint er vertraulich. »Da sind auch keine Kameras. Ich kann dir die Sachen nicht mitgeben. Fotografiere, was du brauchst.«

Banta folgt ihm zu einem unscheinbaren Kopierraum.

»Ich gebe dir fünfzehn Minuten.« Richard drückt Banta die Plastikbox vor die Brust. »Er hat sich ziemlich viele Notizen gemacht. Wusstest du das?«

Beinahe hätte Banta aufgelacht. Wie oft hat er Cordt wegen seiner ewigen Notizen aufgezogen? Cordt ohne Notizbuch? Unvorstellbar.

Er will in den Raum gehen und mit der Arbeit beginnen, aber Richard hält ihn noch einen Moment zurück. »Cordt hat eure Abrechnung gemacht, richtig?«

»Ja«, bestätigt Banta.

»Sagt dir das Radisson am Alex etwas?«

»Das Park Inn?«

»Das andere. Das Blu.«

»Nein.«

Richard mustert ihn einen Moment, nur um schließlich ernst zu nicken. »Sieh dir sein Notizbuch an. Er hat etwas reingeklebt, aber das überprüfst du lieber selbst.«

»Was meinst du?«

»Wir sind der Sache nachgegangen, aber das solltest du besser selbst rausfinden.«

Obwohl Banta ihn eindringlich mustert, ist aus Richard kein weiteres Wort herauszubekommen. Er lässt Banta allein.

Banta schließt die Tür ab und packt die Plastikbox auf einen der Kopierer. Er zieht den Deckel ab und ist fast ein wenig enttäuscht, denn in der Box sind bloß Cordts

Brieftasche, sein Schlüsselbund und eben das abgegriffene Notizbuch.

Als Erstes geht Banta die Brieftasche durch, findet aber nichts Außergewöhnliches. Dann wendet er sich dem Notizbuch zu. Cordt hat alles Mögliche aufgeschrieben. Skizzen von irgendwelchen Maschinenteilen, an denen er noch herumschrauben wollte, To-do-Listen, einfache Gedankenschnipsel. Einkaufslisten und tiefschürfende Überlegungen scheinen sich abzuwechseln.

Banta beginnt von hinten zu blättern und stößt auf die letzte Aufzeichnung: Avriel hat die Wahrheit gesagt, er hat Zeiten notiert und daneben das Wort »Blitze« mit einem dicken Fragezeichen versehen.

Die Seiten sind datiert. Banta blättert zu jenem Tag, als er den Stream öffnete.

So wie es aussieht, hat Cordt fünfunddreißig Kontakte angerufen und sie über Dinge aus dem Zimmer befragt. Er hat Listen angelegt, woher die Produkte stammen, die man schemenhaft hinter dem Mann auf dem Videostream sehen kann. Er hat sehr intensiv recherchiert, sogar herausgefunden, dass der Fernseher mit dem Road Runner ein Modell von 1997 ist, aber wo Annas Gefängnis liegt, hat er nicht rausbekommen. Banta fotografiert jede Seite ab. Schließlich stößt er auf Kopien von alten Abrechnungen.

Verwundert sieht sich Banta das jeweilige Datum an. Sie reichen bis ins Jahr 2013 zurück. Es sind nicht viele, ungefähr ein Dutzend. Die meisten stammen von einem winzigen Café, dem Café Cinema, das Banta lediglich vom Vorbeifahren kennt. Die letzte Rechnung stammt vom Radisson Blu. Banta visualisiert den Kiez und die Straßenecke. Das Café liegt in Reichweite des Hotels, kaum dreihundert Meter entfernt. Das Datum der Hotelrechnung lässt ihn stutzen. Es ist der 12. Juni 2013. Die Rechnung wurde bloß drei Wochen vor ihrer Reise nach Rumänien auf eine ihm unbekannte Kreditkarte ausgestellt. Wahrscheinlich eine ihrer gehackten Karten, die sie ab und an für ihre Tarnungen benutzen.

Drei Wochen vor Annas Verschwinden hat einer von ihnen im Radisson eingecheckt. Banta überlegt, aber ihm fällt kein Auftrag ein, der mit dem Hotel oder den häufigen Café-Besuchen zu tun haben könnte.

49

»JA, GENAUSO HAT er ausgesehen. Der war gestern erst hier.«

»Danke. Und was wollte er genau?« Banta nimmt sein Handy an sich, auf dem er der Dame an der Rezeption ein Foto von Cordt gezeigt hat. Die Lobby des Radisson Blu ist mit Japanern überfüllt. Banta lässt den Blick zum riesigen Aquadom gleiten, einem sechzehn Meter hohen Aquarium, das die weiträumige Lobby in geheimnisvolles blaues Licht taucht.

»Er hat mir eine alte Rechnung gezeigt und gefragt, ob ich bei uns nachschauen kann, wer das Zimmer gebucht hat.«

»Wahrscheinlich wegen unserer Steuer? Diese Rechnung, nehm ich an.« Er holt sie heraus und schiebt sie ihr hin.

Statt einer Antwort lächelt die Frau nett. Banta ist sich nicht sicher, wie viele Informationen er von ihr bekommen kann. Obwohl die Uhr tickt, muss er behutsam vorgehen. Ein ungutes Gefühl macht sich in ihm breit. Wenn die Rechnung in ihren Firmenunterlagen auftaucht, können es nicht viele Personen sein.

»Hören Sie«, beginnt er und druckst absichtlich

herum. »Herr Simoneit, also der Mann, der hier war, und ich … Wir leiten eine sehr, sehr kleine Firma. Draußen in Potsdam. Und … Na ja … Dieses Hotel hier ist eigentlich eine Nummer zu edel für unseren kleinen Laden. Verstehen Sie? Und jetzt stoßen wir bei der Durchsicht unserer Bücher auf die Rechnung …«

»Sie wollen wissen, wer das Zimmer gebucht hat?«

Banta nickt. »Das wäre wundervoll, weil … Also wenn einer unserer Mitarbeiter hier ein nettes Wochenende auf Firmenkosten … Nichts gegen nette Wochenenden.« Sein charmantes Lächeln lässt sie strahlen.

Sie wendet sich dem Computer zu, nimmt noch einmal die Rechnung, um das Datum abzugleichen. »Was brauchen Sie genau? Ich nehme mal an, dass die Unterschrift nicht korrekt war?«

Banta nickt, er zeigt hoch zur Kamera. »Wie lang speichern Sie die Aufnahmen?«

»Keine fünf Jahre. Soweit ich weiß. Aber ich habe eine Anmeldebescheinigung. Hilft das?«

»Ja«, sagt er und wartet, dass der Drucker eine Seite ausspuckt. Die ganze Aktion dauert nur eine Minute, dann legt sie ihm das Formular vor. Name und Adresse sind auf eine ihrer Scheinidentitäten ausgestellt. Aber es ist unterschrieben. Mit falschem Namen.

»Was ist mit dem Zimmer? Ist es frei?«

Verwundert sieht sie ihn an.

»Wenn ja, würde ich es gerne buchen.«

»Selbstverständlich.« Während sie sich wieder dem Computer widmet, fällt sein Blick noch einmal auf die Anmeldebescheinigung.

Der Name ist ein Fake, aber er erkennt die Schrift sofort.

50

BANTA SITZT IM Halbdunkel auf der Bettkante und wartet. Neben sich hat er seine Pistole gelegt. Es dauert eine gute halbe Stunde, bis er draußen auf dem Flur Schritte hört. Die Tür hat er nur angelehnt.

Jan öffnet. Er bleibt stehen, sieht sich einen Moment um und meint dann leise: »Du sitzt hier im Dunkeln?«

»Ja, aber langsam kommt Licht in die Sache.« Banta legt sich seine Pistole auf den Schoß. Jan, der zu ihm getreten ist, registriert es, doch Banta bemerkt, wie ungeheuer ruhig Jan ist. In seinen Augen kann Banta sehen, dass er nicht vorhat, um den heißen Brei herumzureden.

Jan weiß, weswegen er hier ist.

»Wie oft habt ihr euch hier getroffen?«, fragt Banta geradeheraus.

»Acht oder neun Mal«, antwortet Jan gefasst, und Banta bemerkt, dass er seine Pistole hinten im Hosenbund trägt.

»Das deckt sich mit meiner Recherche.«

»Wie hast du es rausbekommen?«

»Anna hat ein paar Rechnungen vom Café gegenüber eingereicht. Und irgendwie ist eine Rechnung des Hotels in Cordts Unterlagen gelandet.«

Jan mustert Banta und nickt schließlich. »Mit diesem ganzen Bürokratiescheiß war sie nie gut.« Er seufzt. Selbst sein Seufzen klingt unaufgeregt. Er dreht Banta den Rücken zu, um sich einen der Sessel heranzuziehen, dann setzt er sich, gleichfalls in aller Seelenruhe, direkt vor Banta breitbeinig hin.

Die beiden sind kaum eine Armlänge voneinander entfernt.

»Es ging nicht lange. Ich meine, kannst du dich noch an die Party erinnern, an die von Cordt? Seinen Fünfzigsten? Du warst nicht da, und … Na ja, wir hatten eine Menge getrunken. Wirklich eine Menge. Und dann …«

Banta stoppt ihn per Geste. Er will das alles gar nicht so genau hören. Trotzdem quält ihn eine Frage, auch wenn er sich damit ins eigene Fleisch schneidet, er muss sie stellen …

»Hat sie dich geliebt?« Obwohl sich Banta anstrengt, sehr beherrscht zu sprechen, bebt seine Stimme.

Jan überlegt kurz. »Nein. Hat sie nicht. Ich glaube, sie war damals einfach unsicher. Ich meine … Das war die Zeit, als ihr euch gegen das Kind entschieden habt. Einen Monat vor Rumänien. Und sie wusste nicht genau, welches Leben sie eigentlich führen wollte. Du warst ständig unterwegs und … Ich kann es nicht genau erklären, wir haben uns da beide so reinmanövriert.«

»Reinmanövriert?«

Jan räuspert sich. Von draußen dringt der Berliner Straßenlärm zu ihnen in den sechsten Stock. Banta entgeht nicht, dass es Jan schwerfällt, die nächsten Sätze über die Lippen zu bringen.

»Ich habe sie nach der Party abgeschleppt. Und dann haben wir uns ein paarmal getroffen. Meistens unten im Café, und dann sind wir hier rauf. Ein paarmal nur. Ich … Ich glaube, sie hat sich dafür gehasst.«

Bantas Blick tastet Jan ab, doch hier im Halbdunkel kann er keine Lüge erkennen. Er scheint aufrichtig – immerhin in dieser Sache. »Wo ist sie, Jan? Wo ist Anna?«

Ein feines Lächeln huscht über Jans Gesicht. Es ist nicht kalt, aber irgendwie steif. Er geht auf die Frage nicht ein. »Sie wollte Schluss machen, schon zwei Wochen, bevor wir nach Rumänien gefahren sind. Aber ich wollte nicht. Wir haben uns dann noch einmal getroffen, kurz bevor wir aufbrachen. Ich konnte sie nicht loslassen.«

Wieder entsteht eine Pause. Irgendwo klappert ein Essenwagen. Aus den Straßen Berlins hallt ein Martinshorn. Weit entfernt.

Banta entgeht nicht, dass Jan sehr, sehr vorsichtig hinter sich greift, Zentimeter um Zentimeter.

»Ich konnte sie einfach nicht loslassen! Ich meine, Anna war das Beste, was mir passiert ist. Frank, das verstehst du doch! Das ging dir ja eine ganze Zeit so! Das musst du verstehen!«

Die beiden messen sich mit Blicken, sehen sich wortlos in die Augen, bis Banta die Stille bricht: »Du hast Cordt umgebracht? Und du hast die Sprengfalle an Avriels Tesla installiert?«

Jan nickt.

»Wer arbeitet mit dir zusammen? Wer ist der Typ im Chat? Wo ist sie? Wo ist Anna?«, fragt Banta entschieden. Er ist lauter geworden, ohne es zu wollen. »Du wirst hier sterben, Jan«, zischt er. »Aber vorher möchte ich wissen, wo sie ist. Wo habt ihr Anna eingesperrt? Sag schon!«

Erneut huscht ein Lächeln über Jans Antlitz. Erstaunt stellt Banta fest, wie offen dieses Lächeln ist. Geradezu nett. Als wäre Jan froh, über alles mit seinem besten Freund reden zu können. Nein, als wäre er froh, dem ganzen Rachespiel hier ein Ende zu setzen.

»Ich habe sie geliebt. Ich konnte sie einfach nicht loslassen«, flüstert er. »Aber du, du hast es gekonnt. Du hast sie losgelassen.«

»Wie kannst du so was sagen?« Banta spürt, wie Zorn in ihm aufsteigt. Er zwingt sich, sich zu beherrschen.

»Ich? Wie ich das sagen kann? Alter! Du hast aufgehört, nach ihr zu suchen …« Jans Hand ist mittlerweile hinter seiner Hüfte. Wahrscheinlich liegen seine Finger bereits auf dem Griff der Pistole. »Du hast keine Ahnung, was sie durchgemacht hat! Was sie …«

»Was sie noch immer durchmacht, willst du wohl sagen!«, unterbricht ihn Banta harsch.

»Was sie durchmacht. Ja. Scheiße, ich meine, erst verschleppt sie der verdammte Barbu-Clan in irgendeinen rumänischen Puff, und dann holt sich Agnos Nagy sie. Er kauft sie einfach weg wie ein Stück Vieh. Und packt sie in seinen Keller. Geschieht dem Arschloch ganz recht, seinen Schwanz in ’nem Glas serviert zu bekommen. Frank … Er … Dieser Typ … Agnos, er bietet sie zur Versteigerung an. Kannst du dir das vorstellen?«

»Und bei dir im Keller hat sie es jetzt viel besser. Richtig?« Banta muss sich anstrengen, nicht vor Zorn blind aufzuspringen und Jan zu packen. Oder in seine verdammte Kugel zu laufen.

Es fällt ihm unendlich schwer, beherrscht zu bleiben und diesem Wahnsinnigen weiter zuzuhören. Ein paar Mal atmet er durch, gibt Jan etwas Zeit, während er ihn genauestens im Auge behält. Dabei umschließen Bantas Finger seine Pistole härter. Sie fühlt sich glitschig an. Warm.

»Du hast sie nicht gefunden, Frank. Du hast einfach aufgegeben, sie zu suchen. Bei mir hat sie es besser. Aber weißt du was, sie will immer noch zu dir. Sie wollte die ganze Zeit zu dir.«

Bantas Finger zieht den Abzug seiner Pistole bis zum Druckpunkt, verharrt, die Waffe ruhig auf dem Schoß.

»Ich kann dir sagen, wo sie ist«, fährt Jan leise fort.

Ein seltsames Kribbeln breitet sich auf Bantas Nacken aus, sein Herz beginnt schwer zu schlagen. Er bemerkt, wie Jan jede noch so winzige Regung seines Fingers und seiner Augen registriert.

»Ich kann dir sagen, wo sie ist. Aber das wäre irgendwie gegen die Spielregel, oder? Ich glaube, es ist endlich an der Zeit, dass du sie selbst findest. So ist die

Abmachung. Und die Zeit läuft. Um sechzehn Uhr ist alles vorbei. Dann hat all ihr Leiden ein Ende ... Tick, tack, tick, tack, tick, tack ... Meep-Meep!«

In diesem Moment reißt Jan die Waffe hervor und drückt ab. Im Bruchteil einer Sekunde zerreißt die Luft. Die Zeit bleibt stehen. Die Schüsse sind kaum voneinander zu trennen. Es ist ein einziger Knall.

Mit einem Satz rollt Banta zur Seite. Getroffen? Verletzt? Schmerzen? Keine Zeit für Gedanken. Er stürzt hinters Bett, Waffe herumreißen, schießen. Grobe Richtung. Keine Ahnung, wo Jan ist.

Neben ihm splittert der Holzrahmen. Jans Schüsse schlagen ein, in die Matratze, schräg ins Bett. Banta sieht nichts, kann nur abschätzen, wo Jan ungefähr steckt. Er gibt noch einen weiteren Schuss ab, taucht dann unters Bett und sieht Jans Füße. Er steht mit dem Rücken zur Tür und zielt aufs Bett.

Augenblicklich drückt Banta ab, zerfetzt Jans linken Knöchel.

Mit einem Aufschrei sackt der zu Boden. Und da treffen sich ihre Blicke abermals, bevor Jan blitzschnell erneut die Waffe herumreißt. Banta bleibt nur eine Millisekunde. Keine Wahl. Abdrücken. Ein Mal, zwei Mal. Kurze Schussfolge. In die Brust. In Jans Brust. Keine sauberen Schüsse.

Jan zuckt, krümmt sich vor Schmerz, ringt nach Atem, versucht vergeblich, die Waffe noch einmal auf Banta zu richten ...

Sofort taucht Banta hinter dem Bett auf, springt zu ihm. Er tritt ihm die Waffe aus der Hand.

»Lass es!«, schreit er. Von draußen schrillt der Feueralarm. Schreie, Fußgetrappel in den Fluren. Rufe.

Als Banta sich zu ihm kniet und seinen Kopf in die Hand nimmt, spuckt Jan Blut. »Wo ist Anna?«

Röchelnd versucht Jan, etwas zu erwidern, aber es will ihm nicht gelingen. Seine Worte gehen im Gurgeln des Blutes unter. Banta beugt sich zu ihm hinunter. Sein Ohr berührt fast Jans Lippen.

»Wo?«, fragt Banta eindringlich. »Sag es. Du schmorst so oder so in der Hölle, Jan. Nimm sie nicht mit. Nimm Anna nicht mit«, fleht er. »Wo ist sie … Bitte!«

Jan versucht tatsächlich, Worte zu bilden. Also packt Banta seinen Kopf und dreht ihn zur Seite, damit er besser atmen kann und das Blut abfließt. Noch einmal bäumt sich Jan auf, spuckt aus und meint dann hustend: »Du wirst … sie … sie auch dieses Mal … nicht finden, Frank. Du … findest sie nicht …«

Banta starrt Jan an. Und da ist es wieder, dieses feine Lächeln. Zwischen dem Keuchen, dem Husten und dem ganzen Gegurgel. Dieses scheißfeine Lächeln.

Du wirst sie nicht finden …

Es ist das Letzte, was Jan in seinem Leben sagt. Noch einmal versucht er verzweifelt, Luft zu bekommen, dann erschlafft seine Atmung. Das Gurgeln verstummt.

Banta lässt ihn sofort los und steht auf. Er hat keine Zeit, ihm die Augen zu schließen – nein, keine Lust. Bastard.

Soll er in der Hölle schmoren.

Banta checkt kurz, ob er irgendwo Blut abbekommen hat, wischt sich die Hände ab. Mehr Zeit gönnt er sich nicht. Er versucht nur, so schnell wie möglich aus dem Zimmer und dem Hotel zu gelangen. Die Feuerwehr trifft bereits ein. Gott sei Dank macht es ihm das Chaos unter den Gästen leicht.

51

KAUM IST BANTA die Treppe zu Avriels Apartment hinaufgeeilt, sieht er das Polizeisiegel. Kein gutes Zeichen. Er hat gehofft, dass Richard eventuell die Ermittlungen erst einmal in eine andere Richtung lenken könnte, aber die Kriminalpolizei hat in den letzten Stunden auch hier alles durchsucht.

Er geht davon aus, dass Richard sicherlich bereits von der Kripo hinzugezogen wurde und im Hotel ist. Auch wenn Richard ihn bisher immer unterstützt und mit Neuigkeiten zu dem Ermittlungsstand versorgt hat, eines wird er nicht tun: für ihn lügen.

Banta überlegt nicht lange, sondern bricht das Siegel und die Tür auf. Er hat Avriel nie besucht, ist überrascht, wie unordentlich die Wohnung ist. Keine Zeit für Kritik. Hektisch sucht er alle Räume nach ihren PCs ab, entdeckt aber keine. Im Wohnzimmer findet er einen leeren Tisch vor, eindeutig haben hier einmal Computer gestanden. Sie sind alle von der Polizei beschlagnahmt worden. Fluchend sieht er auf seine Uhr.

Der Anblick schnürt ihm den Magen zusammen.

Zweiundneunzig Minuten.

Banta weiß, dass es viel verlangt ist, doch er sieht

keine andere Möglichkeit. Er wählt Richards Nummer. Es klingelt bis zum Abbruch, und Banta muss ein weiteres Mal anrufen, bevor Richard rangeht.

»Verdammt unklug, mich hier anzurufen!«, hört er den Alten gepresst und reichlich wütend zischen. Im Hintergrund kann Banta Stimmen hören, Forensiker diskutieren, dazu das Klappern von Schiebewagen, ein Fahrstuhl meldet seine Ankunft.

»Glaub mir, ich würd's nicht tun, wenn es nicht äußerst wichtig wäre.«

»Davon gehe ich aus. Das kann mich den Job kosten, Banta!« Richards Stimme ändert sich, weil er in den Fahrstuhl tritt. »Du wirst wegen Mordes gesucht. Hier haben dich zwei Leute erkannt. Wieso, zum Geier, bist du so unvorsichtig?«

Banta ist bereits aus der Wohnung gelaufen und eilt die Treppe hinunter. »Er hat versucht, mich zu töten. Und ich hatte keine Zeit. Und die hab ich jetzt umso weniger ... Ich brauche Avriels Laptop. Ihr habt hier alles mitgenommen.«

»Du meinst, die Kriminalpolizei hat alles mitgenommen. Ja, sicher. Was erwartest du, wenn irgendwo Häuser explodieren? Ich kann dir da nicht helfen. Tut mir leid.«

Banta hat das Gefühl, Richard will auflegen. »Warte! Du musst mir die Computer geben. Sie hat sicher irgendwo ein Back-up gemacht.«

»Wie stellst du dir das vor?« Richard flüstert jetzt. Es klingt nach der Hotellobby. Banta kann Polizeisirenen vor dem Hotel hören. »Weißt du, was im LKA los ist? Ich kann dich nicht noch mal in die Forensik schleusen. Himmel noch mal. Die Laptops sind sicherlich beim KTI. Mit denen beschäftigen sich schon die IT-Forensiker. Vergiss es.«

Banta überlegt. »Vielleicht hilft uns das sogar.« Er eilt auf die Straße.

Die Ackerstraße liegt im späten Mittagslicht verträumt da. Es herrscht nur wenig Verkehr. Banta entschließt sich, erst einmal in einen Dönerladen am Rosenthaler Platz zu gehen.

»Wie meinst du das?« Der Verkehrslärm bei Richard wird lauter. Wahrscheinlich ist er auf die Karl-Liebknecht Straße vor dem Hotel getreten. Ein gutes Zeichen, dass er sich vom Tatort wegbewegt, denkt Banta. Es kann eigentlich nur bedeuten, dass der Alte bereits unbewusst zugestimmt hat, ihm zu helfen.

»Das heißt, dass eure Ingenieure Avriels Laptops eventuell schon geknackt haben«, entgegnet Banta. »Und wir auf die Daten zugreifen können. Ich bitte dich nur noch um eins, Richard. Geh hin, und frag sie, ob sie für dich im System nachgucken können. Die genauen Instruktionen schicke ich dir.«

Richard antwortet nicht sofort. Er überlegt lange, obwohl Banta weiß, dass er sich längst entschieden hat.

Banta verliert weitere siebenunddreißig Minuten, bevor sich Richard meldet. Während Richard zum KTI, dem Kriminaltechnischen Institut, geeilt ist, hat sich Banta in den Dönerimbiss gesetzt. Auf dem übergroßen, angegilbten Plasmafernseher bei den Spielautomaten hat er schon dreimal sein eigenes Gesicht in den Lokalnachrichten sehen müssen. Vor ihm wird ausdrücklich gewarnt. Er sei bewaffnet und zu allem bereit.

Banta zieht sich die Kapuze tiefer ins Gesicht und nippt an seinem Tee. Vor einer Viertelstunde hat er Richard gemailt, was er den IT-Technikern sagen soll, damit sie Avriels Programm für die Blitze finden. Avriel hat von einem Sourcecode gesprochen, also geht Banta davon aus, dass sie irgendeine Programmierumgebung benutzt hat. Sehr wahrscheinlich VisualStudio. Das Einfachste ist, die letzten Text-Dateien in der Programmierumgebung zu überprüfen, an denen sie gearbeitet hat.

»Und jetzt? Ich bin hier bei zwei Technikern«, meldet sich Richard. »Sie suchen schon deinen Programmcode.«

»Avriels Code, meinst du … Gut.« Geduldig wartet Banta, sieht zum Eingang des Dönerladens. Ein Pärchen ist eingetreten. Während sie überlegt, was sie bestellen soll, mustert der junge Mann neben ihr erst den Fernseher und lässt dann den Blick über die Gäste schweifen. Banta wendet sich ab und hofft, dass sein Gesicht nicht in der Scheibe gespiegelt wird. Richard meldet sich nicht, es sind nur Tastenanschläge zu hören, Mausklicks. Er wartet und wartet.

»Hier ist etwas, kein sehr aufwendiges Programm, sagen die. Wohl nur ein paar Zeilen. Irgendwelche Klammern und Befehle. Keine Ahnung.«

»Kriegst du hin, dass sie das Programm ausführen?«

»Ich bin alt, aber nicht dämlich. Außerdem bin ich

Staatsanwalt. Was glaubst du wohl, was ich alles hinbekomme.«

»Die sollen es starten, und du filmst alles mit deinem Handy ab. Schick mir den Film.«

»Krieg ich hin.«

Gedämpft hört Banta, wie Richard Anweisung gibt, dann heißt es erneut abwarten. Wieder warten. Dieses verdammte Warten.

Das Pärchen hat sich auf die andere Seite an einen Stehtisch verzogen. Er spürt Blicke in seinem Rücken und widersteht dem Drang, sich nach ihnen umzudrehen. Seelenruhig nippt er an seinem Tee, blickt nicht auf, versucht nicht, über das Spiegelbild in der Scheibe den Gaffer abzuchecken. Getuschel. Der Typ will seine Freundin von irgendwas überzeugen. Dass hier der gesuchte Mörder Tee trinkt?

Banta kann die Worte nicht verstehen.

Ein helles Klingeln kündigt endlich Richards Film an. Er steht auf und verlässt den Dönerladen. Während er über die Straße geht, öffnet er die MPG-Datei. Avrils Monitor ist zu sehen, das Bild wackelt, bis Richard eine gute Perspektive gefunden hat. Banta sieht, wie Menüs geöffnet werden und die Techniker den Sourcecode kompilieren. Es dauert weniger als eine Sekunde. Banta sieht kurz in den Rückspiegel eines geparkten Wagens und erkennt den jungen Mann aus dem Dönerladen wieder. Er gestikuliert wild am Tresen, zeigt Banta hinterher und redet aufgebracht mit dem Imbissbesitzer.

Fluchend wechselt Banta die Straßenseite, beschleunigt seinen Schritt. Nur nicht rennen, schärft er sich ein. Bloß nicht fliehen.

Er eilt an einer Horde Teenager vorbei, biegt von der Rosenthaler in die Linienstraße und steuert die erste, mit alten Bäumen bewachsene Baulücke an. Ohne zu zögern, eilt er in den Hinterhof, sucht eine Möglichkeit, unentdeckt und jenseits der Straßen zu verschwinden.

Banta springt auf eine Mülltonne und klettert über eine Mauer. Der sich anschließende Hinterhof ist schattig. Unsanierte Häuser, eine Seltenheit in dieser Gegend. Aus Richtung Alexanderplatz hört er Polizeisirenen. Entschlossen tritt er auf die nächste Straße, quert sie, nur um im Gewirr der gegenüberliegenden Hinterhöfe unterzutauchen. Zwei Minuten später und zwei Querstraßen weiter zückt er abermals sein Handy, bestellt ein Taxi zu einem Treffpunkt ein paar Häuser voraus. Hastig checkt er seine Uhr.

Siebenundvierzig Minuten.

Im Schatten einer Brandmauer bleibt er stehen und sieht sich endlich den Film weiter an. Das Taxi wird erst in drei Minuten an der Ecke sein. Genug Zeit, um endlich zu sehen, was Avriel herausgefunden hat.

Der IT-Forensiker startet das Programm. Avriel hat auf eine grafische Oberfläche mit Knöpfen und Fenstern komplett verzichtet. Es ist ein einfaches Shell-Programm, was nun abläuft. Eine Abfrage wird gestartet, der Cursor blinkt wartend, bis die Gegenstelle Daten liefert.

Dann füllt sich der Screen mit einer Tabelle. Hunderte Zeitangaben und GPS-Zahlen. Das Wort »Triangulation« erscheint. Mit einem Mal löscht sich der Screen, und grüne Schrift füllt den schwarzen Monitor. Diesmal nur ein paar Werte. Es sind bloß wenige Zeilen.

Sie sind nach Wahrscheinlichkeit sortiert. Der oberste Eintrag ist der beste und gesondert hervorgehoben. Es ist eine typische GPS-Koordinate. Längen- und Breitengrad.

Hinter der Zeile taucht ein kryptischer Code auf. 10-0B-09. Wahrscheinlich ein Fehlercode.

Sofort schießt Banta einen Screenshot.

Das Taxi wartet bereits. Der Fahrer ist ein Türke mit Schnauzbart, ein Relikt aus älteren Berlintagen. Banta nimmt den Beifahrersitz. Zwar ist er dem Fahrer dann näher, aber er kann so verhindern, dass der Mann ihn durch den Rückspiegel frontal mustert. Außerdem nervt es Fahrer, ständig zur Seite zu blicken, was den Blick kurz und unpräzise macht. Besser als das lange Glotzen im Spiegel.

In breitem Berliner Ton fragt der Mann Banta, wohin es gehen soll. Banta vertröstet ihn kurz und versenkt sich noch einmal ins Handy.

Was, wenn Avriels GPS-Daten nicht stimmen?, beginnt er plötzlich zu hadern. Was, wenn sie irgendwo anders auf der Welt liegen? Was, wenn Avriel Mist mit Berlin erzählt hat? Was, wenn die wenigen Code-Zeilen nicht richtig laufen oder die Datenquelle ungenau ist? Cordts Idee mit den Blitzen ist brillant, aber es gibt ziemlich viele Unwägbarkeiten.

Ihn fröstelt. Er atmet durch, bevor er die letzte Zahl der Koordinaten eintippt.

Dann wartet er gespannt – den Blick vom Fahrer abgewandt, das Mobiltelefon in seinen Händen – auf die digitale Landkarte. Auf das Umkreisen der Koordinaten.

Endlich erscheint der Stadtplan Berlins, die Straßen werden herangezoomt. Da! Ein Kreuz markiert nach viel zu vielen Sekunden endlich den Ort …

Sofort gibt Banta die Adresse weiter.

52

DIE KOORDINATEN BEZEICHNEN eine alte Industriebrache am Rande Köpenicks. Verfallene Backsteinhäuser, moosbedeckte Hallen, aus Betonfertigelementen und mit eingeschlagenen Fenstern. Bitterer Boden, aufgeplatzter Asphalt. Aus Richtung City weht unablässig Baustellenlärm zu Banta rüber, der aussteigt und das Gelände sondiert.

Noch einmal checkt er die genaue Position auf seinem Handy, aber Avriels Angaben sind nicht vollkommen präzise. Er kann nicht erkennen, um welches Gebäude es sich auf dem Areal handeln soll. Das Taxi dreht und fährt davon. Banta geht zum hohen Maschendrahtzaun, der das ganze Gelände absichert. Er wirft seine Kapuzenjacke über den Stacheldraht und klettert rüber.

Die Sommerhitze steht zwischen den Gebäuden. Der Himmel ist strahlend blau. Keine Wolke. Es ist windstill, und bis auf das Dröhnen von Presslufthämmern ist nichts zu hören. Nicht mal ein paar Vögel oder Krach von einer Baustelle.

Vier Minuten sechsundzwanzig Sekunden … Vier Minuten fünfundzwanzig Sekunden …

Er wünschte, er hätte jetzt Avriel und ihre Drohnen

hier, Cordt an seiner Seite, sogar Jan sehnt er sich herbei. Den früheren Jan. Er wünschte, sie wären alle noch am Leben. Und mit ihm gemeinsam ein Team – so wie sie es vor Annas Verschwinden waren.

Mit Anna ist auch die Crew im Rodna-Gebirge verschollen, wird ihm bewusst. Sie hat sich aufgelöst zusammen mit Annas Lebensspur.

Er steckt das Handy weg. Technik wird ihm jetzt nicht weiterhelfen. Sicherheitshalber zückt er seine Pistole, dann beginnt er zu rennen.

Während er zwischen den verlassenen Gebäuden entlangläuft, versucht er, sich den Stream zu vergegenwärtigen. Wie sahen die Lichtschächte hinter Anna aus? Sind sie vergittert? Wie groß sind sie noch mal? Sie sind relativ hoch angebracht. Oder sind es doch Kellerfenster?

Banta weiß es nicht. Er rennt. Er rennt, und sein Antrieb ist die reinste Verzweiflung. Irgendwo hier, irgendwo in diesen halben Dutzend Gebäuden, keine einhundert Meter entfernt, wird Anna gequält und wahrscheinlich in wenigen Minuten von Jans Helfer hingerichtet. Um sechzehn Uhr hat ihr Leiden ein Ende, hat Jan gesagt. Nur noch Minuten. Tick, tack, tick, tack … Meep-Meep.

Keuchend bleibt er stehen, blickt nach links und blickt nach rechts. Er muss eine Entscheidung treffen. Jetzt. Nimmt er sich die gedrungene Lagerhalle vor? Oder lieber das alte Backsteinhaus?

Vor vier Tagen sind ihm Entscheidungen noch leichtgefallen. Er hat stets blitzschnell überlegt und sie gefällt. Das war sein Job. Doch jetzt … Jetzt steht er einfach nur da, die Sonne im Gesicht, sieht nach links und sieht nach rechts.

Und die Zeit läuft unerbittlich ab.

Banta entscheidet sich für den Backsteinbau und sprintet los.

»Anna!«, ruft er immer wieder. »Anna!« Er erhält keine Antwort. Egal. Er ruft und ruft und rennt.

Auf halber Strecke zum Haus fällt ihm ein schwarzes Kästchen auf, das mit Gafferband an einen rostigen Laternenpfahl geklebt wurde.

Er braucht nur diesen kurzen Blick, um zu wissen, hier ist er richtig. Bereits nach wenigen Metern wird aus einer Ahnung Gewissheit. Es ist eine Outdoor-Kamera. Wetterfest. Irgendwer hat das Kabel der Laterne angezapft, um die Kamera und ein Handy mit Strom zu versorgen. Die Kamera filmt …

Er läuft weiter …

… die Tür.

Blau lackiert, Rost und Graffiti. Farbe aufgeplatzt. Zwei gewöhnliche Strahler, an die Wand montiert, beleuchten sie. Sie tilgen alle Schatten und überstrahlen selbst das Sommerlicht.

Banta rennt auf sie zu.

Gebt sie auf!
Sonst seid ihr alle TOT.

Zwei Minuten dreiundvierzig Sekunden …

Banta bemerkt, dass mehrere schwere Vorhängeschlösser einst die Tür sicherten. Sie sind nicht aufgebrochen, sondern schlicht fort. Nur die Verschlüsse sind noch zu sehen.

Sofort greift er die Türklinke. Sie fühlt sich warm von den Strahlern an.

Er zieht die Tür auf.

53

HINTER DER TÜR schließt sich eine gewöhnliche Werkshalle an. Das Sonnenlicht schrägt durch zerschlagene Dachplatten. Die meisten Fenster sind vor Jahren eingeworfen worden. Wie es aussieht, wurde die Halle ewig nicht mehr benutzt – genau wie die restliche Industriebrache. Im Inneren ist es kühl.

»Anna!«, ruft Banta erneut. Seine Stimme wird zurückgeworfen und hallt im riesigen Raum wider. Das Gebäude ist beinahe komplett leer.

Eine Minute zweiunddreißig Sekunden. Lange anderthalb Minuten.

Es gibt hier kaum Schutz, keine Möglichkeit, in Deckung zu gehen oder sich an irgendwen heranzuschleichen. Er steht wie auf dem Präsentierteller da. Wer immer Anna in seiner Gewalt hat, er ist ihm hier gnadenlos ausgeliefert. Trotzdem tritt er vor, beginnt, die Halle kontrollierend zu durchqueren.

Banta tritt auf Scherben, knackend brechen sie. Jeder Schritt, jedes Atmen, jedes Rascheln seiner Kleidung – alles ist laut hier drinnen. An der linken Längsseite lagern Eisenreste. Profilteile, Zahnräder. Irgendwelche Teile einer großen Maschine, die Banta nicht identifizieren kann. Rechts steht ein montierter und völlig verrosteter

Kran, ein Modell aus den Fünfziger- oder Sechzigerjahren. Langsam bewegt er sich weiter vor, zielt in jeden Schatten und jede Ecke. Er ist bis aufs Äußerste angespannt und konzentriert und dennoch … enttäuscht.

Hast du wirklich erwartet, hinter der Tür ihren Gefängnisraum zu finden? Hast du?

Ja. Ja, das habe ich.

Und wenn das Spiel hier nicht endet?

Das will er sich nicht ausmalen.

Du hast sie nicht gefunden, Frank. Du hast einfach aufgegeben, sie zu suchen.

»Anna!«, brüllt er aus Leibeskräften und horcht in die Stille. Es ist so leise, dass er sein Blut in den Ohren rauschen hört. Plötzlich zerreißt ein Piepen die Stille. Banta fährt erschrocken zusammen. Seine Uhr.

Die Zeit.

Sie ist abgelaufen.

Fassungslos starrt er auf das Display.

Die Minuten sind um.

Und in diesem Moment hört er einen Schrei. Gedämpft, kaum wahrnehmbar, aber trotzdem dringt er zu ihm. Ein Angstschrei.

Ein letzter Schrei …

Wohin? Wo suchen? Woher kommt das? Banta späht in die Ecken, sucht den Boden mit den Blicken ab. Er kann nichts entdecken. Nichts. Da sind nur Steine, Dreck, ein wenig Schrott.

Es ist wieder leise, kein Ton. Kein Vogelgezwitscher, kein Wasserrauschen, nicht einmal die Baustelle kann er hören.

Anna.

Er spürt sein Herz rasen, spürt, wie die Hilflosigkeit ihm ihre kalte Faust in den Nacken presst und ihn unerbittlich zu Boden drücken will.

Sie ist tot.

Da fällt sein Blick noch einmal auf den Kran. Vor ihm liegt eine Metallplatte flach auf dem Boden. Sie ist staubig, sieht aber nur halb so vergammelt wie der Kran selbst aus. Ist sie neuer?

Kaum näher getreten, erkennt er den schweren Griff, der angeschweißt wurde. Banta steckt die Waffe weg, greift mit beiden Händen zu und zieht die Metallplatte ein Stück über den Boden.

Eine alte Holzleiter führt vier Meter in die Finsternis. Banta fackelt nicht lange und steigt hinab. Der Geruch von Schimmel und altem Öl liegt in der abgestandenen Luft. Der Gang aus Backstein, der sich anschließt, gleicht eher einem Stollen als einem Flur. Im Schein seiner fingerdicken MagLite, die er mittlerweile gezogen hat, erscheinen schlecht verfugte, raue Backsteinwände. Völlig zerfressene Rohre ziehen sich an der Decke entlang, aufgeplatzt, teilweise vom Rost geborsten.

Der süßliche Geruch von Exkrementen nimmt zu.

Banta bleibt stehen, horcht erneut, doch nur die gewohnte Stille steht stumm um ihn und glotzt ihn an. Kein Wimmern, kein Weinen, kein Jammern.

Das war's. Das Ultimatum ist abgelaufen, denkt er. Und du hast sie nicht gefunden.

Er geht weiter. Jetzt weht ihm beißenderer Geruch

entgegen. Nach weiteren fünf Metern gelangt er an eine halb offene Tür. Er leuchtet in den dahinterliegenden Raum. Vergammelte Rohre auch hier, ausrangierte Generatoren, irgendwelche Heizanlagen. Sie sind überzogen mit einer Panade aus Scheiße. Als er zur Decke leuchtet, streift der Kegel seines Lichtstrahls über zwei Dutzend Fledermäuse, die kopfüber schlafen. Die Tiere rühren sich nicht.

Banta lässt den Raum links liegen und geht den Backsteinflur weiter hinab. Er endet in wenigen Metern an einer weiteren Eisentür. Auch sie scheint nicht verschlossen, die zwei Riegelschlösser wurden mit roher Gewalt von innen aufgebrochen.

Kaum geöffnet, flackert Licht auf. Er hat einen Bewegungsmelder ausgelöst. Banta reagiert sofort, stellt sich seitlich, um weniger Angriffsfläche zu bieten, und zielt in den Flur. Zu seinem Erstaunen sieht der Abschnitt gänzlich anders aus als das kurze Stück, durch das er gekommen ist. Dieser Flur ist verputzt und gestrichen. Glatte Wände, glatter Fußboden, glatter Betonboden. Die Tür, die er geöffnet hat, ist auf dieser Seite mit dickem Schaumstoff beklebt. Schallschutz.

Im Seitschritt bewegt sich Banta vorwärts, rechnet seine Möglichkeiten durch. Der Flur ist bloß anderthalb Meter breit, wer immer ihm gegenübertritt, er läuft direkt in seine Schussbahn. Links vom Flur – und wenn sich sein Orientierungssinn nicht täuscht, direkt unter der Halle – gehen vier Türen ab.

Es handelt sich um vier schwere Metalltüren. Banta ahnt längst, was sich hinter ihnen verbirgt …

Er knöpft sich die erste vor. Überraschenderweise ist sie nicht verschlossen. Dahinter befindet sich einer der Räume, die sie bei Agnos Nagy auf den Monitoren gesehen haben. Er ist vier Meter breit und fünf Meter lang, und im Gegensatz zu Annas Gefängnis hat dieser Raum weder Tisch noch Stuhl. Stattdessen thront ein Bett in der Mitte. Es hat ein massives Metallgestell, und Banta kann sehen, wo Ketten das Eisen abgerieben haben. Ein paar Stative mit Strahlern sind umgekippt, zwei mit Videokameras noch an ihrem Platz. Eine grausame Zelle.

Nein, denkt Banta. Es ist schlimmer als das. Es sind nicht nur Gefängniszellen, es sind Schaufenster. Perverse Show-Rooms, in denen statt Autos Frauen auf die widerlichste und erniedrigendste Art präsentiert werden.

Er eilt weiter. Raum zwei und drei sind wie der erste. Das Bett ändert sich, mal steht ein Regal links, mal ein Schrank rechts – aber im Großen und Ganzen sind die Zellen alle gleich eingerichtet.

Bleibt noch ein Raum. Nur noch einer.

Banta tritt an die letzte Tür.

Seine Hand greift die Klinke. Er zieht die Tür auf.

Für einen Schlag setzt sein Herz aus.

Es ist der richtige Raum.

Er hat sie gefunden.

Anna.

Endlich.

Anna …?

Die Welt kippt für einen Augenblick weg und fällt

dann mit brutaler Macht auf ihn zurück. Die Realität lässt ihn zurücktaumeln. Er stößt mit dem Rücken gegen den Türrahmen, ringt nach Luft.

Er sieht den Tisch …

Er sieht Annas Stuhl … Er sieht die Kamera …

Er sieht die Monitore, die Regale, den Lichtschacht, alles.

Alles ist da.

Aber Anna nicht.

54

HIER IST NIEMAND. Nein … Hier *war* lange niemand.

Auf den Möbeln, auf dem Fernseher, in dem noch vor wenigen Stunden Road Runner lief, auf dem Tisch, dem Stuhl … Auf allem liegt eine dicke Staubschicht.

»Das kann nicht sein«, stammelt er und begreift noch immer nicht.

Sein Verstand hat Mühe, das Bild und den Stream miteinander zu verbinden.

Das mächtige Gefühl, gleich aus einem Albtraum zu erwachen, schleudert seine Gedanken hin und her. Banta lässt die Waffe sinken, tritt näher an den Tisch heran. Scheu, als berührte er ein seltenes Tier, streicht er über die staubige Oberfläche. Das Blut auf dem Holz, Annas Blut, es ist vor Monaten, wenn nicht vor Jahren getrocknet.

Er meint, Annas Angst zu riechen, ihren Schweiß, ihre Furcht, ihre Todesangst. Und kurioserweise meint er, sogar ihr Lieblingsparfüm wahrzunehmen, Chanel N° 5. Süßlich liegt es in der Luft, geradezu betörend. Noch immer versucht er zu begreifen, was passiert ist.

Avriel sagte, dass mit ihrem Ergebnis etwas nicht stimme. Sie hatte recht. Aber es ist nicht ihr Ergebnis, das nicht stimmt. Es ist der Stream.

In diesem Raum war seit Jahren niemand.

Banta fällt mit einem Mal der Fehlercode ein, der hinter Avriels GPS-Koordinaten stand. 10-0B-09 … Hexadezimal. Also 16-11-09. Ein Datum, schießt es ihm durch den Kopf. Oft sind die Angaben falsch herum notiert, Jahr-Monat-Tag, um sie einfacher der Größe nach zu vergleichen … 09.11.2016. Neunter November … Vor rund anderthalb Jahren.

Cordts Idee mit den Blitzen ist richtig, denkt Banta. Aber das Gewitter … Es stammt aus der Vergangenheit. Es hat vor anderthalb Jahren geblitzt.

Bantas Kehle ist trocken. Er schluckt, steckt die Waffe weg.

Jan hat die ganze Zeit mit ihm gespielt. Er hat ihm Annas Stream gezeigt, der mindestens anderthalb Jahre alt war. Nichts davon war live. Alles war fake.

Bis auf Annas Schmerzen.

Bis auf Annas Tod …

Er will sich abwenden, da spürt er eine kalte Waffenmündung in seinem Nacken.

Der Fremde sagt kein Wort, erhöht nur den Druck der Pistole. Behutsam legt Banta seine Waffe auf den Tisch und nimmt die Hände hoch.

Noch bevor er sich umgedreht hat, weiß er, wer dort hinter ihm steht.

Sie ist es. Sie steht keine Armlänge vor ihm. Ihre kalten Augen mustern ihn.

Anna.

»Du kommst zu spät, Frank. Nun bin ich ein weiteres Mal gestorben«, flüstert sie mit sanfter Stimme.

Er sieht ihre Lippen, aber die Worte wollen nicht bis in seinen Verstand dringen. Schaudernd mustert er sie, kann sich nicht sattsehen an ihrer Erscheinung, obwohl sie ihn mit der Waffe bedroht.

Anna sieht gut aus. Sehr gut. Ihr Parfüm liegt schwer in der Luft. Ihre Wunden und Blessuren sind einigermaßen verheilt. Auch sie sind jahrealt. Ihr Haar, ihre Kleidung sind frisch gewaschen. Er will sie in den Arm nehmen, sie an sich drücken, sie küssen, sie nie wieder loslassen. Doch sie steht unantastbar da.

Das Schlimmste an ihr sind ihre kalten Augen. Diese Augen.

Sie lächelt. Es gleicht Jans Lächeln. »Du hast gedacht, Jan hätte dich hereingelegt. Hab ich recht?« Geduldig wartet sie, dass er nickt.

»Waffe«, befiehlt sie. Banta bleibt nichts, als sie ihr zu überreichen. Sie lässt sie in ihre Jackentasche gleiten. »Setz dich.«

Er will den Stuhl ein Stück vom Tisch rücken, aber der ist mit dicken Schrauben im Boden fest verankert, sodass er sich dahinterquetschen muss.

»Jan war so nett, mir zu helfen. Er war so verliebt in mich, er hat mir aus der Hand gefressen.«

Banta schluckt. »Du …«, ringt Banta nach Worten. »Du hast sie alle umgebracht.«

»Nicht alle. Du hast deinen besten Freund für mich selbst getötet. Doch erwarte dafür keinen Dank.«

»Aber … warum? Warum, Anna?«

Sie lehnt sich vor, ihr Blick sucht seinen. Er ist gebrochen, da ist nichts mehr in ihren Augen. Keine Seele.

»Du hast gedacht, Avriel ist es. Und sie tut es aus Rache … Nein. Ich, *ich* tue es aus Rache. Du glaubst gar nicht, was für eine mächtige Kraft der Glaube an die Rache ist. Ein brennender Kern. Eine Sonne, die in mir scheint. Die mir Tag für Tag Kraft gegeben hat. Rache.«

Von Kraft und Sonne spürt Banta nichts bei ihr. Ihre Aura gleicht einem Schwarzen Loch. Eisig, vernichtend.

»Alles, was du dir in deinem kranken Hirn nur vorstellen kannst, haben sie mit mir gemacht. Erst die Barbu-Brüder in Rumänien und nach ihnen so viele andere. Dann bin ich zu Agnos Nagy gekommen. Er war noch schlimmer.« Ihr Gesicht ist so nah, dass er ihren Atem riecht. »Ich habe schlimmer als ein geprügeltes Tier leben müssen.«

»Aber du konntest entkommen. Du …«

Sie haut mit der Hand auf den Tisch, fährt vor. »Ich habe mich befreit. Vor zweihundertsiebenundachtzig Tagen. Ich habe jeden Tag in der Hölle gezählt. Und ich zähle jeden Tag, an dem ich lebe.« Sie zielt wieder auf Bantas Kopf. »Ich war schwanger. Sie haben das Kind getötet, und dann haben sie mich hierher verfrachtet. Sie wollten mich versteigern! Versteigern, Frank. Ich war ein Stück Fleisch, vier Jahre lang, und danach war ich noch nicht mal mehr das. Da war ich nur noch ein billiges Sonderangebot. Ich habe sie alle drangekriegt. Agnos Nagy und seine Männer, auch die Barbu-Brüder. Sie sind tot. Und das Töten fühlt sich gut an. Es ist ein bisschen so, als würde man bei jedem Kill auf die

Delete-Taste drücken. Mit jedem Töten verschwindet ein wenig von den vier Jahren. Die Wunden schließen sich … Nur die größte Wunde, sie blutet nach wie vor.«

»Ich …«, stellt Banta fest.

Anna nickt. »Ja, du … Du hast mich getötet. Du hast mich aufgegeben. Du hast einfach aufgehört zu suchen. Du hast mich getötet, Frank.«

Banta beißt die Zähne zusammen. Um hier rauszukommen, ist es wahrscheinlich klug, ihren Wahnsinn unkommentiert zu lassen. Doch er kann nicht. Es fällt ihm überaus schwer, die Worte über die Lippen zu kriegen … »Ich musste dich töten, um selbst zu leben, Anna.«

»Wir waren verbunden. Wir hatten einen gemeinsamen Lebensfaden. Du und ich, Frank. Ein wenig so wie der Stream. Nur, dass unser Lebensfaden live war. Unsere Leben waren verknüpft, und du …? Du hast ihn durchtrennt. Du hast den Stream offline geschaltet. Du hast einfach aufgehört zu suchen! Du hast mich verdrängt und …«

»Nein! Das stimmt nicht«, unterbricht Banta.

»Du hast mich ausgeknipst, um dich nicht mehr mit meinem Schicksal befassen zu müssen.« Ihre Stimme ist ätzend vor Bitterkeit. »Wer ist schlimmer? All die Männer, die mich missbraucht haben?« Sie schreit jetzt. »Oder der Mann, der mich vergessen hat?!« Sie spuckt vor Banta auf die Tischplatte.

Fieberhaft überlegt er, wie er sie überwältigen kann. Er möchte ihr nicht schaden, aber er will hier auch nicht sterben. Er weiß, dass sie eine verdammt gute Schützin ist und ebenfalls über Nahkampferfahrung verfügt. Die Anna jedoch, die er geliebt hat, war nicht halb so skrupellos wie diese Frau vor ihm. Ihre Erfahrung im Kampf und ihre Kaltblütigkeit stellen ein schier unüberwindliches Hindernis dar.

»Jeden holen wir raus. War das nicht unser Credo? Nur mich … Mich habt ihr zurückgelassen. Du hast mich getötet, und dafür wirst du sterben.« Sie tritt einen Schritt zurück, heraus aus seiner Schlagweite, und richtet die Pistole direkt auf seine Stirn.

Ihm bleiben noch ein oder zwei Sekunden. Kaum merklich gleiten seine Finger in seine Tasche und umschließen die MagLite. Ihm ist klar, dass er nur einen Versuch hat. Seine ganze Konzentration richtet sich auf ihre Augen. Nur Annas Augen.

Ohne dass sie es bemerkt, zieht er extrem vorsichtig die Stablampe aus seiner Tasche, hält sie unter dem Tisch. Ihm ist klar, dass sie schneller schießen, als er werfen kann. Ihr erster Schuss muss ins Leere gehen. Er muss. Und sie darf auf keinen Fall einen gezielten zweiten Schuss auf ihn abfeuern.

Banta achtet nicht auf ihren Finger, der sich fester um den Abzug schließt, sondern bloß auf ihre Augen. Immer noch die Augen.

Und da ist er. Ein Wimpernschlag.

Die 0,15 Sekunden sind sein Startschuss.

Banta zuckt zur Seite. Sie drückt ab. Der Schuss peitscht an seinem Kopf vorbei, schlägt in das Regal hinter ihm. Da hat er bereits die Taschenlampe hochgerissen, wirft mit aller Kraft. Er hört ihre Nase brechen, als die MagLite sie erwischt. Blitzschnell reißt sie die Pistole herum, drückt ein zweites Mal ab. Doch Banta hat sich zu Boden fallen lassen, das Projektil durchschlägt die Tischplatte und lässt Beton spritzen.

Banta springt vor, nutzt sein Eigengewicht und prallt gegen sie. Er schlägt nicht, sondern greift in ihre Schusshand, benutzt ihre Abwehrenergie, um ihr die Hand zu verdrehen und ihren ganzen Oberkörper herumzureißen.

Aber so einfach lässt sich Anna nicht überrumpeln.

Sie reißt den linken Ellbogen hoch und trifft seinen Kopf empfindlich. Kurz wird ihm schwarz vor Augen, er reißt ihre Hand nach hinten. Die Waffe fällt. Sie fällt, schlägt auf den Boden. Und im nächsten Moment tritt er Anna die Beine weg.

Zwischen Kamerastativ und Tisch gehen die beiden zu Boden. Unkontrolliert. Keine gute Position, um sie zu fixieren. Er spürt, wie sämtliche Wunden wieder aufreißen. Sie ist stark und überaus athletisch. Von der Geschundenen im Stream hat sie sich hochgekämpft, hat trainiert und ihre Reflexe geschärft. Mit einem geschickten Griff verdreht sie seinen Kopf, benutzt ihre Beine und zieht ihn herum. Plötzlich ist sie unter ihm, und er liegt mit dem Rücken auf ihr. Kann nicht schlagen, kann nicht treten.

Stöhnend registriert er, dass sie die Oberhand gewonnen hat. Sie hat ihn wortwörtlich im Griff, hält ihn mit ihren starken Beinen umklammert, gleichzeitig presst sie die Arme um seinen Hals, kann gut zudrücken.

Die Kraft auf seinen Kehlkopf nimmt zu. Er kann

nicht atmen, nicht schlucken. An der Decke staubige Neonröhren, Spinnenweben. Langsam, aber sicher geht ihm die Luft aus. Er lässt seine Faust gegen ihre Seite prallen, aber sie liegt unter ihm, er kann sie kaum erwischen, müsste sich umdrehen, irgendwie …

Anna presst weiter. Seine Kräfte schwinden. Er starrt gegen die Decke, hört auf zu schlagen, tastet mit den Händen unkontrolliert über den Boden.

Wo ist Annas Waffe hingefallen? Er streicht blind über den Boden, nichts. Wo? Luft! … Da spürt er seine eigene Pistole in ihrer Jackentasche. Seine Augen brennen. Vergeblich versucht er, irgendwie Luft zu bekommen. Keine Chance.

Er schließt die Lider. In der Finsternis explodieren kleine Lichtblitze. Er weiß, dass ihm nur noch Sekunden bleiben, bis er sich gar nicht mehr rühren kann.

Verzweifelt probiert er, durch den Stoff ihrer Jacke den Abzug zu greifen, aber seine Hand ist verkehrt herum, die Waffe zeigt nach oben, seine Finger nach unten. Während die Lichter auf seiner Netzhaut tanzen, spürt er an den Fingerkuppen das Metall unter dem Stoff. Er will abdrücken, aber es gelingt nicht. Sein Daumen rutscht weg. Er hat keine Möglichkeit, in den Hahn zu greifen, den Scheißabzug durchzuziehen und …

»Ich wollte es kurz und sauber lösen. Ein schöner Kopfschuss. Aber du willst es auf die harte Tour!« Sie keucht vor Anstrengung. In seinen Ohren rauscht das Blut so laut, dass er sie kaum verstehen kann. Ein letzter Versuch. Seine Hand zittert, er schafft es kaum, die

Pistole zu fühlen. Er spürt ihren Atem an seinem Ohr, riecht ihr Parfüm, fühlt ihre Wange an seinem Hals. »Vielleicht sollte ich dich hier einsperren und dich filmen und zusehen, wie du jämmerlich verreckst«, zischt sie und presst ihm weiter die Luft ab.

Ihre nackten Füße auf dem Armaturenbrett, die blonden Haare im Sommerwind, sitzt sie da und lächelt ihn an. Dieses Lächeln, das durch den glitzernden Sonnenstaub so beiläufig und umwerfend ist.

Mit einem letzten Aufbäumen greift Banta fester zu. Er spürt die Pistole kaum, spürt keinen Abzug, aber er greift – so fest er kann – in den Stoff, greift mit seinem Daumen irgendwie in das Loch des Abzugszüngels.

Der Knall ist ohrenbetäubend. Das Projektil dringt schräg unterhalb von Annas rechtem Rippenbogen ein, durchschlägt ihr Zwerchfell und ihre Lunge. Die Kugel tritt nahe dem Schlüsselbein aus, am Unterkiefer in Annas Kopf ein und bleibt irgendwo in ihrem Schädel hängen.

Anna zuckt. Sie zuckt am ganzen Körper, ein, zwei Atemzüge schnappt sie nach Luft, dann sackt sie zusammen. Er spürt, wie sich ihre Muskeln entspannen, ihr Griff sich löst. Luft.

Sie rührt sich nicht mehr.

Stöhnend schiebt Banta ihre Arme von sich, holt Atem, lässt den Sauerstoff in sich explodieren. Bei jedem Atemzug, bei jedem Husten und Spucken, bei jedem Keuchen spürt er, wie das Leben in ihn zurückkehrt.

Er weiß nicht, wie lange er daliegt, aber irgendwann schiebt er sich, matt und zitternd, von Anna herunter.

Keuchend bleibt er neben ihr sitzen, lehnt den Rücken gegen das Metallschränkchen, auf dem die Technik aufgebaut ist. Der Laptop, die Strahler, die Kamera … Verstaubt. Offline. Tot.

Banta zieht die Beine an.

Das Leben wird gut, Banta.

Er hockt da. Er hockt ganz still da.

Ganz still.

55

Vier Monate später

SCHNEE TREIBT ÜBER den Friedhof Wannsee. Zwischen den Gräbern ist es menschenleer. Banta braucht ein paar Minuten, um ihr Grab zu finden, obwohl er die Nummer hat und das Grab bezahlte.

Jemand hat ein paar Margeriten auf die recht schmucklose Marmorplatte gestellt. Sie sind vertrocknet und gefroren. Er selbst hat keine Blumen mitgebracht. Einen Moment steht er andächtig da und lauscht auf den lautlosen Schnee.

Erst vor einer Stunde haben sich die Tore der JVA Moabit geöffnet, in der er die letzten vier Monate nicht weit von Bräuner in U-Haft verbringen musste. Banta ist sofort hergefahren.

Er lässt den Blick über die schneeträgen Bäume schweifen, dann hockt er sich hin und streicht den Schnee von der Platte, obwohl er einen Moment Angst vor Erinnerungen hat.

Sein Blick fällt auf die schlichte Inschrift. Er verabschiedet sich stumm.

Am Abend räumt er die Villa leer. Er schnappt sich die Armeekiste. Sie ist leer. Die Polizei hat seine Zeitungsausschnitte und die alten Observationsfotos, das Material vom Barbu-Fall schon im Sommer beschlagnahmt.

Banta durchsucht das ganze Haus, räumt jede Ecke leer, alles, was ihn irgendwie an Anna erinnert. Ihre Lieblingsbücher, ungetragene Pullis aus der letzten Schublade, selbst ihre beiden Orchideen, um die er sich mehr schlecht als recht gekümmert hat. Übrig gebliebene Fotos und Aktenordner, die das LKA nicht interessierten.

Er trägt die vollbepackte Armeekiste in den Garten, zieht sie die letzten Meter durch den Schnee zur Feuerstelle, an der er so gerne mit Anna noch spät bis in die Nacht gesessen, Wein getrunken und in die Sterne gesehen hat.

Banta benötigt drei Versuche und schließlich flüssigen Grillanzünder, bis das Scheißding Feuer fängt. Bis zum Morgengrauen sitzt er im Schnee und sieht den Flammen zu, betrachtet, wie alles sicher verbrennt.

Eine Meditation der besonderen Art.

Anna ist fort.

Und während er in die Glut sieht und der Schnee fällt, spürte er eine neue Kraft in sich. Ein neues, warmes Brennen.

56

DAS POLYGON IST kurz vor Weihnachten überfüllt. Ein Haufen Iren steht singend vor der Outdoor-Tanzfläche und der Bar. Sie feiern einen Geburtstag. Banta hat sich durch die Menge gedrückt und setzt sich an seinen angestammten Platz. Kaum hat er den Blick über die Tanzenden schweifen lassen, hört er bereits eine bekannte Stimme durch die Beats rufen.

Er wartet, bis Richard seinen dunklen Herrenmantel ausgezogen und über die Stuhllehne gelegt hat, dann steht Banta auf und begrüßt ihn.

Kurz darauf sitzen sie beim ersten Bier zusammen.

»Das dauert sicher noch ein paar Monate, bis die Anklage erheben. Ich kenne Horst. Er ist ein guter Staatsanwalt. Und sehr gewissenhaft. Die kehren in allen Ecken die Fakten und den Schmutz zusammen. Dein Fall ist ja auch nicht gerade einfach.«

Banta nimmt noch einen Schluck. »Ich habe denen alles gesagt, was ich weiß.« Er wischt sich den Bierschaum von den Lippen.

»Ja. Das habe ich gelesen.«

»Du hast dir Zugriff zu meiner Akte verschafft?«

»Besser gesagt, zu den zwei Metern an Akten.« Richard prüft im Spiegelbild auf seiner Flasche den Sitz seiner Haare. »Versteh mich nicht falsch, ich glaube an unseren Rechtsstaat. Meistens zumindest. Aber vielleicht wäre es in diesem Fall doch besser, du würdest verschwinden.«

Banta entgegnet nichts, er ahnt bereits, dass Richard deswegen um ein Treffen bat. Stumm hört er dem Alten weiter zu.

»Das Problem ist die Komplexität. Zu viele Tatorte, zu viele Leichen, zu viele Gesichter, zu viele Lebenswege, die sich kreuzen«, führt Richard aus und trinkt sein Bier. »Der Prozess wird sich gewiss über ein Jahr erstrecken, wenn nicht noch länger. Und ich bin mir schon sicher, wen du als Richter bekommst – das kann schlecht enden, Banta. Wie heißt es doch so schön?«

Auf der Tanzfläche zucken Leiber im Stroboskoplicht. »Vor Gericht, auf hoher See und mit offenem Betriebssystem ist man in Gottes Hand.«

Die Iren beginnen laut zu grölen. Wahrscheinlich ein tradierter Volkssong, sie schmettern ihn herrlich schief und mit viel Pathos den dröhnenden Bässen des Clubs entgegen.

Das Lied klingt traurig.

»Hattest du deine Finger drin, dass die meine U-Haft vor Anklageerhebung beendet haben?«, fragt er Richard.

Der legt die Finger an die Lippen.

Eine junge Frau vom Service bringt sechs Whiskys. Sie schiebt das runde Tablett mit den Gläsern auf den Tisch und geht wieder. Fragend sieht Banta Richard an, er muss den Whisky bei seinem letzten Toilettengang bestellt haben.

»Ritual ist Ritual«, rechtfertigt der Alte sich und schiebt Banta das Tablett hin.

Banta brummt bejahend. Während er die vollen Whiskygläser vor die toten Stühle stellt, meint Richard: »So wie ich den Ermittlungsstand kenne, kommst du sehr wahrscheinlich nicht mit einem blauen Auge davon.«

»Was heißt *wahrscheinlich?*«

»Der Fall ist ja nicht einmal vor Gericht, aber nach meiner Einschätzung gehst du zu achtzig Prozent hinter Gitter.«

Banta denkt nach.

»Überleg es dir. Mach einen kompletten Schnitt, Banta. Ich denke, das wird dir guttun. Ich kenne genug Profis, die dir eine neue Identität basteln würden.«

Banta schiebt das Whiskyglas vor Annas Stuhl. »Keine Sorge. Die kenne ich auch.«

»Entscheide dich. Bei mir stapeln sich die LKA-Fälle, ungeklärte Fälle. Jede Menge Vermisste, jede Menge entführte und misshandelte Seelen.«

Banta nimmt sein Glas, und Richard steht ebenfalls auf.

Einen Moment blicken die beiden auf die leeren Stühle und hängen ihren Gedanken nach, dann hebt Banta sein Glas, stößt mit Richard an und prostet seinem ehemaligen Team zu.

»Recht ist nicht Gerechtigkeit.« Richard trinkt seinen Whisky aus und knallt, so stark es sein Alter zulässt, das Glas verkehrt herum auf die Tischplatte. »Leider viel zu selten.«

»Ein bisschen mehr Gerechtigkeit auf der Welt kann nicht schaden«, stellt Banta lächelnd fest.

Die Iren singen von einem Neuanfang, von Geburt und jungem Leben. Der Beat Berlins kracht ihnen entgegen.

»Du hast recht, Richard. Es ist Zeit für einen Neuanfang.« Banta prostet Anna zu, dann trinkt er seinen Whisky in einem Zug aus.

Zeit für einen Reboot.

Danke

AUCH DIESER ROMAN wäre niemals ohne die Hilfe zahlreicher Freunde entstanden.

Allen voran möchte ich Wolle für die geduldigen Antworten auf meine ganzen technischen Fragen danken. Wolle, das war spitze. Merci. Meikel, dich will ich natürlich auch nicht unerwähnt lassen. Danke! … Und, hast du es gesehen, ja? Hast du? … Außerdem hat Dr. Manfred Lukaschewski für einen wichtigen Hinweis in Sachen Fingerabdrücke gesorgt – danke. Natürlich haben auch wieder Ina und Gerd mit Rat und Tat geholfen. Ihr seid toll! Danke.

Außerdem gebührt ein großer Dank meiner immer kritisch nachbohrenden und fantastischen Lektorin Angela Kuepper. Ich sag nur top!

Ohne euch alle – und noch viele mehr – hätten Banta und seine mörderische Jagd niemals das Licht der Welt erblickt.

Nordsee gleich Mordsee

384 Seiten. ISBN 978-3-7341-0061-1

Kommissar Knut Jansen und Profilerin Helen Henning stehen vor einem Rätsel: In Valandsiel werden mehrere mit Sand gefüllte Leichen gefunden, die der Mörder zu grotesken Figuren drapiert hat. Seine Taten scheinen keinem Muster zu folgen, werden dabei aber immer brutaler und perfekter. Als er sich anonym bei der Polizei meldet, nimmt ein nervenzerreißendes Katz- und Maus-Spiel seinen Anfang, denn er hat eine junge Frau in seiner Gewalt – und die soll nun sein letztes Opfer werden, die Krönung seines perfiden Plans. Werden Knut und Helen die Wahrheit enthüllen, die seit fünfundzwanzig Jahren im Sand vergraben liegt?

Lesen Sie mehr unter: **www.blanvalet.de**